가이 포크스

플롯

옮긴이 유지훈 | 글쓴이 W. 해리슨 아인스워드

휴스 어머니께
킹스턴 리슬, 버크셔

지난번 킹스턴 리슬에 잠시 머물렀을 때 제가 탈고를 앞두고 있다는 것을 알고 계셨지요. 그땐 원고에 집중해야 하는 탓에 어머니의 지인과는 제대로 어울리지도 못했습니다. 그런 데다, (그리 답답하진 않았습니다만) 돌아다닐 수 있는 곳이 여의치 않다 보니 어머니가 즐겨 찾는 멋진 언덕에도 동행하질 못했습니다. 형편은 그랬어도 집필 현장이 댁과 무관하지 않다는 사실에 흐뭇해하시니 마음이 좀 놓였습니다. 그래서 어머니의 성함을 비롯하여 선한 마음씨와 도의, 그리고 정에 대해 느낀 진가를 기록하지 않을 수가 없었습니다. 저명한 작가에게서나 찾아볼 수 있을법한 정이랄까요. 어머니의 손길에 밴 관심과 배려를 생각하노라면 감사가 끊이질 않을 것 같습니다.

모쪼록 이웃에게는 행복을 두루 전하시고, 정이 돈독하여 서신을 주고받는 친지에게는 즐거움과 편달에 늘 기여하며 손자들이 꿈을 이룰 때까지, 고매하고 숭고한 부친의 발자취를(물론 조부의 발자취도!) 밟아가는 모습을 볼 수 있을 때까지 장수하시길 기원합니다.

사랑하고 감사하는 벗
W. 해리슨 아인스워드

해로우 로드, 켄슬 저택에서
1841년 7월 26일

프롤로그

제임스 1세가 통치할 무렵, 로마가톨릭을 억압할 요량으로 도입한 전제군주의 조례는 린가드 박사가 힘찬 필치로 신빙성 있게 서술한 바 있다. 작품의 프롤로그를 장식하는 데 안성맞춤일 듯싶어 아래와 같이 발췌키로 했다. 양심적인 거부자에게 가혹한 처벌법은 부활한 이후 점차 강도가 높아지면서 (필자가 차차 써나갈) 모반으로까지 비화되고 말았다.

"엘리자베스 집권 당시 틀이 잡힌, 포학하고도 잔인한 법은 다시 재정된 후 더욱 가혹해졌다. 이를테면, 영토 내에서는 해외 대학이나 신학교에서 공부한 전적이 있거나 거주한 이력이 있는 사람이나, 앞으로 그럴 계획이 있는 사람은 토지나 연금이나 동산, 채권 혹은 상당한 액수의 돈을 상속·매매할 수 없고 소유권을 행사할 수도 없었다. 신학생은 가정교사로 위장하여 감시를 피했으나 주교의 승인이 떨어지기 전에는 누구도 민간과 공공기관을 막론하고 기초문법조차 가르칠 수 없었다.

"과거에는 관용을 지켜온 왕이었기에 교묘한 언변으로 형벌을 집행하고 보니 성과는 실로 놀라웠다. 왕은 거부자의 과실이라면 치를 떠는 척하긴 했지만 관용을 베풀면 언젠가는 왕명에 복종할 거라는 마음에 당분간은 처형을 삼갔다. 그러나 왕의 기대는 기만을 당하기 일쑤였다. 가톨릭 교도의 항명이 국왕의 자비를 기화로 더욱 강성해지자 그들은 은혜를 베풀 가치가 없다는 판단에 가혹한 법의 심판대에 내몰렸다. 예를 들어 매월(음력) 12파운드씩 추징하던 벌금형이 재개되었는데, 본디 유예기간뿐 아니라 해당 일시에도 꼬박꼬박 벌금을 물어야 했지만 열세 번씩 납부하던 것을 단번에 추징한 터라 중산층 가정도 하루아침에 노숙자로 전락하고 말았다. 이게 끝이 아니었다. 제임스 주변에는 가난한 시골주민이 많았다. 그들은 사치스런 취미를 즐기는가 하면 바라는 것도 많아 요구가 끊일 날이 없었다. 제임스는 아우성치는 측근을 만족시키기 위해 한 가지 방편을 생각해냈다. 좀더 부유한 거부자에게서 탈취한 재산권을 그들 명의로 이전한 것이다. 제임스는 거부자라면 으레 제 이름만으로도 법을 집행할 수 있었기 때문에 그들이 이를 모면하려면 종신연금이나 거액의 자금을 단번에 헌납하는 절충

안에 순응할 수밖에 없었다. 지금이야 상상도 할 수 없겠지만 당시 두 민족은 시기심이 극에 달한 때였다. 왕의 금고에 자금이 들어갈라치면 거부자가 불만을 성토할 법도 했지만 잉글랜드인은 왕 때문에 이방인에게 속절없이 당할 수밖에 없었다. 왕은 스코틀랜드 하인이 사치를 누릴 수 있다면 거부자의 재산을 갈취해서라도 그들을 배려했기 때문이다. 이로써 부정행각에 대한 치욕은 점점 배가되고, 이미 상처받은 감정의 골은 더욱 깊어져 가장 온건한 주민조차도 절망스런 지경에 이르고 말았다." 화약테러 미수사건은 이처럼 개탄스러운 상황을 기화로(과장은 전혀 보태지 않았다) 촉발되었다.

랭캐스터 카운티는 가톨릭 가정이 다수를 차지해왔고 그때만큼 위원회의 소송이 엄격한 적은 없었다. 맨체스터는 거부자가 모두 투옥된 곳으로 '열성파' 신도인 워든 헤이릭은 이를 "애굽(이집트)의 고센 땅(성경 출애굽기에서 이스라엘 백성이 이집트에 머물던 곳—옮긴이)"이라 부르기도 했다. 앞으로 그릴 역사의 초기 무대 역시 맨체스터를 비롯한 주변 마을에 집중되어 있다. 인심이 후한 블루코트 병원 설립자를 서두에 소개한 점을 두고는 사과해야 할까도 싶었지만 이를 계기로 마을주민들의 의식이 되살아나 그에게서 입은 은택을 좀더 생생히 감사할 수 있게 된다면 후회하진 않을 것 같다.

비비아나 래드클리프는 충실하고도 독실한 가톨릭 신도로서 당대 실존했던 인물처럼 묘사하기 위해 노력했다. 야심에 사로잡혀 양심은 묻어둔 케이츠비는 종교라는 허울 속에 계략을 감추려는 인물로, 가넷은 명석하고 믿음직한 예수회 일원으로 그린 반면 가이 포크스는 미신에 미련을 둔 비관적인 인물로 묘사했다. 집필 내내 염두에 둔 원칙 하나는 '감정을 절제하자'는 것이었다.

기존 작품 중 하나를 고의로 그릇 해석하고, 필자의 의도와는 사뭇 다른 의도와 목적을 작품에 끼워 맞춰온 독자라면 『가이 포크스』 또한 정당한 대우는 기대하기 어려울 것이다. 그러나 좀더 넓게 보면 안목이 남다른 덕에 필자를 후원하고 지지해주는 독자도 있으니 그들이라면 너그러운 마음으로 작품의 진가를 공정하게 평가해줄 거라 믿기에 자신감을 갖고 집필에 전념할 생각이다.

형장에 끌려간 가이 포크스

차례

헌정사
프롤로그

1부 플롯

가이 포크스

플롯

"혹독한 수색이 비일비재했다. 그들은 야심한 밤이나 이른 아침에 들이닥치며 기회를 엿보았다. 가톨릭 교도가 당장 묵을 만하거나 당장은 아니더라도 몸을 숨길만한 때, 식량이 거의 바닥나거나 아무것도 찾을 수 없을만한 때를 호시탐탐 노린 것이다. 저항할 사람이 거의 없을 때 처들어와서는 금고에 든 돈을 탈취하고 사전에 짜둔 일을 처리하기도 했다. 때로는 집사뿐 아니라 안주인과 가족 모두를 한 방에 가두고는 마치 철없는 왕세자처럼 온 집을 제멋대로 들쑤시고 다녔다."

버세건 사제에게 띄운 서신, 스토니허스트 필사본

"무장한 장정 수백 명이 말을 이끌고 가톨릭 신사의 집을 포위했다. 집과 정원에, 담으로 에워싸인 곳도 모자라 그로부터 반경 몇 마일에 이르는 대로까지 접수한 탓에 검문을 받기 전에는 누구도 현장을 빠져나올 수 없었다. 참으로 어처구니가 없었다! 게다가 어찌나 무례하고 악랄하던지 문이 단숨에 열리지 않으면 연장을 동원해 이를 부수기도 했다. 패전한 적의 성읍을 약탈하듯 말이다."

제럴드 신부의 고본

처형

245년 전, 아니 좀더 정확하게 말하자면 1605년 6월말, 어느 날 아침부터 맨체스터에는 소문이 떠돌았다. 최근 순회재판소가 가톨릭 신도를 겨냥한 형법에 의거, 유죄를 언도한 두 사제가 그날 사형을 당한다는 소식이었다. 숱한 군중이 풍문에 이끌려 형장에 모여들었다. 교수대가 서있던 형장은 엄숙한 분위기를 연출하기 위해 대성당 남쪽에 튼 입구에 자리를 잡았다. 교수대 근방에는 피로 얼룩진 널따란 구역이 있는데 아무나 출입할만한 곳은 아니었다. 구역 옆을 보니 활활 타는 석탄더미 위로 검게 그을려진 가마솥이 있고, 안에는 부글부글 끓는 피치가 가득했다. 가마솥은 사형수의 동전을 처리하기 위해 둔 것이다.

적은 무리의 군인이 현장을 지켰다. 이들은 흉갑과 투구를 착용하고 검과 단창 및 장총으로 단단히 무장했다. 어깨는 떡 벌어졌지만 용모는 비호감인 집행관은 교수대 계단에 서서 바닥에 널브러진 새끼줄을 정리하느라 분주했다. 그는 누런 가죽조끼를 걸친 채 양날이 선 대검을 허리띠에 찔러넣었다. 문장관보도 그들과 함께 있었다. 문장관보란 전국을 다니며 거부자와 가톨릭 사제 및 기타 종교사범을 색출하기 위해 추밀원이 임명한 관리를 일컫는다. 이때 그는 용의자 명단을 훑고 있었다.

사형 집행관이나 주위 동료는 앞으로 벌일 잔인무도한 처형이 대수롭지 않다는 기색이었다. 집행관은 이 와중에도 별 생각 없이 호각을 불어댔고 병사들은 군중과 시시덕거리며 농담을 주고받는가 하면, 화창한 하늘 위를 맴돌거나 인근 교회당 첨탑과 꼭대기에 앉아있는 갈까마귀를 향해 장난삼아 화승총을 겨누기도 했다. 물론 군중 대다수가 그런 것은 아니었다. 나이가 지긋하고 유복한 랭커서 가문 대다수는 선조가 물려준 태곳적 신앙을 고집했기에 후손도 전철을 밟을 게 뻔했다. 로마의 교리를 비판해온 사람조차도 이를 천명한 자를 처형하는 잔혹한 제도에 대해 수군거리지 않는 사람은 거의 없었다.

9시가 되자 멀리서 둔탁한 북소리가 공허하게 들려왔다. 교회당에서는 묵직한 타종소리가 울리기 시작했다. 얼마 후 시장 쪽에서 애절한 행렬이 이어졌다. 마병도 형장에 주둔한 군인의 것과 같은 무기를 갖추고 있었다. 사형수를 묶은 두 형틀은 군마에 고정된 채, 선봉에 선 대장을 뒤따랐다. 둘은 젊었고 자신의 운명을 확고한 의지로 의연하게 맞이하기 위해 각오를 다진 듯했다. 두 사형수는 래드클리프 저택─부유한 동명가문이 소유한 저택으로 해자를 두르고 담을 높이 쌓았지만 최근에는 거부자를 수용하는 보안구역으로 전용되었다. 현 소재는 '풀 폴드' 거리─에서 끌려왔다. 맨체스터에 자리 잡은 다른 두 감옥은 헌츠뱅크의 뉴플릿과 샐퍼드브릿지 감옥을 꼽지만 숱한 종교사범을 다 수용하기에는 무리가 있는 것으로 알려졌다.

마침 기마대가 형장에 이르렀다. 군인들은 단창으로 인파를 밀어내며 사형대 앞 공간을 확보했다. 사제의 사지를 묶은 동아줄이 풀리자 누더기 옷을 걸친 여인이─육안으로 용모를 보아하니 이목구비가 날카롭고 몹시 야위었다─후드로 얼굴을 일부 가리고 허리에는 밧줄을 묶은 채 맨발로 불쑥 튀어나와서는 죄수 옆에 무릎을 꿇었다. 애덕회愛德會 수녀 같았다.

한 사제의 옷자락을 움켜쥔 그녀는 입술로 이를 지그시 깨물며 축복을 애원하듯 진지하게 그를 응시했다.

"소원은 이미 이루어졌소." 사제가 두 팔을 벌리며 입을 열었다. "하느님과 성모가 당신을 축복하시길!"

여인은 다른 사제에게로 몸을 돌렸다. 그는 귀에 들릴 정도의 목소리로 '시편 51편(미세레레)'을 암송하고 있었다.

"빨리 꺼지지 못해! 이런 몹쓸 적그리스도 계집 같으니라구!" 군인은 인정사정없이 그녀를 떼어놓았다. "신부의 기도를 방해하고 있다는 걸 모르나? 제 영혼은 본인이 알아서 살필 테니 신경 끄시지!"

"이걸 받으시오." 운을 뗀 사제가 조끼에서 꺼낸 작은 책을 주며 큰 소리로 말을 이었다. "기도할 때마다 예수회 형제 로버트 우드루프의 악한 영혼을 잊지 마시게."

여인은 책을 받으려고 팔을 내밀었지만 책은 손에 닿기도 전에 빼앗기고 말았다.

"더는 남기실 게 없다고 하는군요! 성인이나 순교자의 보잘것없고 미신적인 유물 말고는 말이죠." 그가 악랄하게 웃으며 소리쳤다. "이건 무엇이죠? 아하! 미사전서군요! 그대의 영적인 행복을 너무도 존중하기에 그건 허하겠소!" 군인은 책자를 웃옷 주머니에 넣으려 했다.

"곱게 주면 어디가 덧나오!" 한 젊은이가 집전서를 빼앗아 여인에게 건넸다. 그는 책을 손에 쥐어 주자마자 어디론가 유유히 사라졌다.

군인은 말을 끊은 데 발끈한 듯 불청객의 동선을 주시했다. 수수한 색상에 평범해 보이는 복장이긴 해도 왠지 중산층 보다는 지체가 높은 듯싶기도 하고, 군중도 젊은이 편을 드는 것 같아 일단 언동을 자제하기로 했다. "거부자다! 가톨릭쟁이다!"라며 덤터기를 씌우는 데 만족해야 했다.

"난 거부자도, 가톨릭쟁이도 아니라구, 이 악당아!" 그가 의연하게 대꾸했다. "예절을 바로잡아주고, 좀더 인간적인 성품을 가르쳐주어야겠군! 그래도 안 되면 당신의 직위해제쯤은 일도 아니라는 걸 알게 될 거야. 그럼 체면은 좀 구겨지겠지?"

이때 군중으로부터 박수갈채가 쏟아졌다.

"겁도 없이 떠드는 저 자는 누군가?" 문장관보가 부하에게 물었다.

"크럼설 출신인 험프리 채텀이라고 합니다. 맨체스터에서 거부로 유명한 장사꾼의 아들이자 진실한 신앙을 고집하는 열성파입죠."

"열성파라는 점을 꼭 저런 식으로 밝혀야 하는가 싶군." 문장관보가 수첩에 뭔가를 적으며 말했다. "친구가 되어준 저 여성은 누군가?"

"엘리자베스 오턴인데 머리가 살짝 돌았습죠. 엘리자베스 여왕이 집권할 당시 예언의 은사를 내세워 주민을 속인 죄로 채찍에 맞고 고문을 당했다고 합니다. 저 예배당에서 이실직고를 강요했는데 그 후로는 입도 뻥끗하지 않습니다요."

"오호라, 그럼 내가 입을 열게 해야겠군. 어느 정도는 쓸모가 있을 거야. 사는 곳은 어딘가?"

"오드설 성 근방에 있는 어웰뱅크 동굴에 삽니다. 가끔 들어오는 자선기금으로 근근이 버티고 있으면서도 손을 내미는 법이 없습죠. 거의 눈에 띄지도 않습니다."

"동굴을 수색해야겠다. 사제가 숨어있을지도 모르니 말이야. 캠피온 신부가 헨리온템즈 스토너 파크에 은신하며 '데쳄 라시오네스'를 썼고 장기간 감독관의 눈도 피했었지. 오늘밤에는 오드설 성에 가는 길에 그곳도 들러야하지 않겠나?"

부하는 고개를 끄덕였다.

"올드콘 신부를 급습해서 윌리엄 래드클리프와 그의 여식이 거부자들에게 은신처를 제공한 정황이 입증된다면 작전은 대성공이겠지."

이때 관리가 앞으로 나와 두 사제에게 사형대에 올라가라고 지시했다.

나중에 올라간 우드루프 신부는 마지막 계단에 이르자 몸을 뒤로 돌리며 부르짖었다. "선한 자들이여, 나는 진정한 가톨릭 안에서 죽지만, 혼을 다해 기뻐하며 하느님께 감사할 것은 형장의 피로써 내 신앙을 증언할 수 있도록 주님이 나를 존귀한 자로 삼으셨기 때문이요. 여러분 모두가 증인이오." 신부는, 동료 사제의 목에 두른 밧줄을 정리하느라 분주한 집행관에게 성큼 다가가 말을 이었다. "하느님은 당신을 용서하실 것이니 당신의 일을 속히 행하시오." 문득 우드루프의 나직한 음성이 들려왔다. "저를 데려가소서, 주여, 주여, 제게 자비를 베푸소서Asperge me, Domine, Domine, miserere me!"

적막이 흐르는 가운데 끔찍한 사형이 집행되었다.

집행이 완료되자 술렁이던 인파가 서서히 흩어졌다. 방금 목도한 역겹고도 피비린내 나는 제도를 두고는 의견이 분분했다. 다수는 재수가 없어 걸린 사제가 감내해야할 극한의 고통을 비난하면서도—대다수가 비난했다—누가 볼까 싶어 조심조심 속내를 토로하는 한편 너무 격분한 나머지 감정을 추스르지 못한 이도 있었다. 혹자는 현재 만연하고 있는 종교계의 탄압을 둘러싼 정신을 맹렬히 비판하기도 했다. 물론 가톨릭쟁이 때문에 도입한 형사절차뿐 아니라, 사제에게 가하는 처벌을 높이 평가하려는 정반대의 소견도 아주 없지는 않았다. 메리 여왕이 벌인 잔혹사에 대한 대가로 봄직하다는 것이다. "혐오할 대상이 꼭 있어야 한다면 지금까지는 웨일스인이나 스코틀랜드인 혹은 에스파냐인이었지만 앞으로는 가톨릭쟁이 하나로 족할 것"이라는 유행어에서도 여실히 드러나듯 대체로 평민은 가톨릭에 심한 반감을 느끼고 있었다. 앞서 언급했듯이, 저명한 가문이 가톨릭을 표방하며 터를 지킨 맨체스터에서는 종교적 성향이 천차만별이었지만 주민 대다수는 그들에게 호감을 갖고 있었다. 거부자의 법집행을 감찰할 목적으로 지명된 감독관이 유독 맨체스터에서 몽니를 부린 까닭도 주민의 정서를 잘 알고 있었기 때문이다.

당시 로마가톨릭은 매우 고통스러운 형국에 봉착했다. 제임스 1세가 즉위하면 종교에 관용을 베풀 거라던 기대는 모두 물거품이 되고 말았다. 새로운 군주가 왕좌에 오른 첫해는 처형이 중단되었지만 지금은 예전보다 더 잔혹해졌고, 안 그대로 개탄스러울 지경인데 앞으로는 더 심한 박해가 기다리고 있을 거라는 우려도 확산되었기 때문이다. 굿맨 주교는 이렇게 술회했다. "엘리자베스 여왕 때보다 더 심각하리라는 것이 중론입니다. 노파 여왕이야 세상을 떠나면 탄압은 좀 수그러들 테고 처형에 가담했던 자들도 심경이 조금은 누그러지지 않을까하는 희망으로 살았으니까요. 물론 어떤 시대가 도래할지 모른다는 의구심과 각자의 형편에 대한 두려움이 아주 가신 것은 아니었지만요. 하지만 때가 되니 장밋빛 전망에 대한 기대감은 사라지고 되레 최악의 법이 집행되리라는 우려에 사람들은 절망하고 있습니다. 대영제국의 법으로는 보호를 받을 수 없다는 불안감이 팽배해졌고, 잉글랜드에 사제를 들이기만 해도 대역죄인처럼 취급하니 말입니다. 한 중년여성은 사제에게 은신처를 제공해주었다는 혐의로 교수형을 당했고, 한 시민은 로마교회를 인정했다는 이유만으로 형장의 이슬로 사라졌습니다. 형법을 그렇게 남발하고 있으니 사제들은 끼니조차 때우기가 어려워졌지요. 문장관보는 평소 가게에서 사고파는 물건도 가톨릭쟁이나 쓰는 미신으로 치부하며 이를 압수했다고 합니다. 어느 기사는 총독 문지기에게 한 복역기간에만 금화 20냥을 뇌물로 주었다 하고, 어떤 기사에 따르면 혹정으로부터 자신을 방어하는 데 필요한 법적 비용은 본인이 소유한 토지의 3분의 1로도 부족하다고 합디다. 또한 집에서 잡혀간 자녀는 다른 종교로 키워야 한다는 증언도 들었습니다. 현 재산만으로는 살기가 버겁다는 것, 형장에서 목숨을 잃을 수도 있지만 그러면 다시는 기회가 없다는 것, 그리고 종교가 목숨보다 더 소중하다는 것이 결론이었습니다. 그들은 절망스런 현실을 곱씹어보았습니다. 본분을 지키며 살아온 자신이 시시때때로 금기시된 경위가 무엇인가하고 말입니다. 법을 지킬 수도 없고 시민이 될 수도 없으며 취직도 육아도 불가하니 이를 바랄 사람은 아무도 없었을 겁니다. 그뿐 아니라 딸아이를 결혼시킬 수도 없고, 보낼 수녀원도 없었지요. 해외에는 수녀원이 있었지만 거부자의 수효에 비해 턱없이 부족키도 했고 거액의 뇌물을 헌납하지 않고는 누구도 들어갈 수 없었으니까요. 탕진한 지 오래라 그런 돈은 엄두도 낼 수 없을 겁니다. 종교재판소는 사제를 끊임없이 괴롭혔습니다. 파문에 투옥까지 서슴지 않았고 항소할 자격까지 박탈하고 말았지요." 주교는 제임스 1세가 집권할 무렵 가톨릭이 감내해야 했던 사실을 이와 같이 밝혔다.

부당한 처사에 억눌린 사제라면 불만을 토로하지 않았을까? 모든 수단이 좌절되었다면 어둠의 경로를 통해서라도 구제받을 방도를 찾는 사람이 더러는 있지 않았을까 싶기도 하다. 하지만 엘리자베스의 법령에 따르면, 국교에 불복하는 자는 매월 20파운드를 물게 되어있었다. 이런 과중한 벌금제도는 제임스 1세가 즉위할 때는 면제, 아니 중단되었다가 재개되어 체납금까지 추징해왔다. 그뿐 아니라 제임스는 형편이 궁한 스코틀랜드 간신에게 부유한 거부자를 넘겨주며 벌금을 추징할 권한을 주기도 했다. 이런 특혜를 두고는 절대 늑장을 부리지 않았다. 혹독한 법령이 초래한 징벌과 고통은 여기서 끝이 아니었다. 국교를 탈퇴하거나, 탈퇴를 유도한 자는 대역죄로 몰아 처벌했고, 미사에 참례한 자는 벌금 100마르크와 징역 1년을, 가정교사를 가장한 사제에게 은신처를 제공한 자는 매월 10파운드의 벌금형을 선고했다. 엘리자베스 집권 당시 랭커셔 사제인 앨런 박사는 박해가 계속될 경우 가톨릭이 아주 근절되고 말 거라는 비관론에 개탄하며 예비 사제를 수용·교육하기 위해 두에이에 신학교를 설립했다. 그는 훗날 추기경의 계보를 잇게 된다. 여기서 수많은 사제와 신학생이 잉글랜드로 파송되었지만 가톨릭의 안위와 포교를 기대하며 가난과 고난, 위기와 죽음을 불사한 이들에게는 잔인무도한 형벌이 기다리고 있었다. 두에이에서 파송되었다가 사형수로 전락한 선교사 중에는 앞서 처형된 두 사제도 있었다.

어웰강은 맨체스터와 샐퍼드를 잇는다. 사람들은 어웰강을 가로지르는 옛 다리를 지나며 예언자로 소문이 났던 엘리자베스 오턴을 응시했다. 현장에는 에드워드 3세가 통치할 때 토마스 드 부스가 세운 예배당이 있는데, 최근에는 거부자를 수용하는 감옥으로 바뀌었다. 그녀는 속된 예배당 돌계단에 앉아 우드루프 신부가 준 미사전서를 진지하게 읽고 있었다. 한 무리가 주변에 모여들었지만 인기척을 느끼지 못했는지 계속 책장을 계속 넘기며 전서에 주목했다. 후드가 뒤로 젖혀지자 가냘픈 목과 맨살이 드러나고, 그 위로 부스스한 머리칼이 길게 헝클어져 있었다. 행인 몇 명은 눈길조차 주지 않는 그녀에게 화가 난 듯 '무슨 책을 읽느냐' 물으며 조롱하기 시작했다. 그들은 관심을 끌기 위해 옷을 잡아당기고 작은 돌을 던졌다. 그제야 귀찮다는 듯 일어난 그녀는 부리부리한 검은 눈동자로 행인을 쏘아보며 그곳을 빠져나가려 했지만 무리가 몰려 더는 옴짝달싹하지 못했다.

"베스, 한번 입 좀 열어봐. 예언해봐, 예언 좀 해보라고."

"내가 예언하노니" 오턴이 그들을 가리킨 손을 흔들며 말했다. "너희에게 예언하노니. 잘 들으라. 믿든 안 믿든, 내 말은 땅에 떨어지지 않을지어다."

"이럴 수가! 기적이 일어났다! 20년 동안이나 입을 닫고 살던 베스 오턴이 드디어 말을 했다!"

"환상을 보고 꿈을 꾸었노라." 예언자가 말을 이었다. "어젯밤 방에 누워 가톨릭과 사제가 처한 허망한 현실을 회상할 때 어슴푸레한 열아홉 명이 내 앞에 서있었지. 그래, 세 번이나 세 보니 열아홉이었어. 여기까지 어쩐 일이냐 물었는데 처음에는 혓바닥이 천정에 붙어 말이 떨어지지 않더군. 하나가 이러는 거야. 아직도 귓전에 맴도는 말이 '우리는 박해로 몰락한 가톨릭을 구원하기 위해 선택된 자들이오. 교회 재건 임무를 맡아 원수를 섬멸하는 데 헌신할 것이오. 거사는 은밀히 진행될 것이며 극심한 고역과 고초가 뒤따르겠지만 결국에는 분명히 알게 될 거요. 때가 되면 혹독하고 잔인하게 되갚아주리라는 것을 ….' 그러고는 자취를 감추었지. 오, 이런!" 그녀는 돌연 탄성을 지르며 눈을 비벼댔다. "꿈이 아니었어, 환상이 아니었어. 내 눈앞에 나타나다니!"

"어디, 어디에 있단 말인가?" 몇몇이 물었다.

예언자는 깡마른 팔을 뻗어 정면에 있는 대상을 가리켰다.

순간 모든 눈이 같은 방향으로 돌아가자, 몇 발짝 떨어진 곳에 에스파냐계 군인이 서있었다. 복장을 보아하니 에스파냐계 군인이 확실했다. 그는 큼직한 망토를 걸치고 녹색 깃털이 달린 원추형 활엽모자는 이마가 보이게 살짝 올려 썼다. 또한 광택이 나는 강철갑옷과 트렁크바지를 입었으며 소가죽 부츠는 무릎까지 올랐다. 용모는 청동처럼 가무잡잡했고 체격은 건장했다. 오턴의 말에 심취해 있었지만 표정은 굳어 보였다. 눈은 잿빛으로 날카로웠고 눈썹은 숱이 많았으며 끝으로 콧수염은 끝이 뾰족했다. 외관을 말하자면 키가 크고 허리는 반듯했으며 군인다운 위엄도 물씬 풍겼다. 모두가 자신을 주목한다는 것을 직감한 그는 오턴에게 연민의 표정을 지어보이고는 동전 몇 푼을 던져주며 현장을 빠져나왔다. 그녀의 시선은 여전히 군인에게 꽂혀있었다.

점점 멀어져가는 군인이 시야에서 아주 사라질 때까지 오턴은 두 팔을 허공에 휘저으며 환희에 찬 목소리로 외쳤다. "내가 사실을 말하지 않았더냐? 내가 그를 봤다고 하지 않았더냐? 그분은 교회를 구원하실 자요, 지금껏 흘린 의로운 피를 되갚아줄 것이다!"

"진정하고, 기회가 있을 때 빨리 도망치시오!" 험프리 채텀이라는 젊은이가 소리쳤다. "문장관보와 부하가 당신을 좇고 있소."

"날 찾는다니 멀리 갈 필요는 없겠군." 오턴이 대꾸했다. "이 자들에게 한 말을 그대로 들려주리다. 피비린내 나는 보복의 날이 얼마 남지 않았다고 말이야. 보복자는 이미 왔다오. 그를 두 번 봤는데, 동굴에서 보고 여기서 또 보았소. 당신이 서있는 거기서 말이오."

"입 다물고 도망치지 않으면 수년 전에 겪었던 고통을 다시 감내해야 할 거요." 험프리 채텀이 말렸다. "영락없이 죄수복을 입고 고문을 당할지도 모르니 내 말을 들으시오! 아, 이런! 너무 늦었군. 벌써 오고 있어."

"그냥 놔두시오. 난 이미 각오가 되어 있으니."

"오턴을 강제로라도 피신시킬 사람 어디 없소? 내가 섭섭지 않게 보상하리다." 채텀이 군중에 사정했다.

"난 여기서 한 발짝도 움직이지 않겠소." 오턴이 고집을 부렸다. "진실을 직접 증언하리다."

오턴을 배려하던 채텀은 더는 손을 쓸 수 없겠다는 생각에 옆으로 물러났다.

이때 문장관보와 부하가 나타났다. "오턴을 포박하라! 그녀의 소재를 감독관에게 보고할 때까지 이곳에 투옥시켜라." 이때 문장관보는 오턴의 귀에 속삭였다. "하지만 여사님이 사제를 숨겨준 곳을 자백하고 그리로 안내해준다면 자유의 몸이 되실 겁니다."

"너희가 죽인 그자 말고 아는 사제는 없다." 오턴이 언성을 높였다. "하지만 네 놈은 모르는 사실 하나 알려주지. 피의 복수자가 오셨다는 걸 아는가. 내가 두 눈으로 똑똑히 봤고, 여기 있는 사람도 모두 봤지. 너희도 곧 보게 되겠지만 지금은 아니야. 지금은 ….”

“이 어처구니없는 망발은 대체 무슨 뜻인가?” 문장관보가 물었다.

“괘념치 마십시오.” 험프리 채텀이 끼어들었다. “정신이 나간 노파인 지라 무슨 말인지도 모르고 지껄이는 겁니다. 보증건대, 앞으로는 거슬리지 않을 겁니다.”

“그보다는 선생에 대한 보증이 더 필요할 것 같소. 어젯밤 오드설 성에 있었다는 제보가 들어왔던데 …. 윌리엄 래드클리프 경은 위험인 물이라 영장도 발부된 자인데 그의 저택에 머물렀다? 제보가 사실이라면 래드클리프의 아리따운 딸 비비아나의 매력에 아주 무관심하진 않았던 모양이군.”

“그게 당신과 무슨 상관인가, 치졸한 악당 같으니라구!” 채텀이 발끈했다. 얼굴이 붉어진 그는 화도 났지만 다른 감정이 있었을지도 모르겠다.

“아주 많지. 양의 탈을 쓴 선량한 늑대 주인을 만났으니 말이야.” 문장관보가 응수했다. “가톨릭 귀족을 마음에 두지 않았다는 점을 입증하지 않는다면 나 역시 진의를 가릴 수가 없다오.”

분노가 오간 대화는 오턴의 날카로운 비명에 중단되었다. 그녀는 투옥시킬 참이던 부하의 수하에서 벗어나 단번에 뛰어 다리 난간에 올랐다. 위험천만한 상황에도 아랑곳하지 않고 몸을 돌린 오턴은 어안이 벙벙해진 군인들을 마주보았다.

"두려워 떨라!" 그녀가 격앙된 어조로 외쳤다. "악을 행하는 자여, 두려워 떨라! 하느님의 집을 약탈하고 제단을 헐며 분향단을 흩뜨리고 사제를 죽인 자여, 두려워 떨지어다. 복수자가 왔노라. 그의 손에 노리쇠가 있으니 왕과 영주와 평민 모두를 칠 것이다! 마지막 말이니 명심하라."

"당장 끌어내지 못할까!" 격분한 문장관보가 소리쳤다.

"사내라면 사내답게, 오턴이 다치지 않도록 조심하시오!" 채텀이 외쳤다.

"나를 잡을 수 있을 성싶으냐! 물러서서 그를 두려워하라!"

오턴은 이 말을 끝으로 난간에서 뛰어내렸다.

하강한 높이는 15미터 정도 되었다. 몸의 중력과 가속도 탓에 그녀는 마치 분수대에서 뿜는 물줄기처럼 곤두박질했다. 강물이 그녀의 머리를 덮자 오턴은 다리에서 약 20미터 아래를 흐르는 수면 위로 올라왔다.

"목숨은 부지할 수 있겠소." 다리 측면으로 우르르 몰려든 인파속에서 험프리 채텀이 소리를 높였다.

"굳이 살려봐야 교수형일 텐데." 문장관보가 받아쳤다.

"당신의 알량한 증오심도 내 의지를 꺾진 못할 거요!" 젊은 장사꾼 채텀이 대꾸했다. "다행히 도와줄 자가 근방에 있었군!"

마침 에스파냐인 복장을 한 군인이 등장하자 탄성이 절로 나왔다. 그는 붉은 사암으로 된 강둑 좌편으로 달려가 하류를 따라가며 여인이 나타나기를 기다렸다. 오턴은 입수 지점으로부터 한참 떨어진 곳에서 모습을 드러냈다. 군인은 재빨리 망토를 벗어던지고는 강에 몸을 내던져 그녀를 뭍으로 끌어냈다.

"나를 따르라!" 문장관보가 부하에게 명령했다. "여기서 먹잇감을 놓칠소냐!"

군인과 오턴은 일행이 강둑에 이르기 전에 현장을 빠져나왔다. 문장관보는 둘의 자취를 파악할 수 없었다.

오드설 동굴

수장될 뻔한 예언자를 구한 군인은 신속히 망토를 쥐고는 흠뻑 젖은 오턴을 두 팔로 부축이며 강둑을 따라 서둘러 이동했다. 암벽에 큼지막하게 뚫린 틈새가 나오자 여기서부터는 오턴과 함께 기어들어가 타인의 눈을 피했다. 두 시간 정도는 더올라갔다. 형편이 되는 대로 이따금씩 돌본 덕에 오턴은 겨우 입을 뗄 수 있었다. 그러나 너무도 충격이 컸던 터라 기력은 빠른 속도로 쇠약해져갔다. 이제는 운신조차 힘들만큼 정신이 희미해졌지만 그녀는 자신의 거처에서 숨을 거두고 싶다는 의지를 강하게 밝혔다. 오턴이 현장을 아주 자세히 일러주자 군인은 정찰을 위해 조심스레 전방을 살피며 다시 그녀를 일으켜 세웠다. 오턴이 지시하는 방향으로 가보니 강둑 언저리를 따라 난 좁은 길이 나타났다.

반마일을 더 진행하여 너도밤나무 숲에 가려진 작은 언덕 기슭에 이르렀다. 임종을 앞둔 탓에 목소리를 낼 기운마저 희미해져가는 여인의 안내를 따라 언덕에 오른 그는 정상에서 주변을 재빨리 훑었다. 강둑 맞은편에는 고풍스런 저택이 자리를 잡았고 시야를 좀더 넓혀보니 나무 사이로 다른 저택의 박공과 굴뚝이 보였다.

"날 일으켜주오." 오턴은 현장을 한동안 서성이던 군인에게 말했다. "저 너머에 보이는 옛 저택은 내가 태어난 '흄 성'이라 하오. 죽기 전에 꼭 한번 보고 싶구려."

"나무 사이로 보이는 성은 오드설이지요?" 군인이 물었다.

"그렇지요. 가급적이면 빨리 서두릅시다. 이제 조금만 더 가면 되오. 나도 얼마 못 버틸 것 같소."

언덕에서 내려와 소로를 다시 탔다. 여기서 방향을 꺾으니 수풀이 우거지고 양쪽에는 가파른 사암바위가 벽을 이룬 곳에 이르렀다. 담 끝자락에는 잔가지 덤불로 그럴싸하게 위장한 동굴 어귀가 눈에 띄었다. 역시 오턴이 알려주어 찾아낸 곳이다. 그는 굴 안으로 조금씩 기어갔다. 높이는 2미터 정도였지만 깊이는 꽤 깊었다. 천장에는 고대 북유럽식 문자와 그로테스크한 문양이 새겨져 있었는데 반쯤은 바래졌고, 고딕문양이 장식된 양 벽에는 I. H. S가 고대 교회체로 각인되어 눈에 잘 띄었다. 전통에 따르면 현장은 오딘 사제에게 배정된 곳이라 하나, 좀 더 거룩한 제단에서 신을 숭배하던 자들이 이곳을 피정의 집으로 삼은 것만은 분명해 보였다. 오턴은 짚을 채워 요를 만들고 움푹 꺼진 벽에는 작은 나무십자가를 고정해 두었다. 군인은 요를 살포시 덮어주고는 오턴 옆에 둔 의자에 자리를 잡았다. 그녀는 침대 발치에 놓인 석판에 앉아 있었다. 나뭇가지가 우거져 동굴이 거의 보이지 않을 정도로 캄캄해지자 군인은 오턴의 부탁대로 등에 있던 초에 불을 붙였다.

오턴은 잠시 기도를 드린 후, 가슴 위로 꼭 쥐고 싶다며 십자가를 달라고 간청했다. 그러고 나니 좀더 차분한 마음으로 운명을 준비했다. 하지만 마치 무언가가 돌연 마음을 자극한 듯 예언자 오턴은 눈을 크게 뜨며 사력을 다해 두 손을 뻗었다.

오드셜 동굴로 몸을 피한 가이 포크스

"그가 판관 앞에 섰소! 판관이 그를 심문하고 판결을 내리고 있구려! 아! 지금은 지하 감옥에 있는데 보시오! 고문하는 자들이 오고 있소! 고문대에 눕자 한 번, 두 번, 세 번, 손잡이를 돌리니 관절이 부러지고 힘줄이 갈라지는구려! 오 맙소사! 결국에는 자백하고 마는군요! 형장으로 끌려가 사형대에 오르는 그가 보이오!"

"누가 보인다는 거요?" 놀란 기색으로 귀를 기울이던 군인이 물었다.

"얼굴은 가려져 보이지 않지만 체격은 당신과 다르지 않군요. 아! 집행인이 이름을 부르고 있소. 그대 이름은 무엇이오?"

"가이 포크스라 하오."
"내가 들은 그 이름이오."

마침내 그녀는 뒤편으로 쓰러지며 숨을 거두었다.

가이 포크스는 마지막 기운이 떠났다고 확신할 때까지 그녀를 응시하고는, 몸을 돌이켜 한 손으로 턱을 괸 채 깊은 생각에 잠겼다.

오드설 성

엘리자베스 오턴이 사망한 날, 일몰 후 오드설 성 사람들은 예나 지금이나 저택을 둘러싼 해자 부근에서 누군가가 출입을 허락해 달라는 고성에 놀라 마음이 요동쳤다(격동의 시대에는 범상한 소동도 밤에 벌어지면 가톨릭 집안은 놀라기 일쑤였다). 도개교가 올라가면 침입자가 제아무리 발버둥치며 들어오려 해도 겁먹을 필요는 없었다. 나무 밑에 선 형체는 짙어가는 석양에 그늘까지 드리워져 더 흐릿했지만 기수가 아닐까 싶었다. 저택 사람들은 돌발사태가 벌어질지 모른다는 신중한 판단 하에 아주 귀를 닫기로 했지만 그가 단호한 어조로 두어 번을 더 청하고 나서야 기척을 했다. 노집사가 조심조심 바깥문을 열자 창과 검으로 무장한 하인 둘이 용무를 물었다. 그는 윌리엄 래드클리프 경과 긴히 나눌 이야기가 있다고 전했다. 집사는 주인이 전날 체스터로 행차하여 집에 없다고 했지만, 설령 있다손 치더라도 너무 이르거나 늦은 때는 접견을 일절 허락지 않을 거라고 했다. 이때 상대는 윌리엄 래드클리프와 면식이 아주 없는 사람도 아니거니와, 그런 배려가 필요하다는 것쯤은 알고 있다고 대꾸했다. 거만하면서도 당당했다. 말은 더 장황해졌다. 집사는 끝내 아니라고 했지만 그는 주인이 댁에 있을 거라며 계속 고집을 피웠다. 촌각을 다투는 일이니 더는 지체하지 말고 속히 주인에게 안내하라고 종용도 해봤지만, 집사는 정말 거짓이 아니라는 말만 연신 반복했다. 그는 집사를 믿지 못하겠다는 기색이 역력했다. 실랑이를 벌여봐야 아무런 소득이 없을 것 같아 이번에는 화제를 바꿔 윌리엄 경의 딸인 비비아나 아가씨도 댁에 없는지 물었다.

"답하기 전에 당신이 뉘신지, 어떤 연고로 묻는지부터 알아야겠소."

"개의치 말고 서신을 아가씨에게 전해주오." 기수가 던진 봉투가 해자를 가로질렀다. "실은 부친에게 썼지만 따님이 알아서 안 될 이유는 없으니 말이오."

"올린 버트위셀, 그걸 가져오게." 집사는 올린의 발치에 떨어진 봉투를 의심스런 눈으로 지켜보며 주문했다. "어서 밝은 데로 가져와보게. 내가 먼저 확인하고 나서 아가씨에게 전해줄지 판단함세. 인편으로 기묘한 수작을 부린다는 소문을 들었으니 그런 일에 휘말리지 않도록 말일세."

"저도 휘말리고 싶지 않습니다요, 헤이독 나리." 버트위셀이 입을 열었다. "1년 치 월급을 한꺼번에 준다 해도 손대지 않을 겁니다. 자칫 폭발로 제 준수한 얼굴이 망가질 수도 있는뎁쇼. 그러면 처녀들과 희희낙락할 수도 없잖습니까. 하지만 제프 젤리브론드는 더는 망가질 얼굴도 없고 겁도 없으니 이걸 나리께 가져다줄 겁니다요."

"올린, 말조심하지." 젤리브론드가 퉁명스레 대꾸했다. "남들도 그렇지만, 사지가 찢기고 얼굴이 검게 탄 걸 나라고 좋아할 리 있겠는가?"

옥신각신하는 대화를 듣고 있던 기수는 더는 못 참겠다는 듯 발끈했다. "돌츠! 보통 편지나 다름없이 전혀 위험하지 않은데도 전해주지 않을 거라면 애쉬비 세인트 레저의 로버트 케이츠비가 밖에 와있고 아가씨와 긴히 할 이야기가 있다고 일러주게!"

"케이츠비 나리!" 집사는 어안이 벙벙했다. "딴 사람도 아닌 나리가 왜 진작 말씀하지 않으셨습니까?"

"저 역시 헤이독 님만큼이나 조심해야 하니까요." 케이츠비가 웃으며 너스레를 떨었다.

"물론 그렇긴 하지만, 여기서 나리를 뵈니 좀 이상하군요. 주인님께서 나리와도 친분이 있는 귀족과 나리를 함께 만나셨으리라 생각했거든요. 여기서 정반대편에 있는 플린트셔 홀리웰에서 말입니다."

"그리 궁금해 하니 내 말해주리다. 내가 온 이유는 하나뿐이오." 그가 해자 언저리로 말을 이끄는 동안 집사는 둑 맞은편에 있는 케이츠비에게 다가갔다. 상거는 불과 몇 미터 되지 않았다. "맨체스터에 들른 이유는 ⋯." 그는 목소리를 낮추며 말을 이었다. "구속된 우드루프와 포쇼 신부를 도와줄 방편이 있나 해서 왔소만 아침에 도착했을 때는 이미 늦었더군요. 두 사제가 사형을 당했다 하오."

"오, 하느님, 두 사제에게 자비를 베푸소서!" 헤이독은 몸을 부르르 떨며 가슴에 십자가를 그었다. "케이츠비, 혹시라도 운명을 바꾸었다면 거룩한 사역이 되었을 텐데!"

"나도 진심으로 그리 생각했소." 케이츠비가 열변을 토했다. "하지만 신은 반대로 죽음을 안겨주더이다. 맨체스터에서 우연히 만난 자가 윌리엄 경과 방금 헤어졌다며 댁에 가면 만날 수 있을 거라고 귀띔해 주더군요. 경이 홀리웰 회의에는 참석하지 못할 수도 있다는 생각에 해질녘 이곳에 오기로 결심했지요. 짐작했겠지만 사건을 두고는 철저히 기밀을 지켜야 할 사실이 있어 몰래 왔소이다. 편지는 내가 윌리엄 경을 만나지 못할 때를 대비해 쓴 것이오. 이제 더는 망설일 필요가 없으니 경이 안에 있으면 안내해주시구려. 부재중이시라도 아가씨 또한 내 도움이 필요할 거요. 편지에는 둘 중 하나가 꼭 알아야 할 내용이 담겨 있소."

"주인님이라면 아까 말씀드린 바와 같이 체스터로 떠나셨습니다. 세인트 위니프레드 웰로 행하는 순례에 동참하실 테니 누구에게 들었든 댁에 계시다는 말은 거짓이 분명합니다. 편지와 메시지는 아가씨께 전해드리겠습니다. 나리를 영접하신다 하면 즉시 일러드리겠습니다. 참으로 위험천만한 때입니다, 나리. 그렇고말고요. 선량한 가톨릭 교도기 누구를 믿어야 할지도 당최 알 수가 없습죠. 밀고자가 지천에 깔렸으니까요.

"아니, 이보게! 자네도 나를 의심하는 건가?" 케이츠비가 분통을 터뜨렸다.

이때 헤이독은 정중히 그를 설득했다. "의심할 생각은 추호도 없습니다. 내가 알기론 영국에서 어느 누구보다 이교도와는 담을 쌓은 귀족이라는 걸 잘 아는데 그럴 리가 있겠습니까. 전 그저 아가씨의 심중을 파악할 때까지 나리를 여기에 세워둘 만큼 과도하게 경계하는 연유를 해명하고 싶을 뿐입니다. 해가 지고 나면 명령 없이는 도개교를 내릴 수 없다는 것이 이곳 규칙인지라. 제가 감히 규칙을 어길 수는 없으니 말입니다. 어제 찾아온 험프리 채텀은 크럼셜 출신인데 밤까진 아니었지만 어쨌든 나리처럼 밖에 세워둘 수밖에 없었지요." 그는 의미심장한 어조로 말을 이었다. "아가씨에게는 딱히 불청객도 아니었는데 말입니다, 에헴! 제 본분은 사람을 존중하는 것이 아니라, 주인님이 부재하실 때 경의 가정을 보호하는 것이니 나리가 양해해 주십시오."

"지루하고 장황한 언변만은 못 참겠소." 케이츠비는 조급해 하며 대꾸했다. "어서 알아보기나 하시오."

"벌써 갔습니다. 나리." 집사는 일행과 함께 저택으로 들어가며 말했다.

케이츠비는 말목 주변에 마구를 던졌다. 말이 해자에 고인 물을 마음껏 마시고 언저리에 자란 긴 풀을 뜯어먹을 때 그는 잠시 생각에 잠겼다. 얼마 후에도 집사가 돌아오지 않자 눈을 들어 앞에 선 '옛' 저택을 물끄러미 쳐다보았다. 요즘 건물은 아니었으니 예스럽다 해야 옳다. 저택은 엘리자베스 집권 후기에 소유주인 윌리엄 래드클리프가 개축한 것으로, 당대 유행처럼 호화롭고도 고풍스러웠다. 익벽은 튀어나온 부분과 들어간 부분을 거의 구별할 수 없었고, 벽은 흑백으로 된 체크무늬로 장식하여 건물주의 계층을 드러냈다. 한편 사방을 둘러싼 큼지막한 창은 스테인드글라스로 가득 채웠으며 수많은 박공으로 육중해진 지붕의 외곽선과, 정교한 장식이 돋보이는 길쭉한 굴뚝은 석양이 이글거리는 따스한 서양하늘을 배경으로 도드라지게 자취를 그렸을 법했다.

대부분 노후하고 쓸쓸하리만치 관리도 부실했지만, 안채가 셋으로 나누어진 오드설 성은 본래의 특징과 미관이 지금도 적잖이 남아 있었다. 이는 수년간 풍상이 지나간 흔적도 감지해낼 수 없는 해질녘에도 확연히 보였다. 케이츠비의 눈에 들어온 저택도 그 모습 그대로였다. 해자에 담수를 끊임없이 공급하는 어웰강 북쪽에 자리를 잡은 덕에 구불구불한 강줄기가 남서쪽으로 아름답게 펼쳐졌고 섬을 이룬 듯한 트래퍼드 파크와 통로, 그 너머로 숲이 우거진 고지가 보였고 멀게는 체셔 언덕도 시야에 들어왔다. 저택은 불규칙한 사변형으로 방대한 땅을 차지했다. 엘리자베스 시대의 전형적인 풍모를 뽐낸 정원 또한 사방에 해자를 둘렀으며 면적은 (정원 사이의 간격을 제외하면) 수천 제곱미터에 달했다. 당시 정원은 웅장한 플라타너스 길을 따라 북동쪽으로 가면 입구 근처까지 이를 수 있었다.

케이츠비는 위풍당당한 저택을 바라보며 윌리엄 경의 부와 권력을 곰곰이 생각해 보았다. 속내가 불현듯 입밖을 나왔다. "래드클리프를 거사에 가담시키거나, 아리따운 딸과의 혼인을 승낙 받아 경을 구속할 수만 있다면 거사는 실패할 리 없겠지. 먼저는 프로포즈를 거절했지만 괜찮아. 비비아나가 넘어올 때까지 끈질기게 매달릴 테니까. 올드 콘 신부를 아군으로 만들었으니 성공은 따놓은 당상일 터. 하지만 거사를 치르려면 비비아나가 필요하니 내 사람으로 만드는 수밖에 …."

로버트 케이츠비는 노샘프턴셔 가문의 자손으로, 선조를 헤아려보면 리처드 3세 시절 전성기를 구가했던 저명한 관리 중에도 동명이인이 있었다. 지금은 불혹인데 젊었을 때는 난폭하고 방종하게 살았다. 로마 가톨릭 교육을 받으며 자랐으나 미사에는 몇 년 동안 잠석하지 않다가 1580년, 예수회의 캠피언과 퍼슨스가 잉글랜드를 찾았을 때 절교했던 가톨릭과 화해한 후로는 가톨릭 교리를 열렬히 전파하고 지지하는 신도가 되었다. 예전에는 교리에 반기를 들었지만 지금은 가톨릭이 꾸민 공모에 적극 가담해왔다. 엘리자베스 여왕을 몰락시키기 위해 개시한 서머빌의 모사뿐 아니라, 아덴과 트록모턴(케이츠비의 외삼촌), 베리와 새비지, 발라드 및 바빙턴이 꾸민 거사에도 결탁한 것으로 알려졌다. 스코틀랜드 여왕(메리 스튜어트 1세)이 처형된 후로는 '에스파냐당'에 헌신했고, 제임스의 불확실한 공약을 불신하는 집단의 모사에 동참함으로써 가톨릭 교도(이를테면 에스파냐의 인판타나 파마 공작)의 계승을 열망했다. 에섹스 백작이 반란을 일으켰을 때도 가담했다가 혐의에 대한 응분의 심판은 면했으나 투옥과 아울러 거액의 벌금을 물어야 했다.

이때부터 케이츠비의 이력은 내리막길로 접어들었다. "혁명을 위해 아사를 택했다." 역사학자 캠던은 그를 섬세히 묘사했다. 종교적 광신주의의 피가 흐르고 언변이 뛰어나며 노련한 데다 지조도 있고, 권력자를 속이고 힘없는 자를 위협하는 등, 모략가의 자질을 두루 갖추었다는 것이다. 자신처럼 현실에 절망할 줄 아는, 영락한 동지와 손잡은 그는 지위를 되찾고 가톨릭의 잘못을 시정할 방편을 찾고 있었다. 군주가 즉위할 당시만 해도 로마가톨릭에는 아량을 베풀리라는 관측이 대세였지만 케이츠비는 제임스의 속내를 간파하여 가톨릭 교도의 오판을 가장 먼저 지적했고 극악무도한 박해가 임박했다는 것을 최초로 예견했다. 가톨릭이 온갖 고충을 감내하면서도 왕에 대한 신의를 지킨 탓에 희망은 결코 실현될 기미가 보이지 않았다. 때문에 그는 가톨릭의 반란을 부추길 수 있으리라는 희망을 내려놓았다.

케이츠비는 암울한 전망에 실망한—에스파냐와 프랑스에 대한 희망도 좌절되고 로마의 원조도 유감스러웠다—까닭에 오랫동안 계획해온, 은밀하고도 흉측한 모사를 외세의 지원이나 동지의 협조를 거의 받지 않고 단행하기로 결심했다. 모사는 일단 성공하면 열성적인 야심이나 신앙심이 품고 있던 바와는 비교할 수 없는 '대사'를 성취하겠지만 모사의 본질을 발전시키는 것은 역사가 감당해야 할 몫이리라. 지금은 구체적인 언급을 피하겠지만 거사의 성패가 전적으로 기밀유지에 좌우된다는 점은 솔즈베리 백작과 추밀원의 첩보활동을 고안한 자도 잘 알고 있기에 얼마 동안이라도 서로 뜻이 맞지 않으면 모사는 신뢰할 수 없다는 것 정도는 밝혀둘까 한다. 결국 그는 고심 끝에 다섯 명의 동지와 의사를 교환했다. 모두가 침묵을 지키기로 엄숙히 맹세한 정예요원이었다. 공모를 완수하려면 거사 후에는 가톨릭 교도가 즉각 반란을 일으켜야 했으므로, 케이츠비는 압제자의 속박에서 벗어나기 위해 모사를 진행하고 있다는 사실을 넌지시 밝히고는 신호를 보내면 곧장 무기를 쥘 준비를 해두라고 귀띔했다. 그러나 이 계획도 무산되고 말았다. 그의 말에 귀를 기울이려는 사람도 거의 없었거니와, 설령 들었다손 쳐도 대개는 "우리가 감당해야 할 몫은 인내요, 엄정하지만 합법적인 권력을 상대로 크리스천이 쓸 수 있는 무기는 오직 기도와 눈물뿐"이라는 답변이 돌아왔기 때문이다.

지금도 그렇지만, 당시 가톨릭 동지 중에도 영국에서 역사와 전통을 자랑하는 지체 높은 가문 출신이 더러 있었다. 앞서 언급한대로 그들은 신의만큼이나—제임스 2세의 불운한 통치 시절, 누구도 빼앗을 수 없을 법한 상속권을 굳게 지킨 덕에 신의가 인정되었다—종교적 열정도 대단했다. 사실 엘리자베스에서 제임스에 이르기까지 로마의 종교를 표방하는 자들은 끊임없이 공모를 꾀했지만 이번에는 가톨릭 교도가 감당할 몫은 없었다. 박해가 가장 혹독했던 시절, 불만을 품은 일부 무법자가 모반을 감행할 때마다 잔혹한 형벌이 추가되어 그들 머리로 돌아왔다. 예컨대, 교수대에서는 피비린내가 나고 화형대에서는 재가 된 시신에서 연기가 났으며, 사지가 네 동강이 난 시체는 각 도성의 입구와 시장십자가(공시·포고 등을 위해 중세 유럽 시장에 세워 놓은 십자가 (형태의 집)—옮긴이)에 방치해 거무스름해졌으며, 군인이 반역자의 가정을 무단으로 침입하는가 하면 종교활동을 전면 금지하기도 했다. 이때 '가톨릭쟁이'라는 유행어가 생긴 것이다. 그들은 당시뿐 아니라 잔혹한 형벌이 판치던 때도 왕에 대한 충의를 저버리지 않았다.

걸림돌이 아주 없진 있었지만 과격하고 난폭한 자들은 기꺼이 반란을 택했다. 일부 비관적인 광신도는 당국이 진짜 저질렀든, 오해였든 간에 폐단을 곰곰이 헤아려가며 이를 시정할 수 있다면 수단에 대해서는 망설이는 법이 없었다. 양심의 가책을 송두리째 잃는 한이 있더라도 말이다. 물론 그들을 가톨릭의 대표로 규정한다는 건 가당치가 않다. 공모자 중에는 감초 같은 존재도 있기 때문이다. 모두가 흉악한 동기로 반란을 일으키는 것은 아니었다. 케이츠비는 복합적인 감정이 얽히고설켜 모사를 꾀했지만, 일찌감치 거사에 뛰어든 가이 포크스는 그렇지 않았다. 그에게는 한 가지 원칙이 있었다. 용병으로서 종교에도 심취해 있던 그에게는 하느님이 가톨릭을 구원하기 위해 선택한 자라는 자부심이 있었다. 때문에 (자칭) 거룩한 모사를 달성할 수 있다면 어떤 고충도 불사했던 것이다.

차차 이야기할 공모를 부추긴 원인을 짚어보고, 가톨릭 교도 중에서 강경파와 온건파를 구분하려면 사제의 영향력에 주안점을 두어야 할 것이다. 로마가톨릭 사제는 교구사제와 예수회·선교회 둘로 나누는 데, 온건한 평신도 같은 교구사제는 가톨릭에 베푸는 관용만으로도 만족해왔을 성싶지만 예수회는 복수심만 가득 찬지라 현 정부의—속인의 정부든 교회 정부든—전복을 바랐다. 장정들은 대개 고도의 지성이 발달하고 지칠 줄 모르는 정력과 불굴의 용기로 무장한 덕에 열정과 역량을 발휘하여 수많은 사람에게 개종을 유도해왔다. 그들은 비밀서한을 통해 유럽의 궁중과도 내통하며, 위기 때라도 호기를 잡으면 가톨릭이 과거에 누렸던 위상을 회복할 수 있으리라 희망했다. "그는 가톨릭 교회라는 종교를 버려 통치권을 전부 잃고 말았다Quireligionem Catholican deserit regnanddi jus omne amisit"를 금언으로 삼은 자들에게 케이츠비를 비롯한 동료들은 준비된 정예요원이었다. 그들은 회복을 위한 거사를 꿈꾸고 있었다. 케이츠비는 고해비밀을 빌미로 영국 예수회의 가넷 신부(앞으로 들려줄 이야기가 많다)에게 모사를 누설한 바 있다. 때문에 국운이 달린 중차대한 사건을 함구한 데 대한 정당성 문제가 제기되었지만 명분을 위해 기밀을 지켰다고 증언하면 그만이었다. 예수회가 벌인 대역죄를 두고는 잔인한 박해에서 참작 사유를 찾을 수 있을 법도 하지만, 정녕 그렇다면 온건파 형제의 처사는 어떤 소견으로 이를 밝힐 수 있겠는가? 즉, 예수회가 처벌을 받으면 무고한 온건파에 대해서는 찬사와 동정이 어우러지게 마련이라는 것이다.

여기서 유추할 수 있는 사실은 거부자라는 혐의로 막대한 벌금을 추징당해 좀 위축되긴 했어도 독실한 가톨릭 신도이자 부호인 윌리엄 래드클리프 경이 공모자들에게 매우 중요한 인물이라는 것이다. 때문에 그들이 경을 모반에 끌어들이기 위해 수단과 방법을 가리지 않으리라는 것은 어쩌면 당연한 일일지도 모른다. 하지만 경은 원칙을 준수하는 자라 양심과 의리를 저버리는 제안은 모두 거부했다. 아주 이해할 수 없는 반응은 아니었지만 그래도 당혹감을 감추지 못한 케이츠비는 관리가 습격할 무렵 다시 경을 찾아갔다. 부인과 사별한(추정일 수도 있다) 그는 윌리엄 경의 외동딸이자 유일한 상속녀인 비비아나 래드클리프와의 혼인을 청했다. 그러나 이번에도 허사였다. 경은 딸이 단체에 가담하는 것을 꺼린다는 점과 아울러 하느님께 헌신하겠다고 서원한 점을 근거로 청혼을 거절한 것이다. 케이츠비는 얼핏 계획을 접는 듯했다.

사건 직전으로 거슬러 올라가면 플린트셔, 세인트 위니프레드 웰로의 순례여정은 예수회 중 현지 출신인 가넷 신부가 계획한 것으로 저명한 가톨릭 귀족 남녀를 동반한 일정이었다. 윌리엄 경과 그의 딸에게도 제안했지만 비비아나는 거절하고 경은 참석하기로 했다. 위험천만한 때 집을 떠난다거나, 잠시나마 딸아이를 집사에게 맡겨야 한다는 점은 내키지 않았지만 순례에 동참하여 이를 적극 장려하는 것이 그의 본분이었다.

때문에 경은 집사의 말마따나 전날 체스터로 떠났다. 케이츠비는 이를 몰랐다고 했다. 오히려 경이 댁에 있다는 이야기를 들었다고 했지만 짐작건대, 그가 자초지종을 듣지 못했거나 중차대한 시기인 만큼 도착 일정이 사전에 조율되지 않았을 법도 하다.

앞으로 펼쳐질 사건을 두고도 들려줄 이야기가 많이 남아있다. 집사가 돌아오자 몽상에 잠겨있던 케이츠비가 정신을 차렸다. 집사는 그를 들여보내라는 아가씨의 주문을 전하며 즉각 도개교를 내렸다. 말에서 내린 그는 다가오는 종에게 말을 넘겼다. 헤이독을 따라 석조관문을 통과하고는 정원을 가로질러, 널찍하고 웅장한 거실에 들어왔다. 현장에 비치된 길고 육중한 떡갈나무 테이블은 위쪽 끝으로 연단이 솟아 있었다. 거실 한쪽에는 큼지막한 아치형 벽난로가 입을 벌리고 거대한 장작받침 위로는 이탄과 장작이 두루 타며 연기를 냈다. 벽난로 선반 위로는 존 래드클리프 경의 전부戰斧와 투구와 수갑을 갖춘 사슬갑옷이 걸려 있었다. 오드설 성의 1대 소유주인 그는 에드워드 1세가 집권할 때부터 번영을 누렸다고 한다. 오른편을 보니 커다란 떡갈나무 차폐막이 입구를 가리고 있었다.

헤이독은 그를 호화스런 방으로 인도했다. 고딕양식으로 제작된 테이블에 등을 두고 손님에게 의자를 건네고는 자리를 떠났다. 케이츠비가 들어온 방은 '별실Star Chamber'이라(오늘날에도 그렇게 부른다) 불렀다. 별빛이 알알이 박힌 궁창을 재현하기 위해 천정에 주형을 만들고 색상을 입힌 데서 비롯된 별칭이다. 그러나 색상이 영롱한 스테인드글라스를 채운 창이 사방을 두르면서 별실의 기능은 종료되고 말았다. 벽면은 아라스천이 걸린 곳이 있는가 하면, 소용돌이와 아라비아숫자와 기발한 디자인으로 장식한 떡갈나무를—거무스름하지만 광택이 났다—둘러친 곳도 있었다. 벽난로 선반은 재질이 같아 튼실했다. 조각은 정교했고 면적은 매우 컸다. 선반에는 가문의 문장과—가장자리가 원호인 벤드 가죽이 둘이고 장남은 대개 셋이다—글귀를 새겨 넣었다. 벽난로 밑면은 바닥에서 아주 높이 올라와 있었고, 밑면을 우회하는 큼지막한 목조기둥은 모양새가 특이하여 케이츠비의 시선을 사로잡았다. 그는 벽난로를 좀더 살펴볼 요량으로 일어났다가 아가씨가 들어와 멈칫했다.

느릿느릿 의연하게 들어온 비비아나 래드클리프는 정중하면서도 진지하게 인사를 건네고는, 악수는 생략한 채 손짓으로 착석을 청하며 약간 거리를 두어 앉았다. 케이츠비는 비비아나를 두 번 만난 적이 있다. 당시 상황으로 그녀의 심경에 변화가 있었는지는 확인할 길이 없었지만 그는 차이를 분명히 느꼈다. 1년 전만 해도 비비아나는 활달하고 웃음 많은 열일곱 아가씨였다. 피부는 밝은 갈색에 검은 머리칼이 길게 내려왔으며 눈은 집시처럼 검고 초롱초롱 빛났었다. 그런데 지금 보니 진지하고 차분한 데다 미모는 더 빼어난 숙녀가 되어 있었지만 성격은 판이하게 달랐다. 용모는 백색으로 깨끗하고 투명하여, 부리부리하고 초롱초롱한 눈과 짙은 눈썹이 한층 돋보였고 큰 키에 당당함이 묻어났으며 자태는 우아하여 자긍심이 강한, 보기 드문 미인이었다. 그녀는 검은 벨벳 드레스를 입고 있었다. 작고 까만 십자가가 달린 묵주 외에 장신구는 없었다. 아가씨가 쓴 검은 벨벳 모자는 진주가 챙 가장자리에 박혀있었고 그 밑으로는 검은 머리칼이 모아져 부드럽고 흰 이마를 드러냈다. 케이츠비는 비비아나의 인간적인 매력 못지않은 엄숙함 때문에 말문이 막혔는지, 방문한 목적과 자신의 역할을 완전히 망각한 채 그녀를 묵묵히 응시하고 있었다. 이때 비비아나는 차분한 마음으로 검은 눈을 상대에게 고정시키며 그가 대화의 물꼬를 틀 순간만을 기다리고 있었다.

케이츠비는 나이도 그렇지만, 방종하고도 자유분방하게 살아온 인생과는 걸맞지 않게 외모가 준수했다. 남성미에 사족을 못 쓰는 여성이라면 호감을 가질 법한 인상이랄까. 독특하고도 특이한 용모는—어느 정도는 성격을 간접적으로 일러주는 지표가 되기도 한다—시선을 집중시킬만했고 그가 나타나면 비교적 낯이 익은 사람도 묘한 호기심이 발동하곤 했다. 다소 근엄한 표정을 짓고 있지만 누가 봐도 괄목할 만한 호남형이었고 계란형 얼굴에 턱수염은 끝이 뾰족했으며 콧수염은 항상 반다이크 초상화를 연상시키는 모양으로 잘랐다. 체격은 건장하면서도 균형이 잡혀 있어 어떤 피로도 이겨낼 수 있을 것만 같았다. 복장은 평범한 신사처럼 누비실크에 색상은 수수하고 굵직한 더블릿(14~17세기에 남성들이 입던 짧고 꼭 끼는 상의—옮긴이)과 엉덩이가 봉긋이 나온 큼지막한 트렁크바지를 입었고 큰 톱니바퀴를 단 담황색 부츠를 신었다. 목에는 풀을 먹여 빳빳해진 로프를 둘렀다. 짧은 갈색 망토는 색이 비슷한 실크로 안감을 댔다. 무기는 양날검과 단검. 아울러 테이블에 던진 모자는 당시 유행을 따라 운두가 높았고 챙 왼쪽으로 다이아몬드 죔쇠가 달려있었다.

케이츠비가 딱히 말을 걸려 하지 않자 비비아나가 침묵을 깼다.

"케이츠비 님, 촌각을 다투는 문제로 저와 상의하고 싶다고 들었습니다."

"그렇소." 그는 마치 몽상에 잠기다 깬 사람 같았다. "잠시 넋을 잃고 있었군요. 결례를 용서하시오. 그대의 미모에 푹 빠져있다 보니 다른 건 머릿속에 들어오지도 않습디다."

"케이츠비 님 …" 비비아나가 몸을 일으켰다. "입바른 칭찬을 하고 싶어 오신 거라면 이쯤에서 그만두어야 할 것 같습니다."

"가슴이 시키는 대로 따랐고 … 입술에 전달되는 대로 말했을 뿐이오. 하지만 …" 그는 잠시 멈칫하며 말을 이었다. "칭찬으로 심기를 거 느리고 싶진 않소. 부친께 보낸 서한을 읽었다면 제가 온 목적은 알고 싶지 않을 거요."

"아직 읽진 않았습니다." 비비아나는 봉인을 떼지 않은 봉투를 건넸 다. "시급한 문제라면 제가 이러쿵저러쿵할 입장은 아니지요. 더군다 나 아버님께서 저는 모르길 바라는 기밀이라면 알고 싶지도 않고요."

"혹시 우릴 엿듣는 사람이 있소?" 케이츠비가 벽난로를 수상쩍게 응 시하며 물었다.

"엿들어선 안 될 사람은 아닐 겁니다."

"그렇다면 혹시 올드콘 신부님이 벽난로 뒤에 숨어계신 겁니까?"

비비아나는 멋쩍은 미소를 보였다.

"얼른 나오시라고 하십시오. 당신이나 윌리엄 경 못지않게 신부님도 꼭 들어야 하는 문제니까요. 신부님의 고견이라면 기꺼이 듣겠습니다."

"그럼 어디 한번 들려주시게." 사제 복장을 한 신부가 벽난로 측면 으로 낸 문을 재빨리 열어젖히며 걸어 나왔다. 두툼한 벽에 마련된 공 간이라 미심쩍긴 했다. "어디 한번 들려주시게나." 올드콘 신부는 두 팔을 벌리며 그에게 다가갔다. "축복하고 환영하네."

케이츠비는 무릎을 꿇으며 절했다.

"교회에서 내로라하는 용맹한 군인께서 낮고 천한 종에게 들려줄 소식은 무엇이오?"

그는 집사에게 들려준 이야기를 간략히 언급했다. 노스웨일스로 가던 길에 맨체스터를 찾은 경위를 밝히고 형장에 끌려간 두 사제를 도울 수 없었던 아쉬운 사정을 토로하는가 하면, 문장관보가 부하에게 흘린 정보를 통해 솔즈베리 백작이 윌리엄 래드클리스 경의 체포영장을 보냈다는 소식을 우연히 접했다는 사실까지 털어놓았다.

"아버님이 체포되신다고요?!" 비비아나가 소스라쳤다. "죄목은 …, 죄목은 대체 뭔가요?"

"중죄라 하오." 케이츠비가 덤덤히 말했다. "성직자의 특혜가 적용되지 않는 중죄인데 혐오스런 현행법이 예수회 사제를 숨겨주었다는 혐의를 적용한 거요. 경이 유죄판결을 받는다면 교수형틀에서 사형을 당하게 될 겁니다. 모욕죄까지 추가되어 일반 중죄보다 더 무겁다 합디다."

"오, 이런!" 올드콘 신부는 두 손을 높이 들고 하늘을 보며 탄식했다.

"전해드릴 소식은 여기까지입니다. 관리가 오늘밤 여길 덮칠 겁니다." 케이츠비가 말을 이었다.

"아버님은 결코 찾지 못할 거예요!" 실의에 빠진 비비아나가 목소리를 높였다. "신부님, 이렇게 위태롭고 절박할 땐 어떻게 처신해야 할까요?" 사제에게 고개를 돌린 그녀는 애원하는 표정으로 물었다.

"비비아나, 하느님만이 아시겠지. 하지만 나보다는 능력이 많은 케이츠비님에게 조언을 구하는 편이 나을 듯싶구나. 적의 교활한 계략을 누구보다 잘 알고 있는 데다 그들이 파놓은 덫을 몇 번이고 피한 전력이 있으니 그라면 탈출을 도와줄 수 있을 게야. 난 벌써 결정을 내렸단다. 당장 이곳을 떠나기로 말이야. 여길 들어온 뒤로 후회가 막심했거든. 내가 세운 사람들은 신망이 두터운 데다 진퇴양난 중에도 배려할 줄 안단다."

"오, 그럴 순 없어요, 신부님! 가지 마세요!" 비비아나가 말렸다.

"애야, 난 오랫동안 그리스도의 십자가를 졌단다. 믿음의 원수가 휘두른 채찍도 감내해왔으니 최후에는 거룩한 가톨릭의 진리를 증언하는 데 몸과 기력을 소진해야 하지 않겠니? 나야 고난을 견딜 수 있다지만 그렇다고 형제들에게까지 파멸과 불행을 안겨줄 수는 없단다. 비비아나, 지금이라도 당장 떠날 수 있도록 날 놓아주렴."

"신부님, 말씀을 거두어주십시오!" 케이츠비가 끼어들었다. "그러시면 되레 피하려던 결과를 초래하실지도 모릅니다. 신부님이 적발되어 근방에서 체포된다면 은신처를 제공해준 형제가 의심을 받게 될 겁니다. 신부님이 여길 떠났다는 비밀은 소심한 사람 몇 명만 캐도 알아낼수 있지요. 그러니 좀더 머물러 계십시오. 문장관보가 수색을 감행하면제가 경계를 교란시키겠습니다."

"맞아요, 신부님. 여길 떠나시면 안 돼요. 그러실 수도 없고요. 아시다시피, 저택에는 숨을 곳도 많잖아요. 아무리 수색을 철저히 해도 신부님을 찾진 못할 거예요."

"형제의 안위를 위하는 길이라면 무슨 결정이든 따르리다." 올드콘 신부는 케이츠비의 주장에 동감했다. "난 무조건 그대를 따르겠소."

"신부님, 말씀드린 대로 좀더 머물러 계십시오."

"하지만 아버님이 체스터에 계신다는 사실을 눈치채기라도 하면 뒤를 밟지 않을까요?" 비비아나는 또 다른 문제에 노심초사하며 격앙된 어조로 말했다.

"아버님께는 추적상황을 알릴 전령이 즉각 따라붙을 겁니다."

"케이츠 님이 그 전령인가요?" 비비아나가 진지하게 물었다.

"그대가 기뻐하는 일이라면 심장의 피도 기꺼이 흘리리다."

"그렇다면 저도 이 사역에 동참하겠어요. 제가 배은망덕한 사람은 아니니 믿으셔도 됩니다."

"여부가 있겠소. 그런데 생각해보니 올드콘 신부님의 안전을 위해서는 제가 출발시기를 내일로 미루어야 할 것 같습니다."

"조금이라도 지체하는 날엔 아버님의 목숨이 위태로울 수도 있잖아요. 체스터에는 미리 가셔야지요."

"그렇게 될 거요. 그대가 소원을 빌어준다면 바람도 내 속도를 추월하지 못할 테니."

그러고는 마치 현장을 떠날 사람처럼 우왕좌왕하며 문으로 걸어갔다. 이때 그는 재빨리 주변을 두리번거리고는 돌연 비비아나의 발 앞에 엎드렸다.

"용서하시오, 래드클리프 아가씨. 지금 같은 위기의 순간에도 다시금 혼인을 청하고 싶소. 그대를 향한 애정이 좀 가라앉았다고 생각했지만 오늘 당신을 보니 연정은 그 어느 때보다 더 격동하고 있소."

"일어나세요. 케이츠비 님." 비비아나는 심기가 불편하다는 어조로 당부했다.

"청컨대, 제 말씀 좀 들어보시오." 케이츠비는 그녀의 손을 꼭 잡았다. "청혼을 거절하기 전에 잘 생각해 보시오. 목숨을 아끼지 않는, 진정한 가톨릭 교도가 없는 이 절체절명의 시기라면 보호자가 필요하지 않겠소?"

"혹시라도 그래야 한다면 전 하느님께 헌신하겠다는 서약과 함께, 메리 퍼시 여사가 브뤼셀에 세운 베네딕트 수녀원에 거취를 정하겠어요."

"청혼을 받아들여야 가톨릭의 명분도 한층 수월하게 지킬 수 있을 텐데요."

"왜 그렇죠?"

"들어보세요, 아가씨." 케이츠비는 진지했다. "제 말씀을 깊이 새겨들으시오. 가톨릭 교회의 운명이 당신 손에 달려있소."

"제 손이요?!"

"그렇다마다요. 머지않아 해방을 위한 거센 공격이 닥칠 것이오."

"오, 맙소사!" 올드콘 신부의 감정이 북받쳐 올랐다. "구원의 날이 가까이 왔으니 심판의 해가 종국에 이르면 환희가 임박하리라. 잉글랜드는 다시 복된 곳이요, 거룩한 나라요, 가톨릭 백성이라 일컬을 것이라. 가톨릭의 옛 영광을 아는 자는 이를 다시 보매 쌍수를 들고 즐거워할 것이오. 공의는 형통하고, 부정은 뿌리째 뽑히리라. 경솔한 죄는 연기처럼 사라질 것이며, 이를 알던 자들은 '그것이 어디에 있느뇨?' 할지라. 바벨론의 딸은 낙심하며 티끌 속에서 멸망을 탄식하리라. 교만한 이교도는 돛을 내리고 수레바퀴 아래 깔린 짐승처럼 신음할 것이라. 진기한 기억은 갈라진 틈에 주저앉은 집처럼 사라질지어다. 회개하라, 사두개인이여, 속히 회개하여 전능자의 가혹한 분노를 피하라. 하느님은 풀무 너머로 타오르는 화염 같이 오시리라. 당신의 분노는 번개처럼 내리치리니 하느님을 모독하는 자의 머리를 칠지라. 그들은 주님의 분노로 죽으며 불 앞에 둔 밀랍 같이 녹으리라."

"아멘!" 신부의 말이 끝나자 케이츠비가 추임새를 넣었다. "신부님은 예언도 하시는군요."

"가넷 신부가 전해준 기도문을 암송했을 뿐이오."

"혹시 숨은 뜻은 알고 계신가요?"

"물론이오. 경솔한 죄는 연기처럼 사라질 것이며 …, 갈라진 틈에 주 저앉은 집처럼 …, 당신의 분노는 번개처럼 내리치리니 … 이렇게 읽으 면 거사가 벌어질 것이오."

"계획에는 동조하셨습니까?"

"논 베로 팍툼 프로보, 세드 에벤툼 아모(아직은 제안하지 않았소만 거사는 마음 에 듭니다)."

"신부님, 기밀은 안전하게 지키고 계신 거죠?" 케이츠비는 노심초사 하며 물었다.

"고해성사를 들은 양 굳게 지키고 있소."

"에헴!" 케이츠비가 목소리를 낮추었다. "국운이 걸린 고해성사가 방 금 누설되고 말았습니다, 신부님."

"교황 클레멘트 8세께서는 입단속을 철저히 시키라는 칙령을 내리셨다오. 예수회에서 학문에 조예가 깊은 안토니오 델리오 신부도 『마법논고』에서 문제를 제기하더군요. '배신자가 고해성사를 빌미로 자신 혹은 형제가 지하에 화약이나 인화물을 설치했다고 자백한다면 …'"

"오, 이런!"

"… 그걸 속히 제거하지 않으면 건물 전체가 화염에 휩싸일 테고 왕세자는 목숨을 잃을 것이며 도성에 출입하는 사람만큼이나 수많은 희생자가 막대한 피해와 위험을 감수해야 할 거라면!"

"됐습니다!"

올드콘 신부는 이에 아랑곳하지 않고 말을 이었다. "요점은 이렇소. 정부의 안위를 도모하고 위기를 모면하기 위해 털어놓은 기밀을 사제가 누설해도 되느냐는 것인데 충분한 논의 끝에 델리오 신부 또한 부정적인 뜻을 내비쳤소."

"그만하십시오!"

"누가 공격을 한다는 거죠?" 대화를 들은 비비아나가 놀랍다는 표정으로 물었다.

"접니다. 그대를 위해서라면 무기를 아끼지 않을 것이오."

"수수께끼 같아 이해할 수가 없군요."

"무슨 뜻인지는 올드콘 신부님께 여쭈어 보시오. 신부님이라면 당신 편이니, 내가 가담한 거사가 실패로 돌아갈 리는 없다는 걸 일러주실 거요."

"사실이 그런 걸." 올드콘이 단언했다.

"수수께끼는 제 역량 밖이니 더는 묻지 않을게요. 물론 두 분 말씀도 일리가 있지만 거룩한 가톨릭의 안위를 위해서라면 전 죽음도 불사할 각오가 되어 있습니다. 순교를 감당할 만큼 심지가 굳은 사람이니까요. 그러니 케이츠비 님의 청혼은 받아들일 수가 없습니다. 아니, 사실을 말하자면 …" 비비아나의 볼이 붉어졌다. "제 마음은 이미 그분에게 가있달까요. 결코 한 몸이 될 수는 없지만."

"답이 된 듯하군."

케이츠비의 만면에 굴욕과 실망이 가득했다. 그는 비비아나에게 냉정히 고개를 숙이며 입을 열었다. "래드클리프 아가씨, 그대의 청을 위해 곧 떠나겠소."

"저는 신부님이 항상 지켜주실 거예요. 케이츠비 님의 열성은 평생 잊지 못할 겁니다, 믿어주세요."

"항상 경계를 늦춰선 안 됩니다, 신부님." 올드콘을 지그시 바라보며 당부했다. "사전경계와 무장, 아시죠?"

"걱정 마시게. 함께 기도합시다."

겐템 아루페르테 페르피담
크레덴티움 데 피니부스
우트 크리스토 라우데스 데비타스
페르솔바무스 알라크리테르

그리스도를 찬송하며
속히 행할지니
신도에게 세금을 추징하는
부정한 국가를 제거할지어다

수색

케이츠비가 떠난 직후, 헤이독은 비비아나의 호출을 받았다. 이때 아가씨와 함께 있는 신부가 눈에 들어왔다. 듣자하니 추밀원 관리가 오늘밤에 저택을 찾을 거라고 한다. 관리가 사형영장을 들고 올지도 모른다는 정보에 나이가 지긋한 헤이독은 이실직고한 비비아나가 다소 후회할 정도로 두려워했다.

"진정하세요, 헤이독 님." 비비아나는 안심시킬 근거를 찾기 위해 안간힘을 썼다. "그러지 않을 수도 있으니까요. 설령 그렇다손 쳐도 겁내지 마세요. 보시다시피 저도 이렇게 태연하잖아요."

"겁먹지 말라고요!" 헤이독은 말문이 막혔다. "악당 같은 부하들이 야심한 밤에 신부님을 잡아가는 꼴을 보셨다면 그런 말씀은 못하실 겁니다! 올드콘 신부님이라면 제 심정을 이해하실 테니 결례를 용서하시리라 믿습니다. 녀석들은 강도처럼 들이닥치지만 하는 짓거리는 강도보다 더 악랄합니다. 예의도 모르는 데다 남녀 불문하고 사람을 존중하는 법이 없습죠. 침실이고 거실이고 가리는 곳도 없습니다. 빗장을 질러두면 문을 부숴버리고 캐비닛을 잠가두면 지체하지 않고 엽니다. 열쇠를 찾지 않습니다. 벽을 가린 건 죄다 잡아 내리고 칼끝으로 징두리 벽 틈새를 쑤시는가 하면 벽에 총도 쏩니다. 그래도 죄수를 넘기지 않으면 아예 집을 허물어버리겠다는 협박도 서슴지 않습니다. 악담과 추태와 협박이 모두 악랄하고, 여성은 귀족 아가씨나 귀부인을 상대할 때도 차마 입에 담지 못할 정도로 야만스럽지요. 예컨대 네빌 여사는 한밤중에 홀번 저택을 급습한 자들 때문에 충격을 받아 세상을 떠났고, 바바수어 여사는 요크에서 혼절했지 뭡니까. 그런 피해자가 한둘이 아닌데 겁내지 말라니요! 어쩌면 좋을꼬 …, 아가씨, 그렇게 여유를 부리시다가는 돌아가실지도 모른다고요!"

"헤이독 님처럼 두렵다 해도 이렇게 가만히 앉아 탄식하며 노심초사한들 사태가 해결되진 않겠지요. 이럴 때일수록 위기에 과감히 맞서고, 고난 중에도 보호하시는 하느님을 믿어야 해요! 식구들에게는 놀라지 않도록 비밀로 하고 평소처럼 쉬러 가시지요." 비비아나는 집사에게 전염이라도 된 듯 살짝 겁을 먹긴 했지만 의연한 표정으로 대답했다.

"아가씨 말이 맞소. 서둘러 방도를 마련하면 되레 의심만 키울 수 있으니까요."

"추궁을 당하더라도 하인들은 믿을 수 있겠지요?" 비비아나는 조금은 냉정을 찾은 헤이독에게 물었다.

"그럴 겁니다. 하지만 관리들이 너무 가혹하게 협박하는 데다 난폭키도 해서 확답은 좀 어렵겠습니다. 신부님은 저기에 계속 숨어계시면 안 됩니다." 그는 벽난로 선반을 가리키며 말을 이었다. "분명 들키고 말 겁니다."

"여기가 안 된다면 난 어디에 숨어 있어야 하오?" 올드콘 신부는 불안한 듯 물었다.

"신부님이 숨을 만한 곳은 많이 있습니다만, 녀석들이 심히 교활하고 수색 경험도 많은지라 권해드릴 만큼 안전하진 않을 것 같습니다. 그러니 잠을 미루고 계십시오. 관리가 쳐들어오면 기도실로 안내해 드리겠습니다. 기도실은 비비아나 아가씨의 침실이 인접해 있는 북쪽 갤러리에 있습니다. 기도실 벽에는 저와 주인님만 알고 있는 가림막이 있는데, 지하로 수백 미터는 족히 연결되어 해자 맞은편 별채로 통합니다. 통로에 설치해 둔 장치는 필요하면 제가 말씀드리겠지만 이를 쓰면 추적이 차단될 겁니다."

"그렇게 하시오. 내 운명을 당신의 손에 맡기겠소, 헤이독 선생, 신의를 저버릴 분은 아닐 테니. 전 이 곳에서 기도에 몰입하며 밤을 보내겠습니다."

"저도 신부님과 함께 기도하면 안 될까요?"

"그렇게 하렴. 하지만 네가 평생을 희생해야 한다니 내키진 않는구나."

"신부님, 전 희생이라고 생각지 않아요. 헤이독 님, 침대에 있어도 잠은 청하지 않을 테니 이제 들어가셔도 됩니다. 잘 살피시다가 조금이라도 수상한 소리가 나면 꼭 알려주세요."

헤이독은 허리를 굽혀 절하고 자리를 떠났다.

몇 시간이 흘렀다. 그간 비비아나와 신부에게 경각심을 일깨워줄 만한 일은 없었다. 둘은 기도와 신앙 이야기로 시간을 보냈다. 시계가 2시를 알렸다. 비비아나는 영적 고문 앞에 무릎을 꿇고는, 마음이 아주 순결한 사람도 저지를 만한 사소한 잘못을 고해하여 용서를 받았다. 이때 창문 아래서 쇠막대가 떨어지는 듯한 소리가 났다. 신부는 창백해진 얼굴로 초조한 듯 비비아나를 보았다. 그녀는 아무 말 없이 등을 집어 들었다. "쉿!" 그리고는 집사를 찾기 위해 속히 방을 나갔다. 헤이독은 어디에도 보이지 않았다. 아래층 방을 뒤져봐도, 이름을 불러도 소용이 없었다. 집사는 묵묵부답이었다.

복도에서 웅얼거리는 소리가 들리자 겁에 질린 비비아나는 아까 온 길을 되밟았다. 등불을 끄고 살짝 열린 문으로 다가가며 눈에 띄지 않도록 각별히 조심했다. 무장한 괴한들이 시야에 들어왔다. 어떤 이는 검은 등잔을 들고 서있었고 어떤 이는 집사 주변에서 검으로 그를 위협했다. 오가는 대화를 들어보니 그들은 널을 던져 해자를 건넌 후 정원에 숨어 있다가 뒷방 창문을 넘어와서는 쥐도 새도 모르게 헤이독을 급습한 것 같았다. 당시 그는 파수 중 잠들었다가 잡히고 말았다. 그들 중에는 손에 쥔 흰 막대와 복장으로 보아 리더가 적실한 인물도 있었다. 문장관보가 확실한 그는 죄수를 심문하기 위해 걸음을 옮겼다. 집사는 질문마다 고개를 가로저었다. 감찰관의 협박과 부하의 폭행에도 그는 침묵을 지켰다.

"관명을 거스르는 이 작자의 입은 열 수 없더라도 어딜 가나 다루기가 수월한 사람은 있게 마련이지. 집안을 이 잡듯 뒤지고, 한 사람도 열외 없이 심문하겠다! 아, 저기 오는군!"

하인 몇 명은 도망치려 했다가 즉각 잡혔고, 하녀들은 수상한 소리에 놀라 복도로 달려왔다가 무장괴한을 보고 소스라치게 놀랐다. 현장은 이내 어수선해졌다. 하녀는 살려달라며 아우성을 쳤고 장정들은 문장관보의 부하와 몸싸움을 벌였다. 문장관보는 어명을 받들겠다면서 예수회 사제 중 저택에 숨어있다고 알려진 데다 증거도 확보된 올드콘 신부의 은신처를 귀뜸해주는 자는 죄를 묻지 않고 상급을 내리겠지만, 그의 뒤를 봐주고 은신을 공모한 자는 벌금뿐 아니라 옥살이에 심히 혹독한 형벌도 감내해야 하리라 경고했다. 하인은 각자 추궁을 당했지만 난폭한 언동에도 정보를 캐낼 수는 없었다.

비비아나는 극도의 불안감에 시달렸다. 복도를 통과하지 않고는 올드콘 신부에게 갈 수 없었지만 그럴 엄두가 나질 않아 신부의 생존 가능성을 포기해야 했기 때문이다. 하녀의 곡소리가 들리자, 비비아나는 신부가 무사히 피신하기만을 간절히 바랐다. 한편, 문장관보는 심문에 별 소득이 없어 인내심이 한계에 이르자 홧김에 두 하녀를 호되게 위협하고는 무리를 이끌고 저택을 수색하기 시작했다. 일부는 죄수를 감시했다.

비비아나는 올드콘 신부를 구할 수 있다면 어떤 불행을 무릅쓰고라도 절대 늑장을 부려선 안 된다고 마음먹었다. 현장을 점거한 군인 중 몇몇은 손이 닿는 음식과 술로 허기를 채웠고 부적과 유물을 탈취하기 위해 포로를 수색하는가 하면 좀더 인간적인 군인은 혼절한 여인을 소생시켰다. 기회를 호시탐탐 노리던 비비아나는 용케 달려 남쪽 복도 끝에 이르렀다. 마침 문장관보 일행이 별실에 와있다는 사실에 다시금 두려움이 엄습했다. 그들은 언성을 높이며 해머와 나무망치로 벽을 두들겼다. 때문에 벽난로 뒤편에 마련해둔 은신처가 발각되어 곧 부서질 것만 같았다.

"드디어 찾았군!" 문장관보가 승리감에 도취된 목소리로 자축했다. "쥐새끼 같은 놈이 여기에 있었단 말이지."

비비아나는 문가에서 호흡을 가다듬었다. 신부는 조만간 포로에 합류될 터였다. 그러나 현장에서는 욕설과 탄식이 터져 나왔다. 그녀는 올드콘 신부가 그들을 따돌렸다는 데 안도했다.

"아직 집은 빠져나가지 못했을 것이다!" 문장관보가 으르렁거렸다. "방석을 보아하니 자리를 비운 지 얼마 안 되었군. 신부를 생포하기 전에는 절대 못 나간다. 위층으로 가자!"

점차 가까워지는 발자국 소리에 비비아나는 얼른 주계단으로 뛰어올라 긴 복도에 진입했다. 어찌할 바를 몰라 제 방에 들어가 문을 잠그려하자 한 사내가 팔을 붙잡았다. 가까스로 비명을 억누르며 손을 뿌리치려 하자 신부는 귓속말로 자신을 밝혔다.

"오, 무사하시니 천만다행이예요, 신부님. 그런데 어떻게 피하셨어요?"

"기척을 듣고 위층으로 갔지. 그런데 헤이독 선생은 어떻게 됐니?"

"잡히셨어요."

"기도실에서 선생이 말한 비밀을 찾아내지 못하면 희망이 없겠구나."

"어머나! 신부님 그걸 깜짝 잊고 있었네요! 제 방으로 따라오세요. 거긴 함부로 들어가지 못할 거예요."

"그건 모르지." 신부는 절망한 표정으로 말했다. "신성을 모독하는 악당이라면 제단도 무시할 테니."

"이쪽으로 오세요!" 계단 밑바닥에서 등잔 빛이 보였다. "제 손을 잡으세요. 이쪽으로요, 신부님."

문장관보 일행이 복도에 나타나자 둘은 가까스로 방에 들어가 문을 닫았다. 관리는 어떤 방에 들어가더라도 은신처가 될 만한 곳을 단번에 찾아냈다. 수색구역을 사전에 숙지하고 있었거나 현장 경험이 충분해서 그럴 듯싶었다. 어느 방에서는 비밀계단을 찾아내 올라가 보니 지붕에 자리 잡은 작은 예배당을 발견하기도 했다. 이때 그는 제단을 비롯하여 성모마리아상과 십자가상, 성합(성체를 보존하거나 운반하는 용기—옮긴이)과 성배 및 기타 성물을 제거해버리고는 다시 내려와 수색을 이어갔다. 관리의 발길이 닿지 않은 곳은 비비아나의 방뿐이었다. 문장관보는 문을 열려다 잠겨있다는 걸 눈치채고는 지팡이로 문을 두드렸다.

"뉘신지요?" 비비아나가 물었다.

"전령이오만. 어명이니 문을 여시오."

"그럴 수 없습니다. 제 침실이니까요."

"달리 도리가 없으니, 순순히 들여보내주지 않으면 무력을 쓸 수밖에 없소." 문장관보의 어조가 거칠어졌다.

"누구한테 이런 결례를 범하고 계신지는 알고 있습니까? 전 윌리엄 래드클리프 경의 딸입니다."

"알고 있소만, 월권은 아닙니다. 아버님의 체포영장을 가져왔으니까요. 아직 댁에 계시다면 따님 방에 숨어있을 예수회 사제와 함께 감옥에까지 인도해야 합니다. 문을 여십시오. 공무집행 중이니 방해하지 마시오."

아무런 반응이 없자 문장관보는 문을 부수라고 명령했다. 부하들이 즉각 문에 달려들었다.

방에는 아무도 없었다.

문장관보는 방을 수색하다 침대에 걸린 천으로 가려진 입구를 발견했다. 안쪽에 빗장이 채워져 있었지만 관리가 손을 쓰자 여지없이 열렸다. 신속히 통로를 따라 들어가니 숨은 갤러리가 나왔다. 그는 신속력으로 질주하다 또 다른 문 앞에서 멈추었다. 맞은편에 빗장이 단단히 채워져 있었다. 문을 부수자 작은 기도실이 드러났다. 벽에는 떡갈나무 판자가 둘러쳐 있었고 스테인드글라스를 가득 채운 퇴창으로 빛이 쏟아졌다. 창밖을 보니 새로 뜬 달이 광채를 발산하고 있었다. 그가 찾던 인물도 있었다.

"올드콘 신부, 당신을 예수회 사제이자 반역 혐의로 체포하겠소!" 문장관보는 환희에 찬 목소리로 외쳤다. "끌고 가!"

"절대 못 데려갑니다!" 비비아나가 필사적으로 사제에게 매달리며 애원했다. 사제는 아무런 저항 없이 꼭 쥐고 있던 십자가를 가슴에 댔다.

"손 놓으세요, 아가씨." 문장관보는 올드콘 신부의 멱살을 붙잡아 끌었다. "당신을 체포하지 않은 걸 다행으로 아시오."

"차라리 날 잡아가고, 신부님은 풀어주세요! 제발 풀어달라고요!" 비비아나가 비명을 질렀다.

"자비를 모르는 자들에게 자비를 구하고 있구나. 앞장서시오, 나리. 난 각오가 되었소."

"당신은 뉴플릿에 가게 될 거야. 래드클리프 성의 독방을 좋아하지 않는다면 말이야. 최근 우드루프 신부도 여기서 잡혔다지?" 문장관보가 농담으로 빈정댔다.

"도와주세요! 거기 누구 없나요!"

"그러다 목이 가겠어요, 아가씨. 도와줄 사람은 없어요. 하인도 죄다 끌고 갈 테니까요."

말소리가 점차 줄어들자, 벽에 딸린 미닫이판이 돌연 활짝 열렸다. 이때 조그만 입구에서 불쑥 나와 문장관보의 머리에 총구를 겨눈 이가 있었으니, 그는 다름 아닌 가이 포크스였다. 험프리 채텀 외 1인도 그를 따라 나왔다.

챗모스

문장관보는 가이 포크스 일행의 허를 찌르는 출현에 저항은 엄두도 내지 못했다. 두 부하도 아연실색했다. 험프리 채텀은 상대의 충격이 가시기도 전에 두 손으로 비비아나를 잡고는 사제를 부르며 쏜살같이 입구로 들어갔다. 올드콘도 따라가려던 차에 군인 하나가 신부의 허리춤에 있는 뱃대끈을 잡아 힘껏 끌어당겼다. 가이 포크스는 주먹을 날려 그를 쓰러뜨린 후 신부와 다른 군인 사이에 끼어들어 그의 탈출을 도왔다. 그러고는 입구 앞에서 한손에 소총을 들고 적을 위협했다.

"빨리 도망치시오!" 그가 목소리를 높였다. "한시라도 놓쳐선 안 되오. 난 승산이 높은 일에만 나서는데 좀 위험하더라도 아직까지는 패배한 적이 없으니, 나는 신경 쓰지 마시오. 안전한 곳에 이를 때까지는 통로를 지키고 있을 테니 어서 서두르시오! 어서요!"

"저들을 쫓아라!" 문장관보가 고래고래 소리를 질렀다. 분통과 짜증이 역력했다. "속히 뒤를 밟아라! 저 반역자를 당장 처단하라. 어떠한 자비도 용납지 않겠다. 저 놈의 목숨을 왕에게 바칠 테니 녀석을 개잡듯 죽여라!"

부하들은 총기가 없던 터라 가이 포크스의 험악한 표정에 기가 꺾였고, 총구가 그들의 머리를 향하고 있어 관리의 명령에 주저할 수밖에 없었다.

"내 말이 안 들리나, 이 겁쟁이 같으니! 찔러 죽이란 말이다!"

"한 발짝이라도 움직여 봐라."

"저들은 거부자란 말이다!" 관리가 목에 핏대를 세우며 고함을 질렀다. "신병을 확보한 순간 겁쟁이들 때문에 놓친 내 먹잇감이 아니더냐? 속히 포박하지 못할까! 너희를 올드콘 신부의 탈출을 방조한 혐의로 더비 경과 위원회에 회부할 것이다! 그러면 어떤 벌을 받을지는 너희도 잘 알 거야. 어찌 한 놈에게 쩔쩔 매는가!?"

"어찌 창이 총을 상대할 수 있겠습니까?" 맨 앞에 선 군인이 볼멘소리를 냈다.

"어림도 없지. 네 말이 사실이란 걸 입증하게 만들진 않는 게 좋을 거야. 그리고 문장관보 나리 …" 가이 포크스가 준엄한 표정으로 말을 이었다. 관리도 주눅이 들었다. "나 역시 피를 흘리고 싶진 않으니 꼭 그럴 수밖에 없더라도 목숨만은 살려주겠소. 하지만 엘리자베스 오턴의 무고한 죽음을 두고는 …"

"아하! 어째 낯이 익다 했어. 에스파냐인 복장으로 거짓선지자를 구한 용병이로군."

올드콘 신부와 비비아나를 구하는 가이포크스와 채텀

"구했지만, 사경을 헤매다 세상을 떴소."

"나도 아네. 오는 길에 은신처를 둘러보니 시신이 있더군. 맨체스터 참사회성당에 마련해둔 죄수 묘지에 매장하라고 했지. 관이나 수의 없이 말이야."

"승부가 어떻게 날지는 모르겠지만 당신을 그녀 옆에 묻어주고 싶소."

"네 놈이 얼마나 용감한지 보자!" 관리는 부하의 창을 빼내어 머리 위로 휘둘렀다. "무기를 버리지 않으면 죽여 버리겠다!"

가이 포크스는 그에게 총을 겨누었다. "물러서! 서툰 짓 하면 머리에 구멍을 내주겠소."

"제발 명을 재촉하지 말아주십시오, 나리." 부하가 망토를 잡아당기며 말했다. "피에 굶주린 저 표정은 장난이 아닙니다."

"발소리가 들립니다. 지원군이 온 것 같습니다!" 다른 부하가 소리쳤다.

"그럼 이만 여길 떠야겠군." 가이 포크스는 비밀문으로 재빨리 들어가 입구를 닫았다.

"빌어먹을! 탈출해선 안 된다! 문을 쳐부수라."

부하들이 매달려 떡갈나무 판을 내리쳤다. 하지만 너무 두툼해서 창으로는 어림도 없었다. 입구는 다른 군인들이 가져온 등과 망치와 정 따위의 연장을 동원했을 때 비로소 뚫렸다. 문장관보는 부하에게 뒤를 따르라는 명령과 함께 좁은 틈새로 부리나케 들어갔다. 좁은 통로를 따라가다 보니 천정이 하도 낮아 고개를 숙여야 했다. 그런 자세로 서둘러 가다 육중한 돌문 앞에서 진행이 중단되었다. 몰래 숨겨둔 장치로 위에서 내려 보냈는지 나사못 등으로 문을 고정해둔 흔적은 전혀 보이지 않았다. 조적벽 모양을 한 돌문은 벽을 판 홈에 딱 들어맞았다. 문장관보는 걸림돌을 찬찬히 살펴보았지만 아무리 생각해봐도 더는 무리였다. 결국 그는 욕설을 퍼붓고는 퇴각을 명령했다.

"경로를 보아하니 정원으로 이어지는 통로가 분명해. 해자 건너편으로 연결될 것 같으니, 병력을 배치하면 생포할 수 있을 거야."

이번에는 도망자의 퇴로를 엿볼 차례다. 돌문이 자리 잡은 곳에 이른 가이 포크스는 고리를 찾아 이를 힘껏 끌어당겼다. 이때 육중한 돌문이 서서히 내려왔다. 벽에 난 홈으로 돌문을 찾아낸 것이었다. 캄캄한 어둠속에서 벽을 더듬거리며 가던 중 한쪽 발이 사다리 꼭대기에 닿았다. 그는 사다리를 타고 내려가 깊은 습한 통로에 착지, 조심스레 사다리를 치우고는 다시 45미터 정도를 직진하여 가파른 돌계단에 올랐다. 위에서 한 줄기 빛이 희미하게 보였다. 마침내 해자 서쪽에 자리 잡은 건물의 뒷문을 벗어나고 보니 놀라움과 실망이 교차했다.

"왜 여기 있는 거요?" 그는 질책하듯 언성을 높였다. "여러분의 탈출을 위해 지금까지 야수의 접근을 저지했건만 …."

"래드클리프 아가씨가 더 움직이는 건 무리입니다." 험프리 채텀이 입을 열었다. "올드콘 신부님더러 아가씨를 떠나달라고 설득할 수도 없는 노릇이니."

"나야 어떻게 되든 상관없소. 고난의 경주는 빨리 끝날수록 좋겠지만 … 아가씨는 포기할 수가 없습니다."

"저는 염려하지 마세요, 신부님." 비비아나는 두려움과 탈진으로 기력이 쇠했다. "전 곧 괜찮아질 거예요. 채텀 님이라면 제가 저택에 돌아갈 때까지 함께 해주시리라 믿어요. 그땐 저도 이생에는 없겠지요."

"여부가 있겠습니까, 래드클리프 아가씨. 아씨는 제가 그럴 수 있도록 소원만 빌어주시면 됩니다."

"오! 그러고 보니 케이츠비 선생 말씀대로 저택에서 아침 해를 보았다면 어찌 되었을꼬." 신부는 비비아나에게 고개를 돌리며 안도했다.

"케이츠비가 여기에 있었습니까?" 가이 포크스가 깜짝 놀란 표정으로 물었다.

"그랬소. 그날 밤 저택에 관리가 들이닥칠 거라는 사실을 알려주러 온 거요. 추밀원이 윌리엄 래드클리프 경의 체포영장을 발부했다는 소식도 말이오."

"지금은 어디에 있습니까?" 포크스가 조급해 하며 물었다.

"아가씨의 부친이 위태롭다는 소식을 전하기 위해 체스터로 갔소. 아씨가 간곡히 부탁했지요."

"이상하군, 케이츠비가 여기 있다는 걸 내가 몰랐다니!" 가이 포크스가 중얼댔다.

"물론 다른 꿍꿍이도 있었다오." 올드콘 신부가 의미심장한 어조로 귀띔했다.

"저도 그리 생각했습니다."

"비비아나 래드클리프 아가씨." 험프리 채텀의 어조는 부드럽고도 나직했다. "왠지 지금 이 순간이 제 운명을 결정하지 않을까 싶군요. 기묘한 우여곡절 끝에 우리가 만난 것도 그렇고, 말하자면, 내가 그대를 보호해야 하는 터라 더욱 용기를 내어 말씀드리오. 오랫동안 그대를 향해 품었던 연정을 고백하리다. 연정은 흔들리는 가슴만큼 진하고 열렬했지만 계층도 다르거니와 무엇보다 종교적 신념이 달라 희망이 없었소. 하지만 부친께 찾아온 위기와 그대가 말려들 수밖에 없었던 난관이 모든 우려를 불식시켰으니 외람된 말씀일진 몰라도, 저의 진실한 연정이 그대에게 아주 무가치한 것은 아니리라 확신하오. 그러니 당신을 지키고 보호할 수 있는 남편의 권리를 내게 주시길 바라오."

비비아나는 침묵했다. 어슴푸레 밝았지만 청년 장사꾼은 아가씨의 볼이 발그레 물든 것을 눈치 챘다.

"어떻소?" 그는 비비아나의 손을 잡고 물었다.

이때 신부가 끼어들었다. "그건 제가 말씀드리리다. 비비아나 래드클리프는 당신의 아내가 될 수 없소이다."

"아가씨에게 기회를 주십시오, 신부님." 채텀이 발끈했다.

"난 부친 대리인으로서 그분의 뜻을 전한 것뿐이오. 다시 청혼해도 제 말을 듣게 될 거요."

"아가씨, 정말인가요? 부친께서 저와의 혼인을 반대하신 겁니까?"

비비아나는 청년 장사꾼이 잡은 손을 조심스레 빼며 한숨을 쉬었다.

"아주 희망이 없는 겁니까?"

"아쉽지만 그래요. 저도 속세의 연정은 품을 수가 없어요. 세상에 대해서는 이미 죽었으니까요."

"어찌 그렇소?"

"하느님께 헌신하겠다고 서약할 거라서요."

"비비아나!" 채텀은 그녀의 발 앞에 무릎을 꿇었다. "다시 생각해 보시오! 다시! 돌이킬 수 없는 비운의 길을 가기 전에 말이오."

"일어나시게." 신부는 준엄한 표정으로 덧붙였다. "그래봐야 헛수고요. 윌리엄 래드클리프 경은 이교도에게 딸을 주지 않소. 경의 이름으로 명하노니, 청혼은 이제 그만두시오."

"알겠습니다." 채텀은 몸을 일으켰다.

"여기서 이러고 있을 시간이 없소." 깊은 생각에 잠겼던 가이 포크스가 입을 열었다. "신부님은 저희가 지켜드리겠지만 비비아나 아가씨는 어쩝니까? 여기에 둘 수도 없고, 댁에 돌려보내자니 위험하고 ···."

"관리가 수색을 그만두기 전에는 돌아가지 않을 거예요."

"언제 돌아갈지 아직은 모릅니다. 먹잇감 앞에서는 몇 주라도 머물러 있을 테니까요."

"그럼 저는 어떡하죠?" 비비아나는 이내 심란해졌다.

"외람된 말씀이지만, 아버님의 클레이턴 성이나 저의 크럼설 자택에 숨어계시면 어떨지요?" 채텀이 물었다.

"탁월한 제안이오." 올드콘 신부가 맞장구를 쳤다. "정말 감사하오만, 비비아나는 어느 모로 보나 예의를 의식해 거절할 거요."

"맞아요, 신부님."

"그럼 제게 호위를 부탁하시는 겁니까?" 가이 포크스가 물었다.

"물론이요. 은신처를 함께 찾아봅시다." 신부는 비비아나에게 고개를 돌리며 말을 이었다. "아가씨의 부친과 만날 수 있는 곳으로 말이오. 이 폭풍이 지나갈 때까지만 몸을 숨길 수 있으면 족하오."

"그런 곳은 이 카운티뿐 아니라 요크셔에도 허다하죠. 둘 중 하나로 안내하리다."

"말은 대기해 두었습니다." 험프리 채텀도 일익을 담당했다. "가로수 아래에 묶어놓았으니, 집사가 입구까지 끌고 올 거요." 그는 하인에게 고개를 돌려 지시를 내리고는 비비아나에게 말을 건넸다. "이곳에는 자정이 되기 한 시간 전쯤에 왔소. 그대를 돕기 위해 왔다가 오드설 성에 갈 거라는 관리의 말을 얼핏 듣게 되었지요. 이 사람은 내가 성 입구로 가는 길에 …" 그가 가이 포크스를 가리켰다. "길을 막으며 말고삐를 잡고는 윌리엄 래드클리프의 지인이냐 묻기에 그렇다고 했지요. 근데 그건 왜 묻느냐 했더니, 저택에 수많은 무장군인이 들이닥쳤다 하더이다. 널로 해자를 건넌 뒤 잠시 정원에 은신해 있다가 말이오. 이 사실에 놀라기도 했지만 계획에 차질이 생겨 아차 싶더군요. 차라리 그들보다 먼저 성에 도착했으면 좋았을 것을 …. 대개 관리들은 야심한 밤에 수색을 벌입니다. 궁지에 몰아넣을 식구가 잠자리에 들었을 시간이니까요. 그때까지 미적댄 나를 자책하며 이상적인 경로를 모색하던 차에 하인이자, (외부인이 접근하면 도개교를 올리던) 헤이독 집사의 아들인 마틴 헤이독이 성과 해자 밑을 연결하는 비밀통로를 알고 있다고 귀띔해줍디다. 이때 나는 말을 나무에 묶어두고는 한시도 지체하지 말고 그곳으로 안내하라고 재촉했지요. 독실한 가톨릭 신도이자 올드콘 신부의 지인이라 밝힌 가이 포크스라는 저 자도 끼워달라고 간청하는데 어찌나 절실해 보이던지 즉시 승낙해 주었다오. 이곳에 이르러서는 얼마 동안 뒤져보니 낙하문이 보입니다. 그땐 등이 없어 지하통로에서 시간을 많이 허비했지요. 약 두 시간이 지나서야 돌문에 연결된 고리를 찾을 수 있었소. 마틴이 우리에게 일러준 기묘한 문 말이오. 너무 지체해서 혹시라도 계획이 수포로 돌아가진 않을지 노심초사하던 때 입구에 이르렀고, 그때 당신의 비명소리를 듣게 되었지요. 입구를 나온 다음은 당신도 아는 바일 거요."

"평생 잊지 못할 거예요." 비비아나는 진심으로 감사했다.

이때 말발굽소리가 문 너머로 들려왔다. 헤이독 2세가 문을 열고 들어와서는 겁에 질린 표정으로 외쳤다. "놈들이 오고 있습니다요! 지금 오고 있다고요!"

"문장관보요?" 가이 포크스가 물었다.

"그놈뿐 아니라 군대가 떼를 지어 오고 있습니다. 몇몇은 도개교를 내리고 몇몇은 널을 건너고 말을 탄 무리도 보입니다. 그 중에는 문장관보도 있는 것 같습니다. 저들에게 들켜서 이리로 허겁지겁 달려온 겁니다요."

이때 고성이 그의 증언을 뒷받침했다.

"우리가 졌소!" 올드콘 신부가 탄성을 질렀다.

"아직 포기하지 마십시오, 신부님." 가이 포크스가 신부를 다독였다. "하느님은 신실한 종을 버리지 않으시고, 저 아말렉 군사의 손에서 우리를 구원하실 겁니다."

"저들을 피하고 싶다면 말을 타시오." 험프리 채텀이 재촉했다. "점점 시끄러워지는 걸 보니 적이 속히 다가오고 있구려."

"비비아나! 우리와 함께 가겠소?" 가이 포크스가 물었다.

"저 악랄한 자들을 떠날 수만 있다면 뭐든 하겠어요."

가이 포크스는 두 팔로 비비아나를 일으키고 근방에 서성이던 말을 잡아 아리따운 그녀와 함께 올라탔다. 험프리 채텀도 덩달아 말을 타고는 신부의 상마를 도왔다. 이때 마틴 헤이독은 재빨리 입구로 달려가 즉각 빗장을 질렀다.

월광이 아름다운 밤, 거의 대낮처럼 밝아 각자의 움직임이 상대에게 확연히 드러났다. 주변을 훑던 가이 포크스는 군대가 일행을 포위했다는 사실을 눈치 챘다. 자신은 어떻게 되든 두렵지 않았지만 일행의 안전을 두고는 계속 신경이 쓰였다. 그가 최선의 경로를 고민하는 동안 험프리 채텀은 왼쪽으로 방향을 꺾으라 소리치며 말머리를 돌렸다. 가이 포크스는 왼쪽 손으로는 비비아나를 굳게 잡고, 넉넉한 망토로는 그녀를 감싸며 달렸다. 그러다 검을 뽑고는 준마에 박차를 가해 같은 길을 뒤따랐다.

잠시나마 은신처로 삼은 아담한 건물은 앞서 이야기한대로, 저택 서쪽에 있었다. 해자에서는 그리 멀지 않았고 작은 수풀이 가려 눈에는 잘 띄지 않았다. 그러나 도망자들이 은신처에서 벗어나려하자 이를 눈치 챈 적들은 고성을 쏟아냈다. 그들은 수단과 방법을 가리지 않고 포크스 일행을 차단하려 했다. 문장관보는 윌리엄 래드클리프 경의 마구간에서 탈취한 준마를 타고 여섯 명의 호위병과 함께—관리와 마찬가지로 호위병도 군마와 함께 유숙했다—오른편에서 수색망을 좁혀갔다. 맨체스터로 이어지는 길과 그들 사이에도 무장군인이 주둔해 있었다. 후방에서는 전력을 다해 좇아가고 있다는 보고가 전달된 반면, 전방에서는 넷째 파견대가 창으로 그들을 위협했다. 진퇴양난인지라 탈출은 거의 불가능해 보였다. 하지만 갖은 협박과 욕설에도 투항할 조짐이 보이지 않자 두 기병이 일행을 향해 과감히 돌진했다. 그들은 순식간에 기병과 맞닥뜨렸다. 가이 포크스는 기병의 공격을 막으며 그를 말에서 떨어뜨렸다. 공격이 통했더라면 비비아나는 목숨을 빼앗겼을 것이다. 이때 다른 기병은 창 갈퀴로 마구를 잡아 진로를 저지하며 투항을 명했다. 포크스는 반격하여 창을 부러뜨리고 나서야 숨을 돌릴 수 있었지만, 험프리 채텀은 두 기병이 진로를 차단하면서 위기에 봉착했다. 그들은 신부를 낙마시키기 위해 안간힘을 썼다. 가이 포크스는 힘차게 말을 달리며 필사적이고도 노련한 공격으로 그들을 따돌렸다. 그제야 일행은 무사히 진로를 이어갈 수 있었다.

이를 죽 지켜본 문장관보는 속이 끓었다. 욕설과 협박을 쏟아내도 시원치 않았는지 죄인을 생포하기 전에는 절대 쉬지도 않겠노라 다짐하고는 말에 박차를 가하며 부하들에게는 뒤를 따르라 명했다.

험프리 채텀은 어웰강과 해자 사이를 잇는 둑을 우회했다. 일행보다 지리에 익숙한지라 선두에서 둑을 따라 약 100미터를 진행했다가 떼를 입힌 좁은 다리를 건너자 개활지가 나타났다. 비비아나는 그때까지 입을 다물고 있었다. 눈앞에 닥친 위기를 십분 체감하면서도 두려운 기색은 전혀 보이지 않았다. 치명적인 공격에도 그랬다. 그녀는 한시름 놓았다는 사실을 직감했을 때만 감사의 뜻을 전했다.

"용기가 가상하오." 가이 포크스가 비비아나의 물음에 대답하며 추켜세웠다. "절대 빈말은 아니오. 적이 아주 근접한 데다 말도 잘 다룬 탓에 탈출은 장담할 수 없었지요. 전략이 없었다면 말이오."

"저들과는 100미터도 채 떨어져 있지 않습니다." 험프리 채텀은 불안한 기색으로 후방을 살폈다. "윌리엄 경의 쾌마도 확보했고, 내 정보가 맞다면 아가씨가 아끼는 준마도 손에 넣은 것으로 알고 있소만."

"아, 제이다를 말하는 거군요! 그랬다면 우리가 졌을 거예요. 제이다보다 빠른 말은 없으니까요."

"제이다가 기병을 데려와 준다면 그것도 아주 좋겠군요." 가이 포크스의 말에 뼈가 있었다.

거의 같은 때 문장관보도 그런 생각이 머리를 스쳤다. 그는 최근 교전에서 가이 포크스가 보여준 전투력을 목격했다. 그처럼 한손으로 적을 제압할 만큼 무시무시한 적은 두 번 다시 만나고 싶지 않았다. 게다가 관리는 속도가 탁월하고 혈기도 왕성한 준마 때문에 여기서 잠시 공격을 멈추고 다루기가 좀더 수월한 말로 바꾸어야겠다는 딜레마에 빠지기도 했다.

관리가 공격을 지연한 덕에 가이 포크스 일행은 좀더 멀리 진행할 수 있었다. 소로에 접어들면서 곧 바위투성이인 어웰 강둑에 이르렀고, 약 400미터 정도 굽이굽이 휘어진 개울을 질주했다. 험프리 채텀이 근방에 여울이 있다던 버들밭에 진입했다.

그들은 여울에 뛰어들었다. 아주 빠른 물살을 가르며 이동하다가 안장에 올라탔다. 거리가 멀어진 강둑에서 문득 말 울음소리가 들렸다. 비비아나는 고개를 돌려 높은 바위 꼭대기에 선 애마를 보았다. 제이다를 몰고 온 군인은, 관리의 생각대로, 일행과는 멀찍이 거리를 두었다. 가이 포크스를 겨냥할 요량으로 주변보다 높은 곳에 자리를 잡은 것이다. 군인은 포크스에게 소총을 겨누었다. 이윽고 총탄은 갑옷을 타격했지만 가히 부상은 입히지 못했다. 군인은 현장을 쉽게 빠져나갈 수 없었다. 총소리에 기겁한 말이 강에 뛰어들면서 군인을 내동댕이쳤기 때문이다. 신랄한 말은 헤엄으로 비비아나 일행이 닿은 맞은편 둑에 이르렀다. 주인 아가씨의 음성에 제이다는 채텀이 고삐를 잡을 때까지 잠잠히 기다렸다. 이때 비비아나는 혼자서도 말에 오를 수 있다고 했다. 가이 포크스는 그동안 마주한 사건을 신이 개입한 것으로 여기며 비비아나가 안장에 오르는 것을 도왔다. 그러는 편이 안전할 거라 생각했다.

문장관보와 부하는 제이다가 적에게 넘어가기 전 여울을 건너기 시작했다. 관리는 저만치에서 몸뚱이가 내던져지는 군인을 보고 겉으로는 한탄하는 척하면서도 속으로는 자신의 신중한 판단력과 선견지명에 우쭐해졌다. 그러나 도망자들에게 유리하게 돌아가는 상황을 보고 마냥 기뻐할 수만은 없었다.

"망할 짐승 같으니라구!" 그가 언성을 높였다. "마귀라면 날더러 저놈을 마구간에서 끌어내라 했겠지. 물고기밥이 된 디컨 덕스베리 대신 녀석이 익사했으면 좋았을 것을! 제이다라면 래드클리프 아가씨도 무탈하게 빠져나갈 거야. 어쨌든 올드콘 신부와 검둥이 에스파냐 놈만 잡아도 좀 흡족했을 텐데 말이지. 어디 잡히기만 해봐라, 하만보다 더 높은 교수대에서 처형할 것이다! 단언건대, 그놈은 교황의 첩자가 틀림없어! 악마의 첩자는 아닐 테니 ⋯."

그는 혼잣말로 저주를 이으며 반대편 뭍으로 이동했다. 도망자의 모습은 훨씬 전부터 보이지 않았다. 문장관보가 둑에 오르자 월광아래 우거진 숲을 질주하는 그들이 눈앞에 펼쳐졌다. 격분한 그는 부하에게 고래고래 소리를 지르며 다시금 추격을 개시했다.

갑작스럽고도 기묘하게 찾아온 행운으로 애마를 도로 찾은 비비아나는 신의 구원이 십중팔구는 따 놓은 당상인 양 확신했다. 앞선 사건이 귀감이 되었는지 그녀는 기력과 원기도 금세 충전되었다. 가이 포크스는 그녀와 나란히 달리며 불안한 표정으로 뒤를 돌아보았다. 관리와의 거리는 멀어졌으리라 확신했지만 감탄사가 시원스레 나오진 않았다. 사실 그는 사건의 전말을 겪으면서도 차분하고 과묵한 성격에 걸맞도록 감정표현을 자제해왔다. 험프리 채텀에게는 일행을 어디로 인도하는지 그가 선택한 경로에서 이탈하면 어떨지 묻지도, 따지지도 않았다. 그런 질문에 포크스는 짧게 대꾸하고 말았다. 중대한 문제일 때만 적극적으로 조언이나 소견을 건넸다. 왠지 운에 맡긴다는 인상을 주었달까. 속내를 훤히 들여다볼 수 있다면 아마 그는 자신을 운명의 손에 놀아나는 꼭두각시인형쯤으로 치부했을 것이다.

평소처럼 굴곡이 없는 때라면 말을 타고 질주하든, 작은 산을 오르든, 가파른 비탈을 내려오든, 습지를 누비든, 지세가 험준한 곳을 지나든, 나무가 헝클어진 계곡에 난 자취를 따라가든, 장관이 끊이지 않는 시골의 갖가지 비경에 넋을 잃었을지도 모른다. 절경이 펼쳐진 이곳은 본디 트래퍼드 가문이 공원으로 조성한 이후로—옛 가문의 땅이긴 했지만—울타리를 친 적이 없었다. 올드 트래퍼드 성은 (지금도 자리를 지키고 있다) 오드설 성 동편에 있는 맨체스터에서 약 1마일 떨어져 있으나, 트래퍼드 가문의 현대식 저택은 포크스 일행이 달리고 있는 지역 한복판에 자리를 잡고 있었다.

눈앞에 드러난 야생 서식지는 비경의 절정을 이루었지만 철인 같은 가이 포크스의 성정에는 별 감흥을 주지 못했다. 물론 비비아나를 비롯한 일행의 마음도 아주 심드렁한 것은 아니었다. 주변에 흐르는 정적으로 기분이 한풀 누그러진 그녀는 자신이 직면한 위기는 거의 잊은 채 이 시간, 이렇게 아름다운 곳을 떠올렸던 추억을 되살리며 꿈같은 희열을 만끽했다. 하지만 그것도 잠시, 비비아나의 시야는 수목이 우거진 곳을 배회하다 결국에는 월광을 받은 숲에서 길을 잃고 말았다.

몽상에서 깨어난 그녀는 추격자의 고성에 다시금 정신을 차렸다. 소심한 표정으로 뒤를 돌아보자 그들이 지나간 계곡을 따라 질주해오는 군인들이 보였다. 속도를 보아하니 분명 추월할 기세였다. 비비아나가 속도를 높이려 할 무렵 험프리 채텀이 고삐에 손을 댔다.

"비탈에 이를 때까지만 참으시오. 그때 박차를 가해도 늦지 않습니다. 목적지가 얼마 남지 않았으니 말이오."

"정말인가요! 대체 거기가 어디죠?" 비비아나가 언성을 높였다.

"조만간 보게 될 거요."

한동안 오르막길을 가던 중 정상에 이른 채텀은 골짜기에 조성된 방대한 늪지대를 가리켰다. 거리는 2마일 정도 돼보였다.

"저기가 목적지요."

"애당초 그럴 위인으로 보긴 했지만, 지금 목숨이 위태로울 수도 있는데 농담이 나오나요? 제가 틀리지 않다면 댁이 가리킨 곳은 챗모스라고, 랭커셔에서 가장 위험하고도 방대한 늪지대라고요."

"틀린 것도 아니고 농담도 아닙니다, 비비아나 아가씨. 챗모스를 가리킨 것이 맞습니다."

"거길 건너려면 길잡이 노릇할 도깨비가 있어야 하고, 말이 디딘 땅을 굳힐 요정도 필요할 텐데요." 비비아나가 약간 빈정거리며 받아쳤다.

"저를 믿으시면 안전하게 건널 수 있을 겁니다."

"그렇게 위험천만한 곳을 갈 바에야 차라리 관리를 믿는 편이 낫겠어요."

"어찌 그렇소, 젊은 양반?" 가이 포크스가 진지하게 물었다. "혹시 경솔한 판단착오로 우리를 도탄에 빠뜨린 것은 아니오? 경험에 비추어 봐도 그렇지만, 아가씨의 말이 옳다면 챗모스가 우릴 포위하려는 자들보다 더 위험하오."

"위험하다면 제가 먼저 당하지 않겠습니까? 길을 안내하겠다고 한 건 저니까요." 채텀의 심기가 불편해졌다. "늪은 위험하지만 그래서 우리가 더 안전하다는 말씀입니다. 챗모스를 지나는 길을 훤히 알고 있으니까요. 거기서 조금이라도 이탈하면 바로 사망인 즉, 관리 일행이 우릴 따라온다면 분명 현장에서 매장되고 말 겁니다. 비비아나 아가씨의 소중한 목숨을 도탄에 빠뜨릴 생각은 추호도 없으니 안심하십시오. 챗모스가 가장 안전한 방편입니다."

"일리가 있는 말이군요." 신부가 동조했다. "방금 말한 소로는 나도 들은 적이 있소. 채텀이 우릴 그리로 안내해준다면 적군이 곤욕을 치를 것이오."

"정녕 애원해도 안 될까요? 선생님 뜻은 이해할 수 없지만 그래도 감사히 따르겠습니다."

"그럼 계속 갑시다." 채텀의 독려에 일행은 내리막길을 신속히 달렸다.

채텀 일행이 서둘러 가려는 챗모스가 지금 일부는 농경지가 되고, 잉글랜드와 전 세계를 통틀어 열차가 가장 자주 다니는 철도가 들어서긴 했지만 당시 한창 어렸던 아이들의 기억 속에는 황량한 데다 지나가기도 매우 곤란한 늪에 불과했다. 필자가 자주 올랐던 던햄 언덕에서 조망하노라면 광활한 수면에 날개를 스치며 날아가는 물떼새가 어찌나 부럽던지, 물떼새는 거무튀튀한 데다, 얼룩덜룩한 옷을 연상시키는 줄무늬와, 회갈색과 회색 및 황갈색을 띤 습지에 기묘한 인상을 주었다. 전설에 따르면, 챗모스는 방대한 삼림으로 태곳적 드루이드교의 정령이 출몰하던 숲이었다가 로마의 침략으로 전소되었다고 한다. 혹자는 나무가—수심이 깊어도 종종 눈에 띈다—시커멓게 그을린 경위를 두고는 대형화재가 덮친 후로 하천과 샘이 모두 화마에 숨이 멎어 늪지대로 전락했다는 설로 당시 환경을 해명하려 했다. 드레이턴은 「페어리 랜드」에서 노아의 홍수에까지 거슬러 올라가 챗모스의 기원을 찾았다.

내가 몰락할 때 웅대한 챗모스는
이탄과 이회토가 가라앉은 곳에 자리를 펴고, 기름진 광석과
검디검은 대지는 나사못이
널브러진 채
대홍수에 잠긴 듯하노라

첫째 가설은 개연성이 비교적 높다. 역사의 현장에서 챗모스를 가감 없이 묘사한 주인공은 다름 아닌 캠던이었다. "광활한 습지였다가 최근 강물이 불어나 지대가 상당부분 쓸려나갔고 강이 오염되자 고기떼가 폐사했다. 지금은 작은 개울이 물을 대는 계곡이지만 과거에는 숱한 나무가 꺾인 채 덩그러니 쓰러져 있던 터라, 폐수가 된 시내가 골짜기로 빠져나가지 않았다거나 수로가 막혀 저지대가 늪지('모스')나 웅덩

이가 된 까닭이 모두 땅을 방치한 탓이라 추정해봄직했다. 정말 그렇다면 숱한 나무가 잉글랜드 전역에 묻혀있거나 곳곳을 뒤덮고 있는데 여기가 유독 심하다는 것은 어쩌면 당연할지도 모른다. 땅이 너무 축축해 뿌리가 느슨해지면 자연히 나무는 쓰러지고 토질도 너무 무르니 가라앉게 마련이다. 마을 사람들은 막대기나 꼬챙이로 땅을 쑤시며 찾아다니다가 현장에 표시를 남긴 뒤 파낸 나무를 땔감으로 쓴다. 횃불처럼 발화에 안성맞춤인데, 이는 역청질 토양 때문일 것이다. 그래서 주민들은 이를 전나무로 알고 있다. 시저는 영국에 그런 나무는 없다고 했지만 말이다."

캠던의 말마따나, 습지는 어웰강과 머지강 탓에 상당부분 휩쓸려갔지만 개천과 계곡을 제외하면 대체로 지금과 매우 흡사했다. 수면은 고르지 못해 거칠었고, 물이 밀려들어 이탄만큼이나 짙은 진흙탕이 질척이며 버끔히 벌어진 틈새와 구덩이에 들어찰라치면 볼록 융기하며 터지는 지점이 부각되었다. 이탄 채굴업자를 비롯하여 챗모스 변두리에 살면서 막대기와 꼬챙이로 땔감을 구하는 노동자만 알고 있는 소로는 여러 곳을 가로질렀다. 그러나 자칫 위험천만한 심연이나 아득한 수렁, 혹은 깊이를 헤아릴 수 없는 구덩이에 빠지는 사례가 많은 데다 일정한 경로에서 조금이라도 벗어나는 날에는 질벅한 진창에 휩쓸려 유사에 빠진 양, 제아무리 발버둥 쳐봐야 소용이 없으므로 길을 훤히 아는 사람이라면 모를까, 길잡이 없이는 누구도 건너지 못했다. 챗모스의 역사에 얽힌 뼈아픈 사연도 기록을 기다리고 있다. 저명한 역사학자 로스코가 이를 경작지로 만들고자 했는데 지금 보면 성공했다고 볼 수 있지만 당시에는 수재의 몰락을 초래하고 말았다. 사업을 착수하기 전까지만 해도 주변의 부러움을 살 만큼 유복했는데 말이다.

마침 비비아나 일행이 늪지대의 경계에 이르렀다. 이때 자칫 비비아나의 목숨을 앗아갈 뻔한 사고가 벌어졌다. 진행이 늦춰진 틈을 타 추격자들은 그들이 수세에 몰릴 정도로 바짝 좇아왔다. 바턴에서 남쪽으로 400미터 떨어진 어웰강 얕은 곳을 굽이굽이 따라가던 중, 제이다가 실족하면서 비비아나가 급류에 빠지고 만 것이다. 가이 포크스가 몸을 던져 구해내지 않았더라면 그녀는 아마 수장되었을 것이다. 겁에 질린 말은 수심이 깊은 곳에서 헤엄을 치기 시작했다. 말의 안전을 위해 가장 진땀을 뺀 사람은 험프리 채텀이었다. 그는 신부 못지않게 난감해했다. 잠시 후 사태가 수습되자 비비아나는 다시금 안장에 올랐다. 물이 뚝뚝 떨어지는 옷만 빼면 딱히 불편한 점은 없었다. '잠시'라고 했지만 문장관보와 부하들은 그간 더 바짝 따라붙었다. 관리 일행은 반대편 둑에 서둘러 올랐다. 뒤편에서 들려오는 입수 소리와 고성만으로도 그들이 강에 진입했다는 것을 알 수 있었다.

"저리로 가면 베이스네이프가 나옵니다." 험프리 채텀은 습지의 경계가 되는 고지 가장자리로 비비아나의 시선을 유도했다. "챗모스 진입로는 그 아래에 있소. 우린 적의 손아귀에서 속히 벗어날 것이오."

"적어도 챗모스가 방패막은 되겠죠." 비비아나의 입술이 떨렸다. "이 방법은 정말 최악이에요."

"염려하지 말거라. 지금껏 기적적으로 우릴 보호해준 성자들이 끝까지 보살펴줄 테니, 아주 위험하다는 챗모스도 우리가 달려온 땅만큼이나 안전할 거야."

"난 하늘이 마음에 안 드오." 가이 포크스가 초조한 듯 하늘을 보았다. "당신이 일러준 곳에 이르기 전 달이 흐려질 것 같은데 어둠속에서 챗모스를 건너는 게 과연 안전할까요?"

"달리 도리가 없습니다." 채텀이 나직한 목소리로 대꾸했다. 비비아나에게는 들리지 않았을 것이다. "하지만 어두워서 더 유리할 수도 있지요. 적이 근방에 있으니 시계가 밝으면 곧장 달려오지 않겠소? 진행이야 힘들겠지만 적은 죽음을 면치 못할 거요. 그럼 최대한 서두릅시다. 한시가 급하오."

어둠이 급속도로 밀려오는 가운데 음산한 습지가 질펀하게 펼쳐졌다. 모두가 오싹해졌다. 시야 끝자락도 대양의 수면처럼 평탄했고 광활했다. 어슴푸레한 달빛아래 인간의 발자취나 야생동물의 서식지는 눈에 띄지 않았다. 어찌나 황량하고도 음울하던지 대담한 가슴에도 공포심을 불러일으킬 심산인 듯했다. 비비아나는 어떤 심정이었을지 불보듯 뻔했다. 그녀는 본디 용감하고 인내력도 강했기에 자리에 제대로 붙어있지 못할 정도로 몸서리칠지언정 무섭다는 말은 일절 내뱉지 않았다. 일행은 안타까운 사연에서 비롯된 "로스코 개발구역"의 가장자리를 지나가고 있었다. 이 길은 챗모스에서 가장 위험한 난코스였다. 질척이고 무르디무른 탓에 사뿐히 앉은 왜가리마저 마냥 디딜 곳이 거의 없을 정도였다. 도망자 일행이 벌룩거리며 괴성을 내는 현장을 서둘러 이동할 때 지표가 흔들거렸다. 둥지에 있다 놀란 물떼새가 구슬프게 울고 알락해오라기가 날카롭게 지저귀자 이에 질세라 올빼미도 애가를 쏟아내고 황소개구리도 불길한 예감을 전하는 콘서트에 중저음으로 화답했다. 그들 뒤로는 추격자의 발 구르는 소리와 고성이 우레

처럼 울렸다. 가이 포크스의 짐작이 옳았다. 베이스네이프에 이르기 전, 달이 구름떼 뒤로 숨어 어둠이 짙게 깔린 것이다. 험프리 채텀은 이 지점에서 오른편으로 방향을 돌리라고 주문했다.

"이제부터는 한 줄로 따라오시오. 한 치도 흐트러져선 안 됩니다. 조금만 이탈해도 목숨을 부지할 수 없으니까요. 신부님은 가이 포크스 뒤에 서시고 비비아나 아가씨는 제 뒤를 따라오십시오. 행여 제가 실족하더라도 마음이 흔들려선 안 됩니다."

일행은 자리를 바꾸고 나서 흔들거리는 소로를 따라 조심스레 이동했다. 발 디딘 땅이 흔들리고 말이 진창에 깊숙이 들어가는지라 비비아나는 노심초사했다. "제대로 가고 있는 거 맞나요?"

"설령 그렇지 않더라도 말단에는 이르게 될 겁니다."

문득 누군가가 두려움에 휩싸인 채 연신 숨이 멎는 듯한 괴성을 질러대며 허우적거렸다. 추격자 하나가 그들을 뒤쫓다 변을 당한 것이다.

"대가를 치른 거라지만 왠지 불쌍하네요." 비비아나가 동정했다. "저 사람처럼 될 수 있으니 조심하고 또 조심해요!"

"그대만 살릴 수 있다면 나는 어찌되든 좋소." 험프리 채텀이 체념하며 말했다. "당신을 가질 수 있다는 희망조차 사라졌으니 인생이 허망할 따름이오."

"좀더 서두릅시다." 맨 뒷자리를 지키던 가이 포크스가 재촉했다. "관리 일행이 길을 찾아 우릴 추격해 오고 있소."

"내버려 두시오. 우리는 어찌할 수 없을 테니."

"과연 그럴까!" 뒤에서 한 군인이 소리쳤다. 말이 떨어지기가 무섭게 총알이 발사되었다. 채텀을 겨냥했지만 말이 총상을 입고 말았다. 그는 말이 소로를 이탈하여 수렁에 빠질 무렵, 등에서 미끄러지듯 내려와 겨우 목숨을 부지할 수 있었다. 말이 늪에 빠지는 소리가 들리니 군인은 적중했다는 생각에 동료에게 자랑을 늘어놓았다. 하지만 승리의 도취감도 잠시, 가이 포크스의 총알이 그의 두개골을 관통했다. 안장에서 떨어진 그가 수렁에 빠지자 군마도 그에게 이끌려 운명을 같이했다.

"총알을 아끼시오." 험프리 채텀이 조바심을 냈다. "챗모스가 대신 싸워줄 것이오. 말을 잃은 건 못내 아쉽지만 어찌 보면 두 발로 안내하는 편이 더 나을 수도 있겠소."

이때 그는 비비아나의 마구를 잡고 최대한 주의하며 속보로 끌고 갔다. 한창 진행 중에 등에서 발산되는 듯한 빛이 지면에서 올라와 그들에게 다가왔다.

"오, 하느님 감사합니다! 누군가가 기척을 들었나 보네요. 우릴 도와주려고 서둘러 오고 있어요." 비비아나가 환호했다.

"아니오. 당신이 본 빛은 도깨비불이오. 미혹하는 빛에 속으면 챗모스에서 가장 위험한 곳에 이르게 될 거요."

그때까지도 밀초만큼이나 환한 빛을 내며 지그시 타던 조그마한 불꽃은 실재라는 점을 과시하려는 듯 돌연 팽창하다 자줏빛을 띠었다. 그러고는 불꽃세례를 발산하며 현장 너머로 급속히 멀어졌다.

"저걸 따라갔다가는 큰 화를 당할 것이오!"

"왠지 속세에서는 볼 수 없을 만큼 기묘하군요." 비비아나는 가슴에 십자가를 그었다. "앙심을 품은 도깨비의 장난은 아닐 거라고 몇 번이고 되뇌었지요."

"늪이 방출하는 것일 뿐입니다. 보세요! 다른 녀석들도 오는군요."

일행이 챗모스에 발을 디딘 후로 기괴한 아이들이 잠을 깼는지, 이번에는 무리를 이룬 광채가 사방에서 차츰 거리를 좁히고 있었다. 때로는 멈칫했다가 때로는 허공에 오르고는 수축과 팽창을 반복하다 반경 몇 미터 안에서는 순식간에 뒤로 물러났다.

"세상에 이럴 수가! 정말 보고도 믿기지가 않는군요."

"주민들은 이를 도깨비불이라 부르는데, 잔혹한 재앙이 벌어질라치면 꼭 떼를 지어 나타난답니다."

"하느님, 물리치소서!" 비비아나가 속삭였다.

"근기 없는 미신일 뿐이오." 험프리 채넘이 대꾸했다. "지금부터는 입단속이 중요합니다." 그는 목소리를 낮추며 말을 잇고는 검게 그을린 그루터기에 뭔가를 표시해 두었다. "길은 여기서 꺾입니다. 관리 일행이 이를 모른다면 그들을 영원히 따돌릴 수 있소. 그러니 조금이라도 이 동경로를 발설해선 안 됩니다."

채텀은 위험한 모퉁이를 무사히 돌면서 최대한 작은 목소리로 가야 할 길이 얼마나 남았는지 일러주었다. 이때 소로는 훨씬 더 좁아져 지나온 길보다 더 위험했다. 그는 잠시 멈칫하며 일행을 조용히 시키고는 추격자들의 기척에 귀를 기울였다. 그의 날랜 예측은 정확히 맞아떨어졌다. 군인들은 채텀 일행의 이동은 감지했지만 진로를 알 수 없었기에 행여 실족할까 두려워 속도를 높였다. 그러면 금세 추월할 수 있으리라 판단했을 것이다. 결국 군인들은 죽음으로써 그것이 오판임을 깨달았다. 당시 문장관보와 부하 넷이 남았는데, 두 부하도 늪의 먹이가 되었다. 그중 하나는 동료의 경고를 무시하고 말에 박차를 가했다가 전환점을 그냥 지나치는 바람에 마치 마법에 걸린 양 홀연히 가라앉고 말았다. 외마디 절규를 내뱉을 여유조차 없이 챗모스의 심연으로 사라진 것이다. 너무 순식간에 벌어진 일이라 동료는 수렁에 빠지는 불길한 소리를 들었지만 고삐를 당길 경황이 없어 그도 수장되고 말았다. 세 번째도 어찌하다 운명을 맞이했고, 네 번째는 수렁을 피한답시고 미끄러운 소로 가장자리에서 말을 후퇴시키다 변을 당했다. 이제는 하나만 남았다. 지금껏 후방에서 추적하는 내내 신중했던 문장관보였다. 크게 겁을 먹은 그는 부하의 절규에 자신도 비명을 얹으며 비비아나 일행에 온갖 애절한 말로 도움을 청했다. 안전한 곳으로 안내해주면 더는 해코지하지 않겠다는 약속도 덧붙였다. 그러나 이를 경청하는 사람은 아무도 없었다. 관리는 고작 몇 분이었지만 그동안 숱한 희생자에게 가한 것만큼의 고통을 감내했을지도 모른다. 정말 두려운 순간이었다. 부하 셋은 수렁을 허우적거리며 살려 달라 애원했고 군마도 기병만큼이나 겁을 집어먹고는, 기도가 반쯤 막힌 채 구원을 호소하는 군인의 절규에 날카로운 곡성을 더했다. 여기에 무수한 도깨비불도 가세했다. 공포분위기를 조성하려는 듯, 수렁에 빠진 자들에게 경쾌히 춤을 추며 접근하자 목숨을 부지하기 위해 안간힘을 쓰는 자들의 표정이 훤히 드러났다. 비비아나는 딱한 처지에 마음이 동했는지 험프리 채텀에게 도와달라고 간청했지만 그는 꿈쩍도 하지 않았다. 이번에는 가이 포크스에게 호소했다.

"인간의 도움을 받을 위인이 못되오."

"저들의 영혼에 자비를 베푸소서!" 신부가 외쳤다. "비비아나, 함께 기도하자꾸나. 나도 그럴 테니 너도 전심으로 기도하렴." 그는 궁지에 빠진 자를 위한 기도문을 읊조렸다.

비비아나는 참상에서 눈을 돌리고는 기도에 동참했다.

이때 둘이 목전에서 사라졌다. 세 번째는 말을 벗어나 목숨을 구걸하며 간신히 머리를 수렁 위로 내밀었다. 그도 안간힘을 써봤지만 소용이 없었다. 운명을 재촉할 뿐이었다. 채텀 일행이 서있는 둑을 향해 필사적으로 뛰어든 마지막 부하는 턱밑이 수렁에 가라앉아 있었다. 도깨비불이 밝힌 그의 표정은 몸서리가 처지도록 끔찍했다. 수렁은 그를 천천히 삼켰다.

"레퀴엠 애테르남 도나 에이스, 도미네(저들에게 영원한 평안을 주소서. 오, 주여)."

"다 끝났소." 험프리 채텀은 비비아나의 말을 앞으로 끌며 말했다. "이제 뒤를 좇는 사람은 없군요."

"한 명이 남았어요." 비비아나가 뒤를 돌아보았다.

"문장관보 나리군요." 가이 포크스는 냉담했다. "사정거리를 벗어나진 않았군." 그가 총을 꺼내며 말했다.

"오, 안돼요! 목숨은 살려주자고요!" 비비아나가 애원했다. "이미 많은 사람이 죽었잖아요."

"저놈이 원흉입니다." 가이 포크스는 마지못해 총을 거두었다. "지금 살려두면 당신과 부친에게 독이 될지도 모르오."

"그러지 않기를 바라야죠. 관리를 살려주세요! 제발요!"

"그렇게 하리다. 하지만 챗모스는 아가씨처럼 관대하진 않을 겁니다."

그들은 천천히 이동하기 시작했다. 일행이 걸음을 옮기자 문장관보는 더욱더 애걸복걸했지만 비비아나의 간청에도 그를 도우려는 사람은 없었다.

일행은 한동안 조용히 진행했다. 사고는 없었다. 길은 더 험해졌지만 그 시로 달이 주변을 감싸던 구름에서 모습을 드러내 무사히 길을 건널 수 있었다. 지루하고 고단한 길을 반마일쯤 가고 나니 발을 딛기가 더 편해지고 길도 넓어져 속도를 높일 수 있었다. 반마일을 더 가자 챗모스 서쪽 둑이 나타났다. 비비아나는 먼저 목숨을 살려준 하느님께 감사하고 수장된 군인을 위해서도 기도했다.

그들은 '로손 누크'라는 곳에서 샛길을 통해 애스틀리 그린으로 이동했다. 나무사이로 운집한 초가집이 눈에 띄었다. 첫 집 문을 두드리니 이탄 채굴업자와 아내가 일행을 속히 영접했다. 사내가 인근 헛간으로 말을 끌고 가는 사이, 인심 좋은 안주인은 비비아나에게 가장 좋은 방과 다과를 내놓았다. 그들은 래드클리프 아가씨의 안전과 기력충전을 위해 이튿날 저녁까지 머물렀다.

채굴꾼은 채텀의 부탁으로 관리의 생사를 확인하기 위해 그들이 왔던 길을 되밟았다. 그는 어디에서도 찾을 수 없었다. 그러나 업종이 같은 주민에게 우연히 들은 바에 따르면, 관리의 인상착의와 일치하는 사람은 새벽 미명 베이스네이프 근방에서 맨체스터 쪽으로 갔다 하며, 사망한 군인들에 대해서는 철모와 창만 각각 하나씩 발견되었다고 한다. 관리도 이를 들고 갔다는 후문이다.

그들은 오랜 논의 끝에 맨체스터가 가장 안전하다는 데 합의했다. 험프리 채텀은 맨체스터에서 최고급 호텔인 세븐스타를 알선해주기로 했다. 세븐스타즈는 부유한 미망인이 운영하는 곳인데, 채텀은 그녀를 가리켜 '저를 위해서라면 뭐든 할 사람'이라고 했다. 일행은 예정대로 해질 무렵에 길을 떠났다. 비비아나는 가이 포크스 앞에 자리를 잡고 제이다를 채텀과 신부에게 넘겨주었다. 몬턴 그린과 펜델턴을 경유, 워슬리를 지나며 약 한 시간 반을 가다보니 맨체스터가 시야에 들어왔다. 지금보다는 면적이 십 분의 일도 채 되지 않았고, 지금은 날이 갈수록 대기가 흐릿해지지만 그때는 맑았다. 고풍스런 모습도 더러 있었다. 샐퍼드 브릿지를 건넌 그들은 스미티뱅크에 올랐다가 캐티턴가와 행잉디치를 따라 와이팅(현재는 위티) 그로브 숲에 진입했다. 가옥 몇 채가 셔드산에 듬성듬성 보이기 시작했다. 와이팅 오른편으로 호화로운 세븐스타 호스텔이 가만히 자리를 지키고 있었다. 걸음을 멈추자 가슴이 풍만한 서트클리프 부인이 그들을 따뜻하게 맞이했다. 신부는 남의 눈에 띄지 않기 위해 가이 포크스의 망토를 감싼 채 안내를 따라 숙소에 들어갔다. 서트클리프 부인은 채텀이 당부한 바와 같이 사제의 안전을 책임지기로 약조했다. 가톨릭 사제의 은신처가 될 자택에서는 부인의 프로테스탄트 사상이 다소 반감을 샀지만 말이다.

체류

안주인은 비비아나를 주의 깊게 관찰하던 차에 그녀가 윌리엄 래드클리프 경의 딸과 한 지붕 아래 있다는 사실을 알게 된 순간부터 편의에 각별히 신경을 썼다. 험프리 채텀은 자정이 넘은 야심한 밤이었음에도 크럼설 자택으로 돌아가겠다고 했다. 너무 오랫동안 떠나 있던 터라 식구들의 걱정을 덜어주기 위해서였다.

채텀이 숙소를 떠날 무렵, 가이 포크스도 그와 동행키로 했다. 그는 남에게 숨기고픈 계획을 곱씹는 듯했다. 시종에게는 속히 돌아오겠다는 약조와 함께 경계를 당부했다. 얼마 후 포크스는 그리 멀지 않은 곳에서 가장 가까운 대성당의 위치를 물었다. 채텀은 마침 그리로 가고 있었다고 했다. 얼마 후면 당도할 참이었다. 죄수에게 배정된 곳이 성당 뜰 어디인지도 일러줄 수 있느냐 묻자 채텀은 다소 놀랐다. "북서쪽 뜰, 납골당 근처인데 조만간 지날 테니 그때 자세히 일러드리리다."

끝자락에 빛바랜 십자가가 서있는 페넬가에 진입하자 곧 성당이 시야에 들어왔다. 찬란한 월광 덕분에 네모난 예배당 탑과 홍벽, 첨탑, 부벽, 그리고 세련된 장식이 어우러진 동편 창에 은빛이 반짝였다. 가이 포크스가 거룩하고도 아름다운 성당을 살피기 위해 걸음을 멈추자, 지체 높은 두 사람이 길쭉한 흰 수염을 늘어뜨린 채, 망토를—테두리는 흑담비 모피를 둘렀다—휘날리며 길 끝을 지나갔다. 둘 중 하나는 등을 들고 있었다. 대낮 같이 밝아 없어도 될 텐데 말이다. 가이 포크스는 슬그머니 주변을 살피는 그들의 동태가 석연치 않았는지 채텀에게 저들을 아느냐고 물었다.

"앞에 가는 자가 맨체스터 관리로 유명한 닥터 디Dee라 하오. 신학자와 수학자에, 점성술사까지 겸하고 있소만 소문이 사실이라면 마법사이기도 합니다."

"닥터 디가 저 사람이란 말이오?" 가이 포크스가 혀를 내둘렀다.

"그렇소." 채텀이 말을 이었다. "폴란드 모자를 쓴 사람은 닥터의 조수인 에드워드 켈리인데 닥터 못지않게 명성이 자자하지요. 대개는 '점쟁이'라 합디다."

"저들이 경내로 들어가는군요. 내가 뒤를 밟겠소."

"그러지 않는 게 좋을 텐데요. 괴상한 소문이 돌아서 말이오. 피해를 당할지도 모릅니다."

포크스는 이를 무시했다. 그가 벌써 자리를 뜨자 채텀은 어깨를 으쓱하며 헌츠뱅크 쪽으로 걸음을 옮겼다.

가이 포크스는 경내에서 관리 일행을 보았다. 그들은 벽 그림자 아래서 은밀히 낮은 건물로 보폭을 좁혀 걸어갔다. 성당 북서쪽 끝자락에 있는 납골당인 듯했다. 건물 앞에는 생장이 멎은 거무튀튀한 주목이 서있었다. 그들은 타인의 시선을 의식하며 주변을 두리번거렸다. 부벽 뒤에 숨은 가이 포크스는 눈치채지 못했다. 켈리는 납골당 문을 열어 곡괭이와 괭이를 꺼냈다. 일찌감치 망토를 벗은 그는 건물로부터 약간 떨어진 곳에서 새 무덤을 파내기 시작했다. 닥터 디는 옆에서 켈리 대신 등불을 들고 있었다.

동태를 살피기로 한 가이 포크스는 주목을 향해 살금살금 걸어가 그 뒤로 몸을 숨겼다. 한편 켈리는 힘차게 괭이질을 이어갔다. 노쇠한 몰골에, 세월의 흔적이 밴 사람치고는 이해할 수 없을 정도로 체력이 강했다. 마침내 그는 작업을 멈추고는 얕아진 무덤 안에서 무릎을 꿇고 무언가를 끌어내려 했다. 닥터 디도 무릎을 꿇고 도왔다. 그들은 관 없이 매장된 여인의 시신을 끄집어냈다. 복장도 살아생전 그대로인 듯했다. 가이 포크스는 의구심이 들었다. 그는 이를 단번에 해소해야겠다는 심산으로 달려나갔다. 무시무시한 시신의 외모를 보니 죽임을 당한 예언자, 엘리자베스 오턴이었다.

닥터 디

"무덤에 들어오다니! 묘지에서 사체를 긁어모으는 이리떼보다 더 악랄한 놈들아!" 가이 포크스는 우레 같은 목소리로 닥터 디와 켈리에게 고함을 질렀다. 돌발적인 출현에 놀란 그들은 시신을 떨어뜨리며 뒤로 물러섰다. "악마의식이 무엇이기에 신성한 무덤까지 훼손하는가?"

"누구이기에 감히 우릴 방해하는가?" 닥터 디가 준엄히 물었다.

"그건 중요하지 않소." 포크스는 그들에게 성큼성큼 다가갔다. "당신 둘은 '내가' 잘 알고 있다고만 해두겠소. 맨체스터 칼리지 학장 존 디, 당신은 고귀한 직분보다 추악한 혐의로 화형을 당해야 마땅하고 끄나풀인 에드워드 켈리, 당신은 악마와의 친밀한 관계를 자랑하는 자니, 명성이 자신을 기만했음에도 영혼 구원을 기어이 포기하고 악마와의 화친을 샀지. 당신 둘은 익히 알고 있소. 게다가 방금 묘지에서 끌어낸 시신이 비명횡사한 엘리자베스 오턴이라는 사실도 그렇고 …. 시신을 돌려놓지 않으면 맨체스터 당국에 고발하겠소."

"많이는 알지만 아직은 부족해." 닥터 디가 대꾸했다. "이를테면, 나는 대수롭지 않은 일에 감정을 소모하진 않소. 게다가 내 허락 없이는 묘지를 떠날 수도 없거니와 수족을 놀리지도 못한다는 건 몰랐군."

엘리자베스 오턴의 시신을 꺼내는 닥터 디와 에드워드 켈리를 목격하다

이때 그는 망토 아래서 작은 병을 꺼내고는 안에 든 약물을 포크스에게 뿌렸다. 약효는 즉시 나타났다. 놀랍게도 가이 포크스의 사지가 경직되고 말았다. 칼자루 끝을 댄 손이 움직이질 않으니 마치 그가 대리석상으로 변한 것만 같았다.

"지금부터는 내 위력을 인정하고 존경하게 될 거야. 마음 같아선 깊이가 한 40미터쯤 되는 곳에 생매장을 시키거나, 혼령에게 부탁해서 자네를 저기 보이는 탑 꼭대기에 데려가 …" 그가 성당을 가리키며 말을 이었다. "밑으로 던져버리라 하고 싶지만, 오늘은 몸을 쓰지 못하는 정도로 만족하겠네. 눈과 입은 그냥 두었으니 손을 쓸 수 없는 마법을 그냥 보고만 있어야 한다는 고통은 감내해야 할 걸세."

닥터가 켈리와 함께 시신을 돌려놓으려 하자, 가이 포크스가 기력이 쇠한 목소리로 힘써 외쳤다.

"날 풀어주시오, 그럼 즉각 떠나리다."

"여기서 본 걸 누설하지 않겠다고 약속하겠는가?" 닥터가 멈칫하며 물었다.

"꼭 지키겠소."

"믿어주겠네만, 실은 자네가 여기 있으면 방해가 돼서 말이야."

닥터 디는 무덤가에서 헐거운 흙 한줌을 가져다가 몇 마디 주문을 외우고는 이를 포크스에게 뿌렸다. 그러자 마법은 금세 풀렸다. 육중한 납덩이가 사지에서 떨어져나간 것 같았다. 관절도 유연해지고 마치 악몽을 떨쳐버릴 때 나타나는 경련이 일어났다. 그제야 포크스는 초자연적인 속박에서 풀려났다.

"이제 속히 떠나시오!" 닥터 디가 명령조로 촉구했다.

"잠시만 더 있으면 안 되겠습니까?" 가이 포크스가 정중히 당부했다. "선생님을 지금껏 사기꾼으로 오해하고 있었지만, 알고 보니 오컬트 과학의 대가셨군요. 앞으로는 선생님의 조언을 듣겠습니다."

"자네가 신경이 쓰인다고 말했을 텐데. 내일 칼리지에 오면 내가 허당이 아니란 걸 보여주지."

"왜 지금은 아닙니까? 제가 여쭐 문제는 칼리지 연구실보다는 음침한 현장에서나 어울릴 법합니다만."

"그렇군! 근데 자네 이름은 뭔가?"

"가이 포크스라 불러주십시오."

"가이 포크스라고? 그럼 무슨 고민인지 짐작이 가는군."

"저를 아십니까?" 포크스가 석연치 않은 표정으로 물었다.

"자네만큼이나 잘 알지, 아니, 더 잘 알지도 … 켈리, 이쪽으로 등을 가져오게." 그는 가이 포크스의 얼굴 쪽으로 등을 올리며 말을 이었다. "보게! 날카로운 눈동자와 튼실한 골격에 이국적인 복장까지, 수정구슬로 본 그대로지."

"그렇다마다요." 켈리가 맞장구를 쳤다. "일천 명이 있어도 이 자는 콕 짚어낼 수 있을 것 같습니다. 사제와 채텀, 그리고 비비아나 래드클리프와 위험천만한 챗모스를 지날 때까지 죽 지켜본 그대로니 말입니다."

"아니, 그걸 어떻게?"

"만상을 훤히 보여주는 기술 덕이랄까." 켈리가 말했다.

"머릿속도 읽고 있다는 증거를 보여주지. 고민을 털어놓기 전에 그것이 무엇인지 맞힐 수도 있다네. 자네가 가담하고 있는 계획의 성패도 말이야."

"그렇군요."

"게다가 자네의 은밀한 계획과 그에 얽힌 사람도 모두 거명할 수 있다네."

"선생님의 위력은 정말 대단하군요." 포크스의 어조가 달라졌다. "그럼 제가 필요한 정보도 알려주실 수 있으신지요?"

"에헴!"

"제가 가진 것이 없어 돈을 드릴 형편은 못됩니다만, 에스파냐에서 가져온 유물은 어떠신지요?"

"쳇!" 닥터의 심기가 불편해졌다. "내가 사기꾼으로 보이는가? 고작 몇 푼 벌겠답시고 마법을 보여준 줄 아는가?"

"그럴 리가 있겠습니까! 이렇게라도 감사를 표시하지 않으면 두 분이 서운해 하실 것 같아서 …."

"됐네. 자네의 청은 들어주겠네만, 경고하건대 미래를 캐내려는 자는 조심해야 하네. 경솔했다고 후회하기에는 너무 늦을 수도 있으니 말이야."

"전 두렵지 않습니다. 그럼 최악의 사태를 알려주십시오."

"좋아, 잘 듣게. 장례식을 치르지 않고 매장된 시신에 내가 마력을 쓸까 하네. 성경에 기록된 대로 엔돌의 신접한 여인이 사무엘을 불러낸 것처럼, 파르살리아 전쟁에서 무녀 에리토가 섹스투스 폼페이우스에게 시신을 일으키고, 엘리사가 수넴여인 아들의 코에 생기를 불어넣은 것처럼, 헤라클레스가 알케스티스의 혼을 불러내고, 아폴로니우스 티아네우스가 죽은 여인을 살린 것처럼, 강력한 주술로 예언자 오턴의 영혼을 전에 유하던 거처로 속히 유인하여 질문의 답을 들을 걸세. 의식에 동참하겠는가?"

닥터 디와 에드워드 켈리가 가이 포크스에게 마법을 과시하고 있다

"그러겠습니다."

"그럼 날 따라오게. 담력이 필요할 거야."

가이 포크스는 기도문을 속살거리며 가슴에 십자가를 긋고 묘지로 따라갔다. 닥터의 지시로 그는, 썩 내키진 않았지만, 켈리가 시신을 들어 납골당에 옮기는 것을 도와주었다. 닥터는 등을 들고 뒤따랐고 납골당에 진입하자마자 문을 잠갔다.

가이 포크스가 들어선 곳은 혐오스런 의식과도 잘 어울렸다. 한쪽 구석에는 썩은 두개골과 뼈대와 사체의 일부가 쌓여있었고 다른 귀퉁이에는 텅 빈 관이 부서진 채 세로로 서있었다. 그러나 포크스의 관심을 끈 것은 끔찍하게 절단된 인간의 사지였다. 이는 피치로 새까맣게 얼룩진 채 철제 고리에 묶여, 마치 도살장 고기처럼 벽에 걸려있었다. 머리는 둘이 있었다. 얼굴은 거의 식별할 수 없었지만 액체에 잠긴 탓에 고뇌하는 표정이 역력해 보였다. 켈리는 포크스의 시선이 사체에 꽂혀있다는 것을 눈치챘다. 토막 난 사지는 최근 사형당한 두 사제의 것인데 여기 있다가 얼마 후면 성당 대문에 둔단다. 장비는 집행관이 작업장에서 입는 옷가지와 함께 주변에 널브러져있고, 성당 관리인의 연장도 섞여있었다. 한복판에는 큼지막한 목재틀을 가대가 받치고 있었다. 틀에 핏자국과 피치가 얼룩진 것으로 보아 용도를 가늠할 수 있었다. 여기에 시체가 누워있었다. 닥터 디는 등을 틀 옆에 두었다. 등불이 창백한 시신을 밝히고 부패한 자취를 훤히 드러내자 이를 본 가이 포크스는 겁에 질린 나머지 자신이 벌인 일을 다소 후회했다.

닥터는 망설이는 포크스에게 말했다. "이때다 싶으면 떠나도 좋네."

"아닙니다." 포크스는 정신을 차렸다. "끝까지 해보겠습니다."

"잘됐군." 닥터는 등을 졌다.

적막이 흘렀다. 닥터 디의 나직한 목소리가 정적을 깼다. 주문을 외우는 것 같았다. 점차 목소리가 커지더니 말투가 명령조로 바뀌었다. 돌연 그는 멈칫했다. 반응을 기다리는 듯했다. 하지만 아무런 반응이 없어 꽤나 실망스러웠다. 가이 포크스는 두렵긴 했지만 호기심이 발동하여 정점에 이를 무렵 닥터가 언성을 높였다. "주술을 완성하려면 피가 있어야 해."

"그러시다면 속히 부족한 피를 메우겠습니다." 그는 검을 빼내어 왼팔을 걷어붙이고는 칼끝으로 살갗을 찔렀다.

"여기 있습니다."

"불그스름한 핏줄기를 시신에 뿌리시게."

"알겠습니다. 가슴에 손을 대 피가 그 위를 흐르고 있습니다."

닥터는 소리를 높여 좀더 권위적인 어조로 주문을 외우기 시작했다. 켈리도 가세하여 둘의 목소리가 합쳐졌다. 가이 포크스는 주문을 전혀 알아듣지 못했다.

이때 푸른 불꽃이 그들 머리 위에 홀연히 나타났다. 이글거리는 불덩이가 서서히 하강하여 시신 이마에 닿자 안구가 빈 공간과 탈색에 일그러진 용모가 훤히 드러났다.

"주문이 통했어!"

"시신이 움직입니다! 시신이!" 가이 포크스가 격한 감정으로 소리를 질렀다. "시체가 살아났습니다!"

"손을 떼게! 다칠 수도 있으니." 닥터 디는 마저 주문을 외웠다.

"무릎을 꿇게. 혼령이 가까이 왔다네." 닥터의 목소리가 떨렸다.

쉿쉿하는 소리가 들리고, 눈부신 빛줄기가 시신을 향해 쏜살같이 내려갔다. 시체는 낮은 소리로 신음했다. 가이 포크스는 닥터의 지시에 따라 몸을 넙죽 엎드렸지만, 너무 놀란 나머지 시선은 시체에 고정했다. 이때 시신이 천천히 몸을 일으키며 틀 위에 꼿꼿이 섰다. 시신은 양팔을 옆구리에 붙인 채 미동도 하지 않았다. 옷가지는 갈기갈기 찢기고 마구 흐트러져 있었다. 푸른빛은 아직도 이마에 자리를 잡은 채 섬뜩한 빛으로 얼굴을 비추고 있었다. 가이 포크스는 너무 두려워 눈을 떼고 싶었지만 그럴 수 없었다. 닥터 디와 켈리가 주문을 잇자 시체의 입술이 움직였다. 시신은 무시무시한 목소리로 운을 뗐다. "왜 나를 불렀소?"

닥터 디가 일어났다. "생전에 자네에게는 예언하는 능력이 있었지. 죽어서도 앞날을 훤히 알고 있을 터. 우리가 긴히 물어볼 말이 있네."

"말해보시게, 대답해줄 테니."

"어서 물어보게. 시간이 얼마 없으니 가급적이면 짧게 하게. 불꽃이 타는 동안만 주문이 통하니까 말이야."

"엘리자베스 오턴의 혼령이여!" 포크스가 입을 열었다. "정녕 그대가 내 앞에 서있고, 나를 속이려는 악마가 그대의 몸에 들어가지 않았다면 거룩하고 복된 성인의 이름으로 명하노니, 가톨릭 교회의 번영을 위해 내가 가담한 계획이 성공할지 알려주시오."

"가이 포크스, 그대는 잘못 선택했소. 모사가 가톨릭 교회의 번영을 가져다주진 않을 것이오."

"이유를 물어도 되겠소? 혹시 난폭하고 사악한 수단을 쓰면 거사가 성공하겠소?"

"죽음으로 끝날 것이오."

"가톨릭을 탄압하는 독재자가 죽는다는 거요?" 포크스가 캐물었다.

"공모자요."

"하, 이럴수가!"

"더 남았으면 계속하게. 불꽃이 아직 타고 있으니."

"몰락한 종교는 회복할 수 있겠소?"

몇 마디 뱉기도 전에 빛이 사라지고 굉음이 울리자 시신이 쓰러졌다.

"여기까질세."

"엘리자베스를 다시 불러들일 수 있습니까?" 목소리에 아쉬움이 묻어났다. "물어볼 게 더 남았습니다."

"그럴 순 없네. 영혼이 떠나, 더는 소환이 어려울 걸세. 이제 시신은 매장해야 하네. 이제부터는 제대로 장사를 지내야해."

"궁금증이 아직 안 풀렸습니다! 다시 불러올 수 있으면 좋으련만!"

"궁금증이라는 게 원래 그래. 하지만 금기를 몰라선 안 되네. 금기란 호기심을 계속 증폭시키는 샘에서 갈증을 해소하는 것과 같지. 경고하지만, 자네는 이미 위험천만한 계획에 가담했네. 속히 손을 떼지 않으면 파멸을 당하고 말 것이야."

"여기서 물러설 순 없습니다. 설령 그럴 수 있다 해도 손을 떼진 않을 겁니다. 파기할 수 없는 서약에 매인 바 되었으니까요."

"그럼 서약의 책임을 면제해 주겠네." 닥터 디가 진지하게 제안했다.

"그럴 수 없습니다. 선생님. 어떤 궤변으로도 의무에 대한 양심은 지울 수 없습니다. 저는 공모자들이 작별을 고하지 않는 한 거사를 중단하지 않기로 서약했습니다. 아니, 혼자 감행하더라도 포기하지 않을 겁니다." 가이 포크스가 대꾸했다.

이때 시신에게서 신음소리가 들렸다.

"다시 경고하네만 …."

"계속 해보십시오." 그는 입구로 달려가 문을 활짝 열었다. "정말 숨이 막힐 것 같군."

앞서 말한대로 야경은 밝고 아름다웠다. 그 앞에 우뚝 선 대성당은 월광을 듬뿍 받고 있었다. 그는 웅장한 성당을 멍하니 바라보다 납골실로 돌아갔다. 닥터와 켈리가 귀퉁이에서 꺼낸 관에 예언자의 시신을 안치하고 있었다. 그가 거들자 금방 끝이 났다. 관 정면은 무덤을 향해 있었다. 닥터 디는 무덤 가장자리에 관을 두고 장례식을 거행했다. 그러고는 얕게 판 안식처에 하관하고 속히 흙을 덮었다.

떠날 채비를 마친 닥터는 포크스에게 작별인사를 건넸다.

"자네가 현명하다면 아까 들은 섬뜩한 경고가 도움이 될 걸세."

"떠나기 전에 하나만 여쭙겠습니다. 혹시 미래를 볼 수 있는 다른 방법은 없는지요?"

"한둘이 아니지. 내가 가진 마법의 수정구도 적당히 손만 쓰면 앞날을 정확히 볼 수 있네. 칼리지에 돌아가는 길인데 같이 가겠다면 내 보여줌세."

가이 포크스가 흔쾌히 그러겠다고 하자 일행은 묘지를 떠났다.

마법의 수정구

맨체스터 칼리지는, 잘 알다시피, 현존하는 건물이 있는 곳에 자리를 잡았다. 자선단체를 설립한 독지가이자, 우리가 역사의 현장에서 거론한 인물의 본명을 딴 채텀병원을 두고 하는 말이다. 칼리지는 장구한 세월을 겪었음에도 대부분 보존되어왔다. 사실 1654년 험프리 채텀의 유언에 따라 상속인이 더비 백작의 토지를 가압류한 자들에게서 이를 매입했을 때는 숱한 보수와 증축에도 "낡디낡아 허물어질 지경"이었다고 한다. 맨체스터 칼리지는 본디 배런 성의—맨체스터 영주인 그렐리 가문과 델라워스 가문의 거처—토대 위에 세워졌다가 에드워드 1세의 즉위로 교회 조직이 해산되기 전까지는 줄곧 대성당 관리인과 신도의 주거지로 사용되었다. 메리 여왕이 집권할 때 칼리지가 재건되었으나 가톨릭 조직의 거처는 딘스게이트 내 가옥으로 이전되었다. 칼리지 일부는 거부자를 비롯한 죄수를 수용하는 감옥과 화약고로 전용되었는데 파손돼도 누구 하나 손보는 사람이 없었다. 이때가 1595년, 닥터 디가 관리직을 인수한 해다. 그는 타지에서 배정해준 가옥보다 폐가 같은 칼리지를 더 선호하여 이를 제 집으로 삼았다.

높은 바위언덕에 자리를 잡은 칼리지 밑으로 어크강이—그때만 해도 물고기가 훤히 보일 정도로 물이 맑았다—흘렀다. 전체가 돌로 이루어진 까닭에 예나 지금이나 유서 깊은 수도원 분위기가 물씬 풍겼다. 그러나 닥터 디가 학장이 되면서 칼리지는 예사롭지 않은 시설로 전락했다. 해질녘 어크 강둑 맞은편을 걷다가도 칼리지가 눈에 띨라치면 잔뜩 겁에 질리는 사람이 있는가 하면, 굴뚝에서 불꽃이 튀는 것을 목격하거나, 창을 통해 벌건 화염을 본 사람도 더러 있었다. 궁금하지 않았다면 그냥 지나쳤으리라. 물론 칼리지는 안쪽 사정이 어떻게 돌아가는지는 제대로 볼 수 없기 때문에 닥터만큼이나 음산하고 불가사의한 곳이었다.

어느 날 밤에는 무언가가 굉음을 내며 폭발하는 사고가 일어났다. 소리가 어찌나 크던지 건물 전체가 요동쳤고 굴뚝 한두 개가 무너져 내렸다. 이때 낡은 벽도 속절없이 허물어지면서 벽돌이 강으로 굴러 떨어졌다. 헌츠뱅크 주민들은 진동에 놀라 집밖으로 달려 나왔다. 아니나 다를까, 닥터 디가 작업 중이던 칼리지 곁채가 불에 타고 있었다. 대다수는 이 사태를 초자연적인 세력의 소행으로 믿었다. 인류의 적이 마법사 일행을 납치하려던 차인지라 굳이 불을 끄지 않았으리라는 것이다. 미신과는 거리가 먼 주민들은 불을 끄기 위해 서둘러 거들고자 했다. 그러나 현장에 도착한 주민들은 어안이 벙벙해졌다. 화재 현장이 온데간데없이 멀쩡했기 때문이다. 대문에서 만난 닥터와 켈리는 "굳이 여기까지 올 필요가 없었다"며 너스레를 떨었다. 사고는 깔끔히 수습되었다고 한다. 그때부터 마법사 닥터 디의 명성은 더욱 공고해졌다.

닥터 디는 어느덧 여든에 가까워졌다. 그는 위험하고도 난해한 연구에 기나긴 세월을 보냈다. 해외도 자주 다녔는데 대개는 해외 왕실을 방문하며 융숭한 대접을 받았다. 게다가 수학과 천문학, 점성술 및 오컬트 학문에도 능했을 뿐 아니라, 선견지명도 탁월하여 자문을 들으려는 사람이 줄을 잇기도 했다. 언젠가 독일에 체류했을 때는 찰스 5세 황제가 그를 만나기 위해 현지를 찾았고, 그의 동생이자 후임자인 퍼디난도가 그를 등용했다고 한다. 그 다음에는 루벵(벨기에의 도시)을 거쳐—현지에 닿기도 전에 명성이 자자했다—파리로 가서는 대학에서 기하학을 가르쳤다. 그는 대학 측에서 제안한 교수직에 손사래를 쳤다. 1551년 잉글랜드로 돌아와 젊은 에드워드 6세의 교사 중 하나로 부임하며 100마크의 연금을 받았다. 이때 그는 업턴 사제관으로 통근이 허용되었고 여기서 메리가 즉위할 때까지 머물렀다. 그러다가 거처에서 여왕의 밀랍인형이 발견되면서 마법으로 여왕을 시해하려 했다는 혐의로 투옥되고 만다. 그는 장기간 감금된 채 모진 고문을 당하다가 결국에는 증거 불충분으로 석방되었다.

닥터 디도 여느 점성술사와 운명이 같았다. 즉, 명예와 치욕을 번갈아가며 맛보았다는 것이다. 차기 후원자는 훗날 레스터 백작으로 추앙받는 로버트 더들리로, 알다시피 그는 닥터가 몰두해온 미신적인 기술이라면 사족을 못 썼던 인물이었다. 사실 닥터는 엘리자베스 여왕이 즉위할 때 미신 덕분에 등용되었다. 즉위식을 언제 거행하는 것이 가장 좋을지 일정을 세우라는 주문을 받은 것이다. 여왕은 예지력이 마음에 들어 그를 총애했고 그에 걸맞은 상금을 하사했다. 그 외의 행적은 거두절미하고 두 일화만 이야기하련다. 닥터는 1564년 막시밀리안 황제를 알현하기 위해 독일에 가서 그에게 '모나스 상형문자'를 헌정했고, 1571년에는 로랭에서 위중한 병치레로 한바탕 앓던 중 엘리자베스가 의사 둘을 급파했다고 한다. 곧 완쾌된 그는 고국에 돌아와 모틀레이크에서 방대한 필사본과 아울러 희귀하고 신묘한 자료들을 정리했다.

은퇴 후, 우스터셔 토박이인 에드워드 켈리가 찾아왔다. 그는 초혼술이 기록된 마법서가 수중에 있다는 것으로 소개를 대신했다. 이 책으로 혼령을 소환·제어할 수 있단다. 또한 연금술로 가득 찬 신비철학의 신기원을 이루었다는 주교의 무덤에서 '상아구$_{\text{a ball of ivory}}$'를 찾았다고도 했다. 켈리가 조건을 걸고 이 같은 보물을 닥터의 수중에 넘기자 그는 암묵적으로 이를 받아들였다. 그때부터 켈리는 닥터와 동거하며 연구를 거들었다. 얼마 후, 폴란드 수아비아 팔라티네 귀족 알베르트 드 라스키도 가세했다. 그는 신비로운 마법을 배우겠다는 루돌프 2세의 당부로 프라하까지 동행한 바 있다. 궁정에서 체류한 시간은 그리 길지 않았다. 낯이 익은 혼령들이 마법을 일러주면 곧 떠나라고 귀뜸해 준 바가 있어 닥터는 조언대로 일을 마치자마자 폴란드로 떠났다. 이때도 고난이 찾아왔다. 로마 교황대사가 그를 마법사로 규정, 종교재판에 회부하겠다고 엄포를 놓은 것이다. 군주는 이를 거부했지만 닥터 일행은 추방되어 어쩔 수 없이 보헤미아로 떠나 로젠베르크 백작이 소유한 트레보나 성에 머물렀다. 여기서 둘은 각자의 길을 가기로 했다. 마법도구는 켈리가 닥터에게 건넸다. 닥터가 고국으로 방향을 틀어 런던에 도착하자 여왕이 그를 환대했다. 하지만 집을 비운 동안 모틀레이크 자택은 풍비박산이 나 있었다. 뭇사람이 마법사의 집이란 미명하에 입구를 부수고 귀중한 책과 필사본 자료를 훔쳐간 것이다. 상실감은 이루 말할 수 없이 컸다. 빈곤과 씨름하며 몇 해가 갔다. 그는 여상한 열정으로 연구에 몰입하여 고희에 이른 1595년, 마침내 맨체스터 칼리지 학장으로 부임하게 되었다. 그는 기력이 회복되어 위풍당당하게 임명식을 치렀다.

그러나 여기서도 바람 잘 날은 없었다. '흑마술 장사꾼'이라는 소문이 이미 파다해진 터라 성직자들에게는 밉살스런 존재가 되었기 때문이다. 게다가 숱한 논쟁으로 가톨릭 신도와는 불화도 깊어졌다. 전에도 말했지만 그는 일찍이 배정된 곳을 마다하고 다 쓰러져가는 칼리지 숙소를 선호했다. 유독 그곳을 고집하는 이유를 두고도 말이 많았다. 정확한 이유는 모르겠지만 이웃의 눈을 피하고 싶어 하기 때문이라는 사람이 있는가 하면, 생활자체가 평범한 사람이 이해할 수 있는 것이 아니니 성직자라면 더더욱 이를 감당할 수 없어 그런 곳에 산다는 사람도 있었다. 주민들은 그를 마법사로 추앙했다. 처음에는 많은 사람들이 자문을 구하러 왔지만 닥터는 이를 단호히 거절했다. 귀신들린 여인 일곱이 들것에 실려 온 적도 있었으나 그는 끝내 개입하지 않았다. 하루는 마법에 조예가 깊다고 자찬하는 하틀리를 공개적으로 조목조목 검증해가며 그를 비난하기도 했다. 그럼에도 성직자들은 눈을 부릅뜨고 꼬투리를 잡으려 했다. 닥터는 제임스 1세에게 자신을 재판에 회부해 달라고 탄원할 정도로 극심한 핍박을 받았다. 닥터에 대한 혐의를 철저히 조사하면 평판이 다시 회복될 수 있으리라 판단한 것이다. 이 같은 취지의 탄원이 줄줄이 의회에 상정되었지만 이는 모두 기각되고 말았다. 닥터가 맨체스터에 정착한 지 얼마 안 되었을 때 켈리가 몰래 그를 찾아왔다. 그들은 극비사건을 찾자는 데 뜻을 같이했고, 이를 위해 연금술 실험으로 며칠 밤을 보내거나 보이지 않는 존재와 상상 속에서 의견을 교환했다.

닥터가 보유한 마법도구 중에는 커다란 수정구도 있었는데, 그는 이를 "성석the Holy Stone"이라 불렀다. 천사의 무리가 이를 전수했다고 믿었기 때문이다. 메릭 카소본(Meric Casaubon, 마르쿠스 아우렐리우스의 『명상록』을 최초로 영역한 프랑스계 영국인 학자—옮긴이)에 따르면 "성석을 볼 자격이 있는 자는 성석 안팎으로 사람의 일거수일투족과 만상이 보이고 소리도 들렸다"고 한다. 카소본은 그것이 "둥글고 큼지막하며 수정 같은 재질"이라고 밝힌 바 있다. 닥터 디는 루돌프 황제를 알현하여 "천사가 가져다 준 성석의 덕과 위엄을 견줄 만한 왕국은 지상에 없다"고 역설했다. 그는 매일 성석에서 본 바를 기록했고 이를 통해 보이지 않는 세계와 소통했다.

닥터 디는 롱밀게이트로 내려와 좌편에 난 아치형 입구에서 멈추었다. 가이 포크스와 켈리도 그를 따라왔다. 근방에 현대식 건물이 들어선 대지 위로 공립학교가 우뚝 서있었다. 엑서터 교구의 주교인 휴 올덤이 약 100년 전에 설립한 곳이다. 닥터는 삼주문을 열고 널따란 안뜰로 들어갔다. 한쪽 측면에는 높은 돌벽이, 다른 한쪽에는 칼리지 곁채가 둘러있었다.

닥터는 안뜰 먼 쪽 끝에 자리 잡은 건물 대문으로 가이 포크스를 안내했다. 일행은 떡갈나무를 댄 널찍한 방에 들어갔다. 천정에는 그로테스크한 조각과 기묘한 장식이 어우러져 있었다. 아직도 자리를 지키고 있는 이곳은 현재 학장이 쓰고 있지만 예전에는 닥터 디의 서재였다. 그는 가이 포크스에게 의자를 건넸다. 켈리가 준비를 마치면 부르러 올 거라 하고는 조수와 함께 자리를 떴다. 반시간 정도 지나자 켈리가 왔다. 그는 포크스에게 저를 따라오라 손짓했고, 복잡한 통로를 지나 마법사의 신성한 안식처다운 방으로 안내했다. 한쪽 귀퉁이에 둔 탁자는 천상의 감화력을 일컫는 기호와 문자로 가득했다. 성석은 그 위에서 찬란한 빛을 발산하고 있었다. 마치 '고양이 눈'으로 불리는 조약돌이 빛을 반사하는 것 같았다. 마룻바닥을 보니 큼지막한 원이 그려져 있었다. 안에는 알아보기 힘든 문자가 즐비했는데 테이블에서 본 것과 흡사했다. 전방에는 석탄이 활활 타는 화로를 두었고 두툼한 암막 커튼이 그 앞에 걸려있어 마치 비밀을 은폐하려는 듯한 인상을 주었다.

가이 포크스를 원 중심에 세우려 한 닥터는 켈리가 바구니에 든 재료를 건네자 이를 화로에 던졌다. 약초와 아교가 작열하자 불꽃의 색깔이 달라졌다. 자색에서 녹색으로, 다시 파란색으로 변했고 향기와 악취가 번갈아가며 허공에 실렸다. 연기가 사그라지자 닥터와 켈리가 테이블 앞에 앉았다. 닥터 디는 포크스의 안전을 위해 한 발짝도 움직이지 말라고 경고하고는 지팡이를 흔들며 근엄한 어조로 주문을 외웠다. 문득 머리 위로 둔탁한 소리가 들리기 시작했고 곧 귀청이 떨어져나갈 정도로 커졌다.

"영혼이 가까이 왔다! 고개를 돌려선 안 되네, 갈기갈기 조각을 낼 테니."

이때 신음과 날카로운 곡성과 웃음이 얽히고설켜 무시무시한 분위기를 조성했다. 음악이 낮게 깔렸다. 이마저 점점 줄다, 사방이 아주 조용해졌다.

"이제 됐네. 무엇을 보고 싶은가?"

"거사가 어떻게 돌아갈지 궁금합니다."

닥터가 다시 지팡이를 흔들었다. 커튼이 서서히 걷히자 수정구에 사람들의 실루엣이 드러나기 시작했다. 그중 하나는 어느 모로 보나 포크스 자신을 닮았다. 사제가 서약을 제안하자 일행은 이를 다짐하고 있었다.

"그들이 보이는가?" 닥터가 물었다.

"아주 잘 보입니다."

"다시 보게."

상이 흐려지자 배경이 달라졌다. 어두침침한 천정에 작은 나뭇가지와 토막이 일부 덮여있었다.

"이제 만족하는가?"
"아닙니다." 포크스는 단호했다. "과거는 이미 알고 있으니 앞날을 보고 싶습니다."

"다시 들여다보게." 닥터가 지팡이를 흔들며 말했다.

수정구가 돌연 캄캄해졌다. 보이는 것이라고는 화로에서 타오르는 붉은 화염과 짙은 연기뿐이었다. 가이 포크스는 갑작스레 몸서리를 쳤다. 전방에 해골 무리가 정렬해 있었고 선두에 선 해골이 앙상한 손가락으로 발치에 있는 무언가를 가리켰다. 상이 점점 또렷해지자 자신과 닮은 사람이 형차에 몸이 늘어진 채 고통을 호소하며 몸부림치고 있었다.

포크스가 소스라치게 놀라자 커튼이 쳐졌다.

반시간 후, 가이 포크스는 칼리지를 떠나 세븐스타로 돌아왔다.

샐퍼드 브릿지 감옥

이튿날 아침, 가이 포크스는 올드콘 신부와 긴 대화를 나누었다. 사제는 그가 들려준 소식에 번민하는 듯했지만 내색은 하지 않은 채 우두커니 넋을 잃고 있었다. 분명 어떤 선택이 최선인지에 무게를 두었을 것이다. 그가 초조해하자 비비아나 래드클리프도 심란해졌다. 그녀는 또 다른 고민이 있는지 물었다.

"실은 무엇이 두려운지도 잘 모르겠단다. 하지만 이대로라면 여기도 안전하리라는 보장은 없겠지. 해가지면 떠나야 할 거야."

"여기가 발각이라도 된다는 말씀이세요?" 비비아나는 놀랐다.

"아직은 아니지만, 체스터로 떠났다고 생각했던 문장관보가 아직은 타운에 머물러 있을 거라는 정보를 듣고 알게 되었단다. 현상금을 두둑이 걸고 맨체스터까지 뒤를 밟았었지. 우릴 찾기 전에는 수색을 중단하지 않겠다고 장담하면서 말이야. 지금은 다른 부대를 소집해서 은신처가 될 만한 곳이면 어디든 뒤지고 있을 거야."

"그럼 왜 여기에 머물러 있는 거죠? 당장 떠나요, 우리."

"지금 그래봐야 소용 없을 거야. 아니, 위험해질지도 모른단다. 곳곳에 경비병을 배치한 데다 길모퉁이마다 병력이 수상하다 싶으면 검문을 할 테니 말이야."

"오, 하느님! 보호하소서!"

"물론 그게 다는 아니지. 가톨릭 신도 중에는, 딱히 설명은 할 수 없지만 어쨌든 신비한 수단으로 관리의 동태를 훤히 꿰는 자가 있는데 수많은 귀족의 안전이 위태로워진다는 사실을 알고 있더구나. 네 아버지도 그렇고."

"정말인가요!"

"고문을 당해도 비밀은 굳게 지키겠습니다." 포크스가 다짐했다.

"나도 마찬가질세. 집행관이 어떤 모진 고문을 가하더라도 견딜 수 있다네."

"저도 그럴 거예요." 비비아나가 맞장구를 쳤다. "남이 연루될 만한 일을 맡기신 적은 없지만, 보아하니 가톨릭의 회복을 위해 어떤 계획을 준비하시는 것 같더군요. 케이츠비가 주모자가 아닐까 싶기도 하고요."

"오, 비비아나!" 올드콘 신부가 초조해졌다.

"괜찮아요, 신부님. 고문을 당해도 절대 신부님을 누설하진 않을 테 니까요. 하지만 신부님이 살 수 있다면 함구하고 있지만은 않을 거예 요. '너흰 위험천만한 길을 택했다. 너희 자신에게도 위험할 뿐 아니라 명분에도 그럴 것이다. 자신을 속이지 마라. 너희는 희망도 정의도 없 는 짓을 벌이고 있는데 하느님은 인생을 허비하는 일은 절대 돕지 않 으실 것이다.' 라고 말할 거예요."

올드콘 신부는 말없이 가이 포크스와 자리를 피했고 비비아나는 암 울한 생각에 젖었다.

이때 문이 홱 열리며 험프리 채텀이 쏜살같이 들어왔다. 얼굴에는 두 려움이 역력했다. 비비아나는 비보를 의식한 듯 어쩔 줄을 몰라 했다.

"무슨 일 있어요?" 비비아나가 벌떡 일어나며 물었다.

"문장관보 일당이 아래에 있소. 지금은 안주인을 심문하고 있지만 조 만간 집을 샅샅이 수색할 거요. 겨우겨우 안 들키고 왔소."

"끝까지 싸웁시다." 가이 포크스가 총을 꺼내며 말했다.

"싸워봐야 소용없소. 머릿수가 세 배는 족히 넘습디다."

"빠져나갈 수가 없다는 말인가요?"

"아주 없소. 계단 오르는 소리가 나는 걸 보니 안주인이 겁을 먹고 당신 처소를 알려준 모양이오. 조만간 일당이 들이닥칠 거요."

"물러서시오!" 가이 포크스가 문 쪽으로 다가갔다. "여긴 내가 맡겠소. 관리가 한 번은 날 놓쳤지만 두 번 다시 그러진 않을 거요."

"선생!" 올드콘 신부가 그에게 다가갔다. "진정하시오. 당신 목숨은 거사를 위해 아껴두어야 하오. 우리는 신경 쓰지 말고 비열한 관리에 대한 보복도 괘념치 마시오. 당신이 짊어진 숭고한 운명만 생각하시구려. 창문으로 나가면 탈출할 수 있으니 어서 떠나시오, 어서!"

"그래요, 어서 가세요! 그리고 채텀도 여기 있어봐야 좋을 게 없으니 서두르세요, 그들이 와요!"

"이 순간에도 난 당신과 떨어질 수 없다오, 비비아나! 하지만 저 이단이 당신을 옥에 가둔다면 내가 탈출시켜 주리다."

"서두르시게! 어서! 벌써 다 왔네." 올드콘 신부가 재촉했다.

가이 포크스는 신부의 당부에 못 이겨 마지못해 창문 밖으로 뛰어내렸다. 채텀도 그의 뒤를 이었다. 비비아나는 창으로 달려가 둘이 안전하게 내려간 것을 확인했다. 포크스와 채텀은 셔드산을 속히 올랐다. 한편, 문장관보는 현장에 이르자마자 문부터 부수려 했다. 문은 채텀이 단단히 잠가두라고 해 빗장을 질러두긴 했지만 속이 끓는 관리 앞에서는 맥을 못 추었다. 문장관보는 부대를 이끌고 안으로 돌진했다.

"저들을 포박하라!" 그는 실망스런 표정으로 방 주변을 살피며 말을 이었다. "다른 놈들은 어디에 있지? 에스파냐인 복장을 한 군인은 어디에 있는 거야? 험프리 채텀은 또 어디 있고? 말해, 어서!" 그가 신부의 멱살을 잡고 다그쳤다. "계속 시치미를 떼면 가슴에서 비밀을 도려내 줄 테다."

"해치지 마세요!" 비비아나가 끼어들었다. "내가 말할게요. 아까 도망쳤어요."

"도망쳤다?" 문장관보는 아연실색했다. "어떻게?"

"창밖으로요."

"빨리 좇아라! 어서!" 관리가 몇몇 부하에게 고함쳤다. "군인 놈은 생포하든 죽이든 마음대로 해! 예수회 반역자 올드콘 신부와, 그에게 은신처를 제공한 비비아나 래드클리프 당신을 샐퍼드 브릿지 감옥으로 이송하겠소. 끌고 가!"

"손대지 마!" 비비아나는 무례하게 다가온 군인을 뿌리쳤다. "영장도 없이 이런 짓을 저지르다니! 신부님 제 팔을 잡으세요."

문장관보는 비비아나의 질책에 당황했는지 조용히 방을 나갔다. 비비아나와 신부는 군인들에 에워싸인 채 관리를 뒤따랐다. 군중은 감옥 입구에 이르는 안타까운 행렬에 동참했다. 그들은 문장관보의 명령으로 각각 다른 감방에 투옥되었다.

비비아나가 투옥된 곳은 감옥 뒤편에 있는 작은 방으로 위층에 자리 잡았고, 너머로 강이 보이는 창문에는 작은 쇠창살이 달려 있었다. 앞서 말했듯이 이 감옥은 본디 에드워드 3세가 통치할 때 건립된 예배당이었다가 거부자 수용시설로 전용된 것이다. 비비아나를 가둔 방은 지붕에 설계한 탓에 너무 낮아 똑바로 설 수조차 없었다. 안에는 작은 테이블과 의자와 짚으로 만든 요가 구비되어 있었다.

몇 시간을 지루하게 보냈다. 대성당의 시계가 웅장한 소리로 정각을 알렸다. 성당의 긴 탑은 창문을 마주보고 있었다. 암울한 생각에 낙심한 비비아나는 한동안 절망에서 헤어 나오지 못했다. 어느 모로 보나 전망은 어두웠기에 수도원 격리구역에서 은신처를 찾는 것이 유일한 희망이었다. 그녀는 하느님이 저들의 마음을 누그러뜨리고, 고난 당하는 자에게는 멍에를 견딜 수 있는 인내심을 달라고 기도했다. 저녁시간이 되자 무뚝뚝해 보이는 간수가 등을 비추며 끼니를 가져와 테이블에 놓았다. 비비아나는 이를 건드리지도 않은 채 식음을 전폐했다. 남루한 요에 몸을 눕힐 마음도 없던 터라 그냥 의자에 앉아 밤을 보내기로 했다.

비비아나는 몇 시간째 주변을 경계하다 눈꺼풀이 내려왔다. 창가에서 들리는 미미한 소리에 깰 때까지 잠이 들었다. 그리로 달려가 보니 어둠 속에서 사내의 얼굴이 보였다. 문득 자신의 처지를 깨달은 그녀가 신변을 확인하러 온 지인일 수도 있겠다고 생각했다면 엉엉 울었을지도 모른다. 하지만 숨을 죽이고 기다린 게 다행이었다. 험프리 채텀의 목소리가 조그만 소리로 비비아나의 이름을 불렀다. 그러고는 곧 구하러 갈 테니 용기를 내라고 덧붙였다.

"어떻게 창 쪽으로 올라온 거죠?"

"줄사다리가 있었소. 다리 난간에서 감옥 꼭대기로 올라갈 요량으로 사다리를 확보한 뒤 한쪽 끝을 배에 떨어뜨렸지요. 가이 포크스가 노를 잡은 배는 지금 다리 아래 숨겨두었소. 창문 너머로 나올 수 있도록 창살을 제거하면 사다리를 타고 내려갈 수 있겠소?"

"못해요." 비비아나는 사시나무처럼 떨었다. "생각만 해도 엄두가 안 나요."

"탈출한다는 생각만 하시오."

"올드콘 신부님은 어떻게 되었나요? 신부님은 어디에 계시죠?"

"바로 아래층에 있소."

"신부님부터 구해주실 순 없나요?"

"신부님이 내려갈 수만 있다면 문제없소."

"신부님부터 구해주세요. 그럼 무슨 일이 있어도 같이 내려갈게요."

채텀은 묵묵부답으로 창에서 멀어졌다. 비비아나는 밑을 응시했지만 너무 어두워 아무것도 볼 수 없었다. 뭔가가 쇠붙이에 부딪치는 소리가 나자, 사제가 창으로 탈출했다는 소식이 몇 마디 들렸다. 이때 사다리 줄이 감방 창살에 부딪치며 흔들리자 겁에 질린 비비아나는 숨을 죽였다. 잠시 후면 험프리 채텀이 그녀를 구해줄 터였다. 그는 올드콘 신부가 무사히 배에 안착하여 가이 포크스와 함께 있다고 전했다.

"약속은 지킬게요." 비비아나는 긴장했다. "하지만 체력이 받쳐주지 못하면 어쩌죠?"

"여기에 머무느니 차라리 내려가다 죽는 편이 나을 거요." 그가 줄질을 하며 말했다. "조금만 기다리면 쇠창살은 제거될 것이오."

채텀이 기를 쓰자 뭉뚝한 창살이 절단되었다.

"이제 그대는 자유의 몸이요." 그는 감방 안으로 뛰어 들어갔다.

"정말 못하겠어요. 내려갈 힘이 없어요."

"그렇지 않소. 위험은 내가 감수하리다. 당신은 여기 있으면 안 되오."

이때 그는 두 팔로 비비아나를 안은 채 창밖을 나왔다.

채텀은 사다리에 발을 디뎠다. 물론 어렵긴 했지만 위험하진 않았다. 그러고는 천천히 내려가기 시작했다. 절반쯤 내려가 보니 비비아나를 놓칠 수도 있겠다는 두려움이 엄습했다. 힘에 부쳤기 때문이다. 하지만 그는 용기를 내어 사다리에 발을 내디뎠고, 필사적인 노력 끝에 무사히 내려갈 수 있었다.

문장관보의 운명

강의 흐름을 따라 전속력으로 노를 젓다 보니 타운이 꽤 멀어졌다. 가이 포크스는 험프리 채텀이 이를 일러주고 나서야 노를 놓고 잠시 쉬었다. 선수는 좌측 강둑을 향했다.

"여기서 하선합시다." 채텀이 비비아나에게 말했다. "오드설 동굴은 여기서 100미터가 채 되지 않으니, 거기서 잠시 숨어 계시면 내가 성에 가서 안전하게 귀가할 수 있을지 확인하리다."

"선생님께 맡길게요. 하지만 그래서 더 위험해지는 건 아닐지 모르겠네요. 오! 홀리웰에서 아버님을 뵐 수 있다면 그게 더 안전할 텐데요."

"아버님을 뵐 방편이야 어떻게든 찾을 수 있겠지만 지금껏 모진 고초를 겪었으니 고작 몇 시간만 쉬었다 장거리 여정을 감행하는 건 무리일 듯하오. 그러니 내일이나 모레 떠납시다."

"그건 얼마든 감당할 수 있어요. 지금껏 겪은 고초보다는 걱정이 더 큰걸요. 지금까지 애써 주신 건 잘 알아요. 주제넘게 들릴지는 모르겠지만, 저와 올드콘 신부님이 체스터에 이를 수 있도록 배편을 알아봐주시면 이 은혜는 평생 잊지 않을게요." 비비아나는 적극적으로 애원했다.

"그렇게 도와드리고는 싶지만 가급적이면 곁에서 지켜주고 싶소."

"나도 마찬가지요." 가이 포크스가 맞장구를 쳤다.

"혹시라도 아가씨의 기력이 쇠하면 어쩌나 걱정이 됩니다." 채텀의 목소리에 불안감이 묻어났다.

"그건 걱정하지 마세요. 실은 제가 생각보다는 강하거든요. 저는 신경 쓰지 마시고 선생님 걱정만 하세요."

"평소 용기는 가상하다고 생각했지만 의지력이 이렇게까지 강할 줄이야." 올드콘 신부가 거들었다.

배는 이미 뭍에 이르렀다. 바위투성이 둑으로 뛰어내린 채텀은 비비아나가 내리는 것을 도와주고 신부에게도 손을 내밀었다. 가이 포크스는 마지막에 하선하여, 배를 뭍으로 끌어당기고는 먼발치에서 기다리던 일행과 합류했다. 그날 밤은 유독 캄캄했고 밟아온 길은 커다란 나무의 그늘이 드리워 구분이 어려웠다. 채텀은 비비아나를 조심스레 안내하며 찬찬히 걸음을 옮겼다. 그만큼 주의를 기울인 적은 없었을 것이다. 이때 왼편 나무 틈새로 급작스레 솟구치는 화염에 일행은 소스라치게 놀랐다.

"건물이 타고 있어요!"

"부친이 기거하는 오드설 성이군요."

"빌어먹을 관리의 소행일 거요."

"그렇다면 하느님의 불이 그를 삼키시길!"

"어쩜 이럴수가!" 비비아나는 오열했다. "어떤 고난도 다 감내할 수 있을 거라 생각했지만 이건 너무나도 버겁네요."

화염은 점차 번져 올라 하늘을 벌겋게 물들였다. 채텀 일행은 화재현장이 더 잘 보이는 고지로 달려갔다. 옛 저택의 검은 벽을 화마가 삼키는 듯했다.

"빨리 서둘러요, 우리!" 비비아나는 아연실색했다.

"가이 포크스와 내가 가서 전력을 다해 돕겠소만 그전에 동굴부터 안내하리다."

비비아나는 망연자실 성을 바라보려고 안간힘을 썼다. 채텀은 어렵사리 장애물을 헤쳐 나갔다. 동굴에 이르러 아가씨를 바위자리에 앉힌 그는 사제에게 그녀를 맡기고는 가이 포크스와 함께 성으로 달려갔다.

목적지에 도착하자 다행히 본관이 아닌 외관이 탔다는 사실을 깨달왔다. 상황을 보아하니 화재는 마구간에서 발생한 듯 보였다. 속도를 줄이자 비명소리가 들렸다. 관리 일행도 근방에 있으리라는 생각에 오싹해졌다. 둘은 도개교를—다행히 지상에 닿아 있었다—건넌 후 마구간에 갈 방도를 모색하던 차에 헤이독을 발견했다. 그는 손을 부르르 떨며 출입구에서 갈팡질팡하고 있었다. 험프리 채텀은 즉시 그를 불렀다.

"목소리가 낯이 익은데 ….." 헤이독이 앞으로 걸어 나왔다. "아, 채텀 나리! 어째 이런 때 오셨소. 내가 육십 평생을 살아온 거처가 화염에 휩싸인 때 말이오. 재앙이 꼬리에 꼬리를 무는 듯 윌리엄 경이 홀리웰에 간 후로는 되는 일이 하나도 없습디다. 문장관보 일당이 성을 들쑤시질 않나, 아가씨가 사라지질 않나. 게다가 약탈꾼들이 판을 치는 것도 모자라 이제는 불까지 났지 뭡니까. 성은 조만간 전소되고 말 겁니다."

"그런 말씀 마시오." 채텀이 입을 열었다. "화마가 아직 본관에는 미치지 못했으니 손을 쓰면 이상의 피해는 막을 수 있을 거요."

"방화범이 직접 *끄게* 내버려두시지요!" 헤이독이 성토했다. "제가 왜 손을 씁니까."

"누가 방화를 저지른 거요?" 포크스가 물었다.

"문장관보와 일당들입죠. 오늘저녁에 찾아와 집을 들쑤시고 다니면서 경에 대한 증거를 확보한답시고 기물에 보석에, 장신구와 금화 할 것 없이—심지어는 옷가지까지—싹 챙기고는 하인을 모두 감금시키고 마구간에 불을 지른 겁니다. 저는 지하실에 숨어 간신히 피할 수 있었습니다."

"이런 발칙한!" 채텀이 흥분했다.

"발칙하다마다요." 헤이독이 맞장구를 쳤다. "근데 이게 끝이 아닙니다. 창고 목재더미에 숨어있을 때 저를 찾으러 온 녀석들이 화약통을 발견했지 니까."

"저런!"

"저도 큰일이다 싶었지요." 헤이독이 말을 이었다. "관리가 부하에게 말하더군요. '이게 왠 횡재인가! 집사를 못 찾으면 여길 폭파시켜 성과 집사를 지옥에 보내버림세!' 그때 누군가가 저를 마구간에서 봤다고 해 부대 전체가 그리로 몰려들었습죠. 먹잇감을 놓쳐 보다시피 홧김에 방화를 저지른 것 같습니다."

"그렇겠군요. 하지만 오늘 일은 두고두고 후회하게 될 겁니다. 내가 죄상을 위원회에 낱낱이 고할 테니까요."

"다 부질없는 일입니다." 헤이독이 탄식했다. "가톨릭 교도의 재산을 보호할 법은 없습니다."

"화약통은 어디 있소?" 무슨 묘책이라도 떠오른 양 가이 포크스가 물었다.

"놈들이 창고를 나오면서 가져가더군요. 뜰에 둔 것 같습니다."

"불은 피로 끄게 될 것이오. 따라오시오, 둘이 날 좀 도와줘야겠소."

그는 서둘러 모퉁이를 돌아 화재현장 앞에 섰다. 큼지막한 사각 뜰 한쪽을 점유한 마구간은 본관과는 분리되어 있었다. 불이 활활 타오르고, 바람이 화염과 불꽃을 반대편으로 실어 날랐으나 사전조치만 취해도 본관에는 피해가 없을 터였다. 그러니 수수방관이 피해를 키울 수도 있었다. 안장과 고삐를 채운 말 몇 필은 마구간에서 개방된 외양간으로 옮겨졌다. 가이 포크스는 채텀의 주의를 끌며 집사와 함께 말을 보호하라고 주문했다. 이때 채텀은 헤이독에게 방향을 가리키고는 말에 올라타, 두 필의 고삐를 잡고 현장을 빠져나왔다. 헤이독도 두 필을 끌고 나와 외양간에는 한 마리만 남았다. 혼란과 아우성으로 난리가 난 통에 작전은 은밀히 진행되었다.

한편, 가이 포크스는 뜰 입구에 몸을 숨긴 채 화약통을 찾고 있었다. 한동안 자취조차 발견되지 않다가 그리 멀지 않은 헛간 아래서 술통에 앉아있는 군인이 눈에 띄었다. 그가 찾던 화약통이 분명해 보였다. 그는 불구경에 정신이 팔려 포크스가 접근하는 것을 전혀 눈치채지 못했다. 그는 쥐도 새도 모르게 다가가 육중한 개머리판으로 그를 때려눕혔다. 목격자는 아무도 없었다. 포크스는 통을 끌고 나와 뚜껑을 열고 안에 든 화약을 확인했다. 그러고는 주변을 두리번거리며 일을 어떻게 벌일지 고민했다.

마구간에 인접한 벽 꼭대기에 문장판보가 보였나. 그는 부하 네다

섯에게 명령과 지침을 내리고 있었다. 뜰 반대편을 조성하는 낮은 벽은 해자 가장자리에 세워 화재현장과 가까웠다. 가이 포크스는 화약통을 어깨에 이고 여기에 올라섰다. 그는 나무그늘에 몸을 숨긴 채 적기를 노렸다.

오래 기다리진 않았다. 관리는 형언할 수 없는 감정에—결과적으로는 명을 재촉한—이끌려 부하와 함께 마구간 지붕에 올라섰다. 가이 포크스는 전방으로 달려가 화염 속으로 화약통을 힘껏 던져 넣고는 해자로 투신했다. 순식간에 엄청난 굉음이 울렸다. 어찌나 크던지 수중에서도 들릴 정도였다. 결과는 참혹했다. 관리와 부하들의 몸뚱이가 허공에 떠 해자 먼 쪽으로 날아갔고 건물 앞에 서있던 사람 중 몇몇은 목숨을 잃었다. 몸이 성한 사람은 없었다. 폭발로 벽도 무너지고 지붕과 불붙은 파편은 해자에 첨벙첨벙 빠졌다. 화마는 그제야 자취를 감추었다. 부글부글 끓어오르며 요동치는 수면 위로 포크스가 머리를 내밀었을 때는 이미 진화된 뒤였다. 해자 반대편에서 누군가가 신음했다. 가이 포크스는 쉬쉬 소리를 내며 타는 들보를 지나가다 불씨가 남은 파편을 집어 들고는 신음소리가 나는 쪽으로 서둘러 갔다. 이때 사지가 절단된 거무스름한 대상과 눈이 마주쳤다. 문장관보였다. 겨우 목숨을 부지하고 있던 그도 포크스를 알아봤다. 말을 하려고 애를 썼지만 소용이 없었다. 혀도 움직이지 않았다. 관리는 운을 떼려고 안간힘을 쓰다 숨을 거두었다.

지하에 감금돼있던 하인들은 폭음에 놀라 입구를 부수고 마구간으로 달려갔다. 폭발의 원인이 궁금했기 때문이다. 가이 포크스는 그들에게 사상자 수습을 맡겼다. 신음소리가 그의 무정한 가슴을 마구 채

찍질했다. 그는 말을—당시 도개교 근방에서 흠뻑 젖은 채 덜덜 떨고 있었고 마구는 이미 떨어져 나갔다—잡아 올라 타고는 동굴로 내달렸다.

포크스는 입구에서 험프리 채텀과 올드콘 신부를 만났다. 그들은 자초지종을 몹시 궁금해 했다.

가이 포크스는 사건의 전말을 간략히 들려주었다.

"당신의 팔로 하느님의 권능을 보이셨군요." 신부가 입을 뗐다. "가톨릭을 박해하며 독재와 배교를 일삼는 왕에게 불벼락이 떨어졌어야 하는데! 하지만 그날도 얼마 남지 않았소!"

"진정하세요, 신부님!" 가이 포크스는 단호히 말을 잘랐다.

"관리의 죽음에 대해 애도할 생각은 없지만, 허망하게 목숨을 잃은 건 안타깝기 짝이 없소. 고작 그런 명분 때문에 말이오."

"하느님의 명분이 바로 그런 것이오." 신부가 분통을 터뜨렸다.

"그럴 리가요. 비비아나에 대한 연정이 없었다면 저는 가담하지 않았을 겁니다."

"언제든 좋으니 마음 내키는 때 떠나시오." 올드콘은 냉정하게 대꾸했다.

"그런 말씀 마세요, 신부님!" 대화를 몰래 엿듣던 비비아나가 끼어들었다. "채텀이 신부님의 탈출을 도와주고 목숨도 구해주었잖아요."

"아 그렇지. 내가 너무 경솔했군, 용서하시게."

"괜찮습니다. 그럼 헤이독 님은 …." 채텀이 그에게 고개를 돌렸다. "이제 무사히 성에 돌아가실 수 있을 겁니다. 더는 괴롭힐 자가 없을 테니까요. 선생의 도움이 많이 필요할 겁니다."

"하지만 아가씨는 …"

"아버님을 뵈러 홀리웰에 갈 거예요. 성에서 지시를 기다리세요."

"알겠습니다." 집사는 정중히 고개를 숙였다. "하느님이 환난에서 보우하시길!"

험프리 채텀은 비비아나를 도와 안장에 앉혔고 나머지 일행도 말에 올라탔다. 그들이 체스터로 떠나자 헤이독은 성으로 돌아갔다.

순례

이튿날 이른 아침, 밤새 달려온 포크스 일행은 말을 쉬게 하려고 너츠퍼드에서 잠시 들렀다가 체스터에 이르렀다. 오랜 세월이 그려낸 고풍스런 도시다. 일부 방비를 강화한 높은 벽 위로 웅장한 대성당의 육중한 탑이 드러났다. 그들은 성당을 우회하여 동문을 나와, 동문거리를 죽 따라갔다. 숙소인 세인트 워버그 애비 입구에서 멈추려는데 마침 케이츠비가 다가왔다. 일행은 의외의 출현에 입이 떡 벌어졌다.

"내가 잘못 봤나 싶었소." 케이츠비가 비비아나에게 인사하며 입을 뗐다. "래드클리프 아가씨, 아버님의 편지를 갖고 맨체스터로 갈 참이었는데 뜻밖에도 이렇게 와주시니 수고는 덜었군요. 그런데 왜 아가씨를 여기서 뵙게 된 건지 여쭈어도 되겠습니까? 일행은 또 왜 ⋯." 그는 거북한 표정으로 험프리 채텀을 슬쩍 보며 말을 이었다.

올드콘 신부가 몇 마디로 자초지종을 전했다. 케이츠비는 둘의 관계가 신경이 쓰이는 듯 이마를 찡긋했지만, 반가움을 억누를 수는 없었다.

"윌리엄 래드클리프 경은 곧 만나시게 될 겁니다." 그가 신부에게 속삭였다.

"아무렴요, 그렇게 되겠지요." 신부도 말소리를 낮추었다.

케이츠비는 비비아나에게 고개를 돌렸다. "부친께서는 당신을 홀트에서 만나고 싶어 하셨습니다. 세인트 위니프레드 웰은 내일 떠날 예정이고, 모인 분들은 약 30명 정도 됩니다."

"정말요! 성함을 여쭈어도 될까요?"

"에버라드 경과 딕비 여사하고, 앤 복스 여사와 여동생 브룩스비 여사, 앰브로스 룩우드 씨 내외, 윈터 형제, 트레샴, 라이트 형제, 가넷 신부와 피셔 신부 등, 대다수는 아마 모르실 겁니다. 순례는 10일 전, 버킹엄서 고더스트에 있는 에버라드 딕비 경 저택에서 마차를 타고 천천히 출발하여 노브룩과 해딩턴에서 각각 며칠씩 보냈지요. 어제는 홀트에 이르렀고 내일은 홀리웰에 갈 예정입니다. 생각 있으시면 참여하셔도 됩니다."

"기꺼이 그래야죠. 아직은 서두르지 않아도 되니 여기서 잠시 쉴게요."

비비아나가 말에서 내리자 모두 숙소에 들어갔다. 그녀가 자리를 떠나 부친의 편지를 훑는 동안, 케이츠비와 가이 포크스 및 올드콘 신부는 열띤 토론을 벌였다. 험프리 채텀은 굳이 자리를 지키지 않아도 된다는 생각에 돌아갈 채비를 했다. 케이츠비가 자신을 탐탁지 않게 여긴다는 것을 직감했지만 실은 채텀도 그가 썩 마음에 들진 않았다. 비비아나가 나타나자, 그는 작별인사를 건넸다.

"비비아나 아가씨, 이제 더는 도와드릴 수 없을 것 같소." 그는 서글픈 목소리로 말을 이었다. "제가 있으면 아버님 심기가 불편할지도 모르고, 지인도 그럴 것 같아 떠날까 하오."

"안녕히 가세요, 채텀 님. 떠나보내야 하는 심정은 눈물이 흐를 만큼 괴롭지만 붙잡진 않을게요. 그게 최선이라고 생각하니까요. 지금까지 선생님께 진 빚은 제가 갚을 수 없을 만큼 크답니다. 이런 말이 주제넘기도 하고 모질다 여기실지 모르겠지만, 저는 지금이나 앞으로도 깊은 연정을 품진 못할 겁니다. 허나 아버지 다음으로 제가 존경하는, 아니 사랑하는 사람은 선생님뿐일 거예요."

"사랑한다고 했소? 비비아나." 채텀은 가슴이 떨렸다.

"사랑해요." 그녀는 창백해진 안색으로 말을 더듬었다. "같은 말을 되풀이하게 하시니 과감히 맹세할게요. 배은망덕한 사람으로 기억되는 게 싫기도 하고, 그래봐야 선생님과는 맺어질 수 없을 테니까요."

"아리따운 당신이 수도원에 뼈를 묻겠다는 결심을 설득할 생각은 추호도 없소. 하지만, 오! 당신이 나를 정녕 사랑한다면, 왜 절망의 구렁텅이에 당신과 나를 몰아넣으려 하는 거요?"

"선생님은 가톨릭 교도가 아니니까요. 이교도와는 절대 혼인할 수 없어요."

"그건 이미 들은 이야기요." 채텀의 표정이 어두워졌다.

"채텀 선생." 올드콘 신부가 기척 없이 다가와 말을 걸었다. "비비아나의 결심을 바꾸는 건 당신 하기 나름이요."

"어찌 그렇습니까?" 채텀이 의외라는 표정으로 물었다.

"로마 가톨릭 교도가 되시오."

"그래서 죽을 때까지 가톨릭 신도가 되라는 말씀이시죠."

"설령 그런다고 해도 혼인은 사양하겠어요. 안녕히 가세요." 비비아나가 손을 내밀자 그가 손에 입을 맞추었다. "서로가 괴로우니 그만 가주세요. 채텀 님을 위해서라도 다시는 만나지 않았으면 좋겠어요."

채텀은 일언반구 없이 눈길 하나 주지 않은 채 서둘러 방을 나왔다. 그러고는 말에 올라 맨체스터를 향해 달렸다.

"비비아나, 아가씨." 그가 떠나자 올드콘 신부가 비비아나를 불렀다. "아가씨의 행실은 흠잡을 데 없이 바르고, 감정을 다스릴 줄 아는 재간 또한 박수를 보내고 싶다만 …" 신부는 망설였다.

"그런데 왜요? 채텀 님을 그냥 보낸 게 잘못이라고 생각하시는 건가요?"

"아니란다. 신중하게 처신한 건 옳다만, 기분 나빠 하지 말고 듣거라. 수녀가 되지 말고 가톨릭 귀족과 혼인하려무나."

"케이츠비 같은 사람과 말인가요?" 비비아나가 그쪽으로 시선을 돌리며 말했다. 이때 케이츠비는 방 저만치에서 그들을 주의 깊게 엿보고 있었다.

"그래, 케이츠비 선생 말이란다." 신부는 빈정거리는 말투를 눈치채지 못한 척했다. "그보다 더 천생연분이 또 있을까? 가톨릭 교회에 케이츠비보다 더 열성적인 종이자 후원자는 없단다. 그는 아버지와 남편노릇을 톡톡히 할 거야. 둘이 혼인하면 가톨릭 교회도 유익하겠지. 가슴에 번민을 가득 짊어져 가톨릭 사역이 어려운 자라면 은둔이 답이겠지만 지금 같은 시국에 로마 가톨릭 여성이라면 사적인 감정은 포기하고 교회를 지켜야 마땅하단다."

"더는 재촉하지 말아주세요, 신부님." 비비아나가 잘라 말했다. "저도 원칙과 감정에 따라 가톨릭을 위해 헌신하겠지만, 혼인은 하지 않을 거예요. 그게 의무라고 생각지는 않으니까요. 케이츠비 님께 청혼은 단념하라고 전해주세요."

올드콘 신부는 절하고 자리를 떴다. 둘은 현지를 떠나기 전까지 아무런 대화도 나누지 않았다.

그들은 디 강—양끝에는 성문과 탑이 방어했다—위로 뻗은 다리를 건너 홀트로 이어진 길을 탔다. 한 시간이면 도착할 거리였다. 최근 오간 대화로 말을 자제하는 분위기가 조성되었다. 물론 내내 입을 닫은 것은 아니었다. 평소에도 과묵한 가이 포크스는 예전보다 더 우울한 얼굴로 넋이 나간 듯했다. 비비아나 옆에 있었지만 말을 걸지 않았다. 그녀를 의식하고 있는 것 같지도 않았다. 케이츠비와 올드콘 신부는 거리를 두고 진행했다. 작은 마을이 시야에 들어오자 케이츠비는 속도를 높여 길 오른편에 붙고는 비비아나에게 따라오라고 했다. 잠시 후 방향을 트니 너도밤나무 숲에 가려진 대저택이 모습을 드러냈다.

"저 집이 바로 목적지요." 케이츠비가 말했다.

일행이 입구에 이르자 하인이 대문을 열어주며 가로수길로 안내했다.

비비아나는 아버지를 만난다는 생각에 가슴이 벅찼지만 그에게 전해야 할 암담한 소식 탓에 걱정을 잠재울 순 없었다. 안채에 가까워질 무렵 나무그늘에서 두 일행과 산책하는 부친을 본 그녀는 말에서 속히 뛰어 내려 그에게 안겼다. 얼굴은 거의 알아볼 새도 없었다.

"비비아나, 여긴 어떻게 온 거냐?" 윌리엄 래드클리프 경은 놀란 가슴을 추스르자마자 물었다. "지체하지 말고 떠나라는 편지는 오늘 아침 케이츠비 편으로 보냈는데 금세 널 보게 되다니. 이게 어찌된 영문이냐?"

비비아나는 지난 며칠간의 사건을 털어놓았다.

"걱정했던 대로군." 윌리엄 경이 한숨을 지었다. "관리는 우릴 전멸시킬 때까지 포기하지 않을 거야!"

"그렇지 않습니다!" 경 뒤에서 또 다른 인물이 등장했다. "우리가 (하박국) 선지자와 함께 부르짖는 것이 당연하지 않겠소? '여호와여 내가 부르짖어도 주께서 듣지 아니하시니 어느 때까지리이까? 내가 강포로 말미암아 외쳐도 주께서 구원하지 아니하시나이다. 어찌하여 내게 죄악을 보게 하시며 패역을 눈으로 보게 하시나이까? 어찌하여 거짓된 자들을 방관하시며 악인이 자기보다 의로운 사람을 삼키는데도 잠잠하시나이까?' 라고 말이오."

비비아나는 그쪽으로 시선을 돌려 사제 복장을 한 사내를 응시했다. 인상이 강하게 끌렸다. 신장은 평균 정도로 약간 호리호리했고 나이는 50대로 보였다. 젊었을 때 아주 잘생기진 않았더라도 호감은 끌었을 법한 용모였다. 지금도 준수한 편이었지만 얼굴이 좀 야위고 창백했다. 검은 눈동자에는 남다른 총명함이 서려있었다. 한번 슬쩍 봤을 뿐인데도 잉글랜드 예수회의 가넷 신부임을 직감했다. 물론 직감은 틀리지 않았다.

이때 두각을 나타낸 인물에 대해서는 차차 밝힐 거사와 관계가 깊어 미리 일러두는 편이 수순일 것 같다. 메리 여왕이 통치하던 1554년, 노팅엄에서 태어난 헨리 가넷은 혈통은 분명치 않으나 본디 프로테스트트 교회에 입교, 성직자가 되기 위해 윈체스터 학교에서 정규과정을 이수한 뒤 옥스퍼드에 진학할 참이었다. 하지만 계획은 틀어졌다. 지금이야 따질 가치가 없겠지만 당시만 해도 양 진영 작가들이 설전을 벌인 동기에 감명을 받아 윈체스터에서 런던으로 진로를 바꾼 것이다. 그는 토텔Tottel이라는 법전 전문 인쇄소에서 교정·교열 작업에 전념했다. 에드워크 코크 경과 포펌 법원장을 알게 곳도 런던이었다(훗날에는 코크 경이 검사로, 법원장은 판사로 법정에 서게 된다). 그는 2년 동안 인쇄업에 종사할 때부터 이미 개종을 생각했었다. 그 후로는 영국을 떠나, 마드리드를 거쳐 로마에 이른 가넷은 가톨릭 사제가 낮이 익어 1575년 예수회에 가입했다. 가톨릭에 귀의했다는 이야기다. 예수회 대학에서는 저명한 벨라르민과 그에 못지않은 클라비우스의 지도 아래 전력을 다해 공부하여 실력도 일취월장 늘었다. 그는 클라비우스가 몸이 좋지 않을 때 수학강좌의 공석을 채우는가 하면 철학과 형이상학 및 신학도 실력이 모자라지 않았고 히브리어도 제법 능숙하여 로마학교에서 이를 가르치기도 했다.

가넷은 자신이 신봉하는 가톨릭의 대의를 이루는 데 열성도 있었지만 설득력과 화술까지 겸비하여 선교사 직무에는 더할 나위 없이 안성맞춤이었다. 또한 교리를 설파하는 데 앞장서면서도 그때마다 부딪치는 위협에 낙심하지 않았다. 가넷은 선교사로서 영국 파송을 자청했다. 퍼슨스 신부의 권고로 1586년 선교 사역자로 지명된 그는 같은 해 영국에 밀입국했다. 숱한 위기를 과감히 무릅쓰고 어떤 사역에도 물러서지 않으며 동지를 모아 가톨릭을 포교하고 신앙을 고백한 개종자의 흔들리는 용기를 다잡아주기도 했다. 2년 후에는 예수회 수도원장이 투옥되자 그 중직에까지 올라 활동영역이 확대되고 고된 사역도 갑절로 늘었다. 가넷이 자신의 본분을 감당해 주었기에 엘리자베스 여왕의 통치 말년까지 잔혹한 탄압이 이어졌음에도 가톨릭은 하나로 뭉칠 수 있었다.

가넷 신부는 곳곳을 이동할 때 역할을 달리 할 수밖에 없던 터라 뛰어난 위장술을 터득했고, 언변과 용기도 뛰어나 관리의 집중단속 대상이 되는 경우가 비일비재했다. 엘리자베스 여왕이 타계할 때까지 그는 몇 번이고 탈출을 감행해왔다. 에스파냐 왕과의 반역죄를 비롯하여 갖가지 공모에 연루되기도 했지만 그때마다 어명으로 사면되곤 했다. 가넷은 사역자로서 전국 각지의 가톨릭 가문과 자연스레 연락하며 대리인과 특사를 통해 다수와 서신을 교환했다. 가톨릭의 회복이라는, 인생의 원대한 목적을 성취하기 위해서라면 아무리 난폭하거나 추악한 수단이라도 선택을 망설이지 않았다. 예컨대, 케이츠비가 고해비밀을 빌미로 모반에 대한 계획을 털어놓았을 때 가넷은 그를 좌절시키지 않고 첫째도, 둘째도 조심하라고 조언했다. 앞서 말한 바와 같이, 유력한 로마 가톨릭 교도의 성향을 살펴보니 민중적인 봉기는 아무래도 실현하기가 어려울 것 같아, 좀더 원성이 높고 절실한 신도의 음모에 격려와 지원을 아끼지 않았다. 세인트 위니프레드 웰까지의 순례 또한 가톨릭 집단을 결집시키면 거사에 필요한 지원을 보강할 수 있으리라는 심산으로 그가 선동한 것이었다.

가넷의 인생사에서 해명이 불가능할 정도로 신비로운 인물로 앤 복스를 꼽는다. 그녀는 엄격한 가톨릭 귀족인 해로던 복스 경의 딸이자 가넷의 첫 후원자 겸 지인이었다. 그녀는 1595년 부친이 사망하자 가넷의 운명에 영합하여 사역에 동참해왔다. 예컨대, 궁핍한 생활과 위기를 함께 극복하고 숱한 비방과 질타에도 그를 보좌하는 데 헌신했다. 브룩스비라는 가톨릭 귀족과 혼인한 여동생도 복스 못지않게 가넷을 열렬히 받들었다. 두 자매의 지극정성으로 브룩스비 또한 마음이 동해 가넷이 가는 곳이면 셋도 그와 동행했다.

브룩스비 옆에는 에버라드 딕비 경이 서있다. 호감형 얼굴에 다재다능한 에버라드 경은 스물넷밖에 안 되었지만 막 열여섯이 되었을 때 마리아와 혼인한 유부남이었다. 마리아는 유서 깊고 뼈대 있는 멀슈 가문의 상속녀였고 에버라드 경은 부인과 함께 막대한 부를 축적하고 버킹엄서 게이터스트의 별칭인 고더스트 땅의 소유주가 되었다. 제임스 1세 당시 스코틀랜드에서 런던으로 오는 길에 비버성에서 기사 작위를 받은 딕비는 한때 궁에서 멋진 장식을 꾸몄지만 최근에는 대부분 손을 놓았다. 그린웨이 신부가 술회한 바는 이렇다. "딕비는 대개 여왕의 궁에 기거했고, 예절과 보기 드문 자질로 명예와 명성을 얻을 수 있었지만 궁전의 쾌락과 세상의 재물을 좇아 양심과 영혼이 파멸되기 보다는 차라리 박해 받는 가톨릭 교도와 함께 십자가를 지는 편이 낫다고 다짐했다." 이제 막 성년이 되어 가톨릭 신앙을 고백하고 나서야 몰락한 가톨릭 교회의 고통을 통감하여 온정신이 가톨릭의 회복에 쏠렸다는 것이다. 딕비의 생각이 바뀐 데는 개종을 도운 가넷 신부의 공이 컸다.

에버라드 딕비 경은 소매에 흰 수자로 슬릿을 낸 검정 벨벳 윗옷을 입고 같은 재질로 비슷하게 안감을 댄 짧은 망토를 걸쳤다. 그는 큼지막한 트렁크 호스(16-17세기에 유행한 반바지-옮긴이)에, 흰 장미 장식을 단 검은 벨벳 신발을 신었다. 당시에도 괄목할 만큼 독특한 의상이었다. 넉넉한 주름옷깃이 목을 두르고 모자는 원추형으로 평소보다 폭이 넓었으며 검은 깃털장식으로 그늘이 드리워져 있었다. 머리칼은 칠흑같이 검었고 콧수염과 턱수염 모두 끝이 뾰족했다. 체격은 크고 건장했으며 용모는 수수하고 이목구비가 뚜렷했다.

이때 다른 일행이 합류하자 서로 환영인사를 건네며 상대를 반갑게 맞이했다. 가이 포크스는 케이츠비가 윌리엄 래드클리프 경과 에버라드 딕비 경에게 소개했지만, 가넷 신부에게는 자신을 밝히려 하지 않았다. 올드콘 신부는 모두가 구면이었다. 그들은 좀더 이야기를 나누고는 안채로 자리를 옮겼다. 이곳은 웨일스 출신의 가톨릭 귀족 그리피스의 자택으로 그땐 없었지만 에버라드 딕비 경과 지인에게 사용을 허락했다.

그들이 들어오자 래드클리프 경은 안주인 역할을 하고 있던 딕비 여사에게 딸을 소개했다. 여사는 아주 반가운 표정으로 비비아나를 맞이하고는 그녀가 쓸 방으로 안내했다. 마침 윌리엄 경이 그리로 들어왔다. 셋은 함께 대화를 나누다 식사장소로 이동했다. 비비아나는 진수성찬이 차려진 식탁에서 일행과 아울러, 대개는 일면식도 없는 사람들과 마주했다. 이를테면 앤 복스를 비롯하여, 브룩스비 내외와 앰브로스 룩우드, 윈터 형제와 라이트 형제, 프랜시스 트레샴—설명이 필요한 인물이다—등, 총 30명이 모였다.

식사를 마친 일행은 하나둘씩 자리를 뜨기 시작했다. 비비아나와 윌리엄 경은 열린 창문을 통해 아름답게 펼쳐진 잔디밭과 너도밤나무 그늘을 거닐었다. 둘은 오랜만에 이곳을 찾아 얼마 전에 벌어진 사태에 대해 이야기를 주고받았다. 이때 가넷 신부와 케이츠비가 다가왔다.

"아버지!" 비비아나가 말을 서둘렀다. "긴히 부탁드리고 싶은 게 있지만 지금은 시간이 없네요. 가톨릭을 회복시킨다는 명분하에 사악하고도 위험천만한 계획이 진행되고 있어요. 케이츠비가 아버지와 손을 잡기 위해 전전긍긍하고 있는데 그건 절대 허락하시면 안돼요. 아셨죠!"

"비비아나, 그런 일이라면 걱정하지 말거라. 그거 말고도 충분히 곤욕을 치르고 있으니까."

"그럼 갈게요." 가넷과 케이츠비가 오자, 그녀는 양해를 구하고 안채로 돌아갔다. 비비아나는 가로수길을 훤히 보이는 방 창문으로 부친 일행을 주시했다. 그들은 한참을 서성거리며 진지한 대화를 나누고 있었다. 그러던 중 올드콘 신부와 가이 포크스가 가세했고, 윈터 및 라이트 형제와 에버라드 딕비 경 및 트레샴 등도 차례로 합류했다.

케이츠비가 모임 앞에서 열변을 토했다. 대개는 그의 화술에 정신을 집중했지만, 비비아나는 아버지의 얼굴에 시선을 고정했다. 표정의 변화만으로도 그가 속셈에 넘어갔는지 알 수 있었기 때문이다. 얼마 후 모임이 작은 그룹으로 갈라지자 가넷 신부가 래드클리프 경과 팔짱으로 끼고는 천천히 자리를 옮겼다. 비비아나는 초조해졌다. 시간이 지나도 둘은 보이지 않았다.

"그렇게 신신당부를 했건만 다 허사였어. 이미 가담하셨겠구나 ….."

"아니란다, 비비아나!" 윌리엄 경의 목소리였다. "그러지 않았단다, 앞으로도 그러지 않을 테니 안심하거라."
"정말 다행이네요!" 비비아나는 두 팔로 부친의 목을 안았다.

이때 가넷은 부녀의 대화를 몰래 엿듣고 있었다. '아무리 그래봐야 거사에 가담할 수밖에 … 비비아나는 캐츠비와 결혼할 테고.' 윌리엄 경을 따라 조용히 방에 들어온 그가 혼잣말로 중얼거렸다.

그는 헛기침으로 기척하며 끼어든 데 대해 양해를 구했다. 당일 저녁 소예배실에서 미사를 거행하기 전 고해성사차 왔다고 했다. 비비아나는 영적인 고문의 명이라면 마다하는 법이 없었다. 부친이 자리를 내주자, 그녀는 예수회 사제에게 마음 깊숙이 묻어둔 비밀을 낱낱이 공개했다. 이를테면 이교도에게 연정을 품은 사실에 대해 자신을 심히 책망했다. 가넷은 면죄를 선언하기 전, 참회의 일환으로 이튿날 맨발로 거룩한 우물까지 걷고, 값비싼 재물을 제단에 바치라고 권했다. 사제는 그러겠다는 서약을 듣고 난 뒤 죄사함을 선언하고 자리를 떴다.

얼마 후, 일행은 가넷 신부가 집전하는 미사와 성찬식에 참여했다.

그들은 동 트기 한 시간 전에도 예배당에 모였다. 아침기도 후, 헌신을 다짐한 여성들은 잠시 머물러 있다가 머리를 푼 채 맨발로 다시 나타났다. 넓은 소매와 후드가 달린 새하얀 양모예복을 입고 정면에는 큼지막한 검은 십자가를 엮었다. 각자 허리를 동여맨 밧줄에는 커다란 묵주가 달려 있었다.

케이츠비는 비비아나가 이렇게 아름다웠나 싶었다. 하얗고 섬세한 두 발과 동그란 발목, 지면에 닿을 듯 비처럼 쏟아지는 풍성한 검은 머리칼을 지그시 바라보노라니 연정은 전보다 더 강렬히 타올랐다. 비비아나는 시선을 줄곧 땅에 고정해둔 탓에 그의 열정적인 눈빛을 감지하지 못했다. 딕비 여사도 비비아나에게 뒤질 미모는 아니었다. 그녀가 비비아나 곁에서 나란히 걷자 이를 응시하던 사람들은 모두 찬사를 보냈다.

예식 채비를 마치고 행진순서가 정해지자, 성직자복을 입은 소년성가대원 둘이 찬송을 부르며 세인트 위니프레드로 이동하기 시작했다. 비단기치를 든 두 사내가 뒤를 따랐다. 한쪽에는 성지를 대표하는 성인이 순교하는 모습을, 다른 하나에는 십자가를 지고 가는 어린양이 담겨 있었다. 뒤에는 올드콘과 피셔 신부가 각각 커다란 은십자가를 들었고, 가넷 신부는 서열에 따른 예복을 걸친 채 홀로 두 사제의 뒤를 따랐다. 다음에는 앞서 언급한 여성들이 둘씩 짝지어 걸었고, 다음에는 에버라드 딕비 경과 윌리엄 래드클리프 경이 따라갔고, 그 뒤로는 열네 명의 순례자들이 진행했다. 모두가 도보로 진행했지만, 가이 포크스와 케이츠비는 호위병 역할을 위해 약 50보 뒤에서 준마를 탄 무장군인 20명의 선봉에서 말을 타고 갔다.

행렬은 완보로 외딴 길을 따라 능선에 올랐다. 능선은 렉섬에서 몰드까지, 몰드에서 홀리웰까지 거의 끊이지 않고 연결되었다.

언덕을 따라 보이는 드넓은 디 강어귀와 먼 대양이 장관을 이루었다. 행렬은 중단 없이 원활히 진행되었다. 이 길은 인적이 드문 데다, 사람이 듬성듬성 사는 시골을 가로질러도 순례여정에 대한 소문은 해외까지 확산되어, 지금까지도 순례행렬을 보기 위해 수백 명이 곳곳에 자리를 마련한다. 구경꾼이 이를 비난하는 경우도 더러 있지만 무장군인이 현장을 지키기 때문에 방해를 받진 않았다.

언젠가는 잔디밭을 밟게 되어 있다. 여인들은 이때 극한의 통증을 감내해야 한다. 비비아나의 하얗고 부드러운 발은 1마일도 채 가기 전에 날카로운 돌덩이에 베이고 멍이 들었다. 때문에 걸음마다 발자국에는 핏빛이 감돌았다. 딕비 여사는 그나마 좀 괜찮았다. 두 여인을 따르는 헌신자도 그렇지만 그들 또한 열성이 대단한지라 군소리 한마디 하지 않았다.

낮에는 플라스뉴이드가 보이는 언덕 정상의 작은 석조예배당에 이르렀다. 여기서 기도를 마치고 나면 여인들은 인근 개울에서 상처 난 팔다리를 씻고, 열을 식혀주는 향기로운 연고를 발랐다. 그러고는 다시 진행했다가 플라스이사프에 멈추어 현장에서 비슷한 종교의식을 거행한 후 몰드 인근에 마련해둔 숙소에서 하루를 묵었다.

기도로 밤을 지새우고 나면 이른 아침부터 전처럼 순례를 재개했다. 첫발을 내디딘 비비아나는 마치 과열된 쇳덩이 위를 걷는 듯한 통증에 비명을 억누를 수 없었다.

"아가씨, 통증은 무시해 버리시오." 가넷 신부는 동정하며 말을 이었다. "거룩한 샘물이 육신과 영혼의 상처를 치유해줄 테니."

비비아나는 이를 악물고 고통을 참아내며 절뚝절뚝 걸었다. 곧이어 일행도 걸음을 옮겼다. 펜트레터핀에서 두 시간, 스케비옥에서 두 시간을 머물다 저녁 무렵 홀리웰이 보이는 언덕 정상에 이르렀다. 기슭에서는 거룩한 샘 위로 우뚝 선 배싱워크 애비의 잔해와 지붕이 보였다. 선봉에 선 사람들이 무릎을 꿇자 기수도 말에서 내려 무릎을 꿇었다. 세인트(聖) 위니프레드께 드리는 기도문을 가넷 신부가 낭독할 때 순례자 모두가 참여했고 소년성가대원이 그녀를 기리는 찬송을 노래했다.

기도를 마치니 순례자 모두가 일어나 가파른 내리막길을 천천히 내려갔다. 작은 마을에—기적을 일으키는 샘물의 이름을 빌려 명성이 자자했다—진입할 때는 플린트 및 주변 동네에서 예식을 구경하러 온 무리와 마주쳤다. 대부분 홀리웰 주민인지라 수호성인을 깊이 존경하기 때문에 성지순례를 적절한 기념의식으로 간주했다. 종교가 다른 주민들도 이때 귀감을 얻었다. 행렬이 이동하자 무리가 두 줄로 길을 터주었다. 가넷이 기도문을 암송하니 주민 다수도 무릎을 꿇었다. 사제는 이를 금하지 않았다. 신성한 샘까지 100미터도 채 남지 않았을 때 순례자 소수를 인도해온 사제를 만났다. 그가 라틴어로 말을 거니 가넷도 같은 언어로 화답했다. 행렬이 재개된 이후 마침내 거룩한 샘에 세워진 옛 건물에 이르렀다.

성 위니프레드에 얽힌 전설은 하도 유명해서 다시 들려줄 필요는 없을 것 같다만, 혹시라도 이를 모르는 독자를 위해 밝힐까 한다. 그녀는 웨일스 영주 중 하나인 테위드의 딸로, 7세기 중엽에 전성기를 누렸다. 성인의 반열에 오른 수도사 베우노에게 신앙을 배웠고, 수녀가 되고 나서는 조그마한 수도원(지금도 유적지가 남아있다)에 기거했다. 수도원은 부친이 세운 것인데 그녀는 근방에서 순교를 당하고 만다. 위니프레드는 웨일스 왕 알란의 아들 카라닥의 구애를 피해 도망했다가 그에게 잡혀 참수를 당한 것이다. 이 같은 극악무도한 행각으로 땅은 즉시 입을 벌려 그를 산 채로 삼켰고, 머리가 떨어진 지점에서는 분당 100톤은 쏟아질 만큼 물살이 강하고 깨끗한 샘이 솟아올랐다고 한다. 기적의 샘 밑바닥에는 붉은 줄무늬 자갈이 흩어져 있어 피를 쏟아낸 동정녀를 연상시켰다. 샘 주변으로 향기로운 이끼가 자랐고, 차갑고 투명한 물은 각종 질병을 치유하는 특효약으로 통했다. 위니프레드의 이력은 참수에서 끝나지 않았다. 성 베우노의 기도로 부활한 그녀는 수년간 지극히 거룩한 삶을 살았다. 기적이 일어난 증표로 얇은 선홍색 띠를 목에 두른 채 말이다.

순례자들은 샘에 인접한 예배당을 지나, 원천에서 흘러나와 유속이 빠르고 청명한 개울가로 이동했다. 예배당은 헨리 7세 집권 당시 독실한 리치몬드 백작 부인이자 그의 모친이 세운 곳이었다. 샘 위의 유적지로는 계단을 오르지 않고 개울에 뛰어들어 건너편 출입구를 통해 내부로 들어갔다. 리치몬드 백작부인이 예배당과 같은 시기에 세운 유적지는 네모꼴로 매우 아름다웠고 기둥과 쇠시리가, 우아한 트레이서리와 궁륭을 떠받쳤으며 전체적으로는 암주와 주두, 세공과 벽감, 성궤가 장식되어 있다. 중앙에는 샘물을 받는 큼지막한 돌웅덩이가 있다. 샘 주변으로 행렬이 옹기종기 모이며 자리를 잡자 가넷 신부의 지휘로 모두가 무릎을 꿇었다.

유적지로 덮인 샘 주변에서 군중이 무릎을 꿇은 장엄한 모습은 뇌리에 깊이 각인되었다. 아울러 기도 소리와 솨하고 흐르는 물소리가 어우러진 점도 매우 인상 깊었다. 기도가 끝나자 전원이 일어났다. 제단에서 찬송가가 울려퍼지며 봉헌예식이 이어졌다. 예식 후 사내는 가넷 신부를 따라 예배당에서 종교의식을 거행한 반면, 헌신을 다짐한 여인들은 샘 근방에서 사역자가 발을 씻기고 향기로운 이끼를 환부에 발라주었다. 이때 통증은 언제 그랬냐는 듯 감쪽같이 가라앉았다. 믿음이 충만했거나 이끼에 효험이 있어 그랬으리라. 여인들은 그제야 예배당에 합류할 수 있었다. 저녁은 그렇게 흘러갔다. 무리는 예식이 끝난 후 현지에 마련된 숙소로 흩어졌다.

가이 포크스는 기묘한 감정에 휩싸였다. 두 눈이 너무 의심스러워 그 날 밤을 현장에서 보내기로 했다. 속옷과 옷가지를 넣은 작은 배낭을 어깨에 메고 일행에게는 이를 밝히지 않은 채 기적의 샘을 다시 찾았다.

월광이 찬란한 밤이었다. 주렁주렁 달린 얇은 기둥을 통해 들어온 빛이 섬세한 건축물을 밝혔고, 맑고 차가운 샘물에 떨어져 핏빛이 감도는 자갈을 비추었다. 가히 형언할 수 없는 장관을 이루었다. 가이 포크스는 아름다운 경치에 젖어 웅덩이 가장자리에서 한동안 가만히 서 있었다. 발치에서 부글부글 끓어올라 터지는 기이한 샘에 넋을 잃은 듯 했다. 그는 몸을 씻으면 과연 효과가 있을지 시험하기 위해 옷을 벗고 뛰어들었다. 물은 얼음장처럼 차가웠지만, 몸을 담그고 나니 기분이 제법 개운해졌다. 포크스는 옷을 갈아입고 망토를 걸쳤다. 그러고는 돌바닥에 누워 배낭을 배고 돌발사태에 대비하기 위해 오른손에 총을 쥔 채 눈을 붙였다.

군대 침상에 적응이 된 덕에 그는 곧 잠이 들었다. 눈을 붙인 지 얼마 되지 않아 호리호리한 여인의 형상이 샘에서 일어나는 꿈을 꾸었다. 형체는 샘물로 이루어진 듯 또렷하진 않았고, 수녀복 같은 옷을 걸쳤지만 아주 야위고 투명해 달빛이 이를 투과했다. 포크스는 차림새뿐 아니라 선홍색 띠를 목에 두른 점으로 미루어 그가 수호성인이라는 것을 직감했다. 위니프레드 성녀를 본 것이다. 그는 두려움보다는 경외심에 도취되었다. 여인은 팔을 올리며—자비로운 눈을 그에게 고정한 채—웅덩이 수면에까지 떠올라 미끄러지듯 그에게 다가왔다.

세인트 위니프레드 웰에서 환상을 보는 가이 포크스

환상

어젯밤 내내 케이츠비와 진지한 대화를 나눈 가넷은 이튿날 새벽, 동트기 전 세수도 하고 성녀의 제단에서 기도도 드리기 위해 샘을 찾았다. 계단을 오르자 샘 옆에서 무릎을 꿇고 있는 가이 포크스가 보였다. 기도에 열중하고 있는 듯하여 행여 방해가 될까봐 걸음을 멈추었다. 그러나 몇 분이 지나도 그는 꿈쩍도 하지 않았다. 어깨에 손을 올리려던 가넷은 포크스의 기묘한 표정에 시선이 쏠렸다. 입은 반쯤 열려 있었지만 미동도 하지 않았고, 튀어나올듯한 눈은 부글거리는 샘물에 꽂혀 있었다. 포크스는 손을 꼭 움켜쥔 채 마치 공포심이나 경외심을 감당하지 못해 정신이 완전히 나가버린 표정을 짓고 있었다.

가넷은 그의 열정을 알고 있던 터라, 그라면 현장에서 밤새 기도하다 흥분했을 것이고, 이때 초자연적인 형상을 목도할 생각에 설레는 마음으로 추이를 지켜봤을 거라 확신했다. 포크스의 시선을 따라가 보니 눈은 샘 밑바닥에 가있었지만 반짝이는 핏빛 줄무늬 자갈과, 김이 나는 수면에 진동하는 햇빛 외에 딱히 보이는 것은 없었다. 이때 그는 경련을 일으키더니 깊은 한숨을 내쉬며 일어났다. 자리를 뜨려고 몸을 돌리다 가넷과 눈이 마주쳤다. 포크스는 나지막이 물었다.

"환상을 본 적이 있으십니까? 신부님."

가넷은 입을 다문 채 그를 주시했다.

"혹시 위니프레드 성녀를 보셨습니까?" 포크스가 말을 이었다.

"아니오. 난 방금 왔소만, 영광스런 환상은 선생께만 보여주신 모양
이오. 하느님이 은혜를 베푸셨구려. 난 아무것도 보지 못했소. 그건 그
렇고, 성녀의 모습은 어땠습니까?"

"생전과 같았습니다. 아니, 그때 모습과 비슷했다고 해야 할지도 모
르겠군요. 신부님, 어젯밤 여기에 자리를 잡고 난 후 샘에 들어가 보
았습니다. 몸이 놀라우리만치 개운해지더군요. 그러고는 돌바닥에 누
워 눈을 붙였는데 눈이 감기자마자 성녀가 눈앞에 나타났지요. 오, 신
부님, 지금껏 인간의 눈으로는 본 적이 없는 천사 세라핌처럼 아름답
더이다!"

"하느님이 선택한 사람만 볼 수 있을 겁니다."

"오! 신부님, 제게는 그런 대우를 받을 자격이 없습니다! 오히려 하느
님의 심기를 불편하게 한 것은 아닌지 두려울 따름입니다."

"그리 생각진 마시오." 가넷은 조급해졌다. "그럼 본 것을 말씀해 보
시구려. 내가 해석해 보리다."

"성녀의 형체가 샘 속에서 떠오르더군요. 성녀는 미끄러지듯 수면을 타고 다가와서는 제 이마에 손가락을 댔습니다. 저는 눈은 뜨고 있었지만 가위에 눌린 사람처럼 꼼짝도 할 수 없었지요. 그때 누군가가 제 이름을 부릅디다. 목소리가 어찌나 부드럽던지 오감이 다 짜릿해지더군요. 저는 기꺼이 넙죽 엎드리려 했습니다만 사지가 말을 듣지 않았고, 혀도 입천장에 붙어 말도 할 수 없었지요."

"계속 해보시오. 좀더 듣고 싶소."

"제가 본 형체가 성녀 위니프레드라면, 정말 그렇다면, 우리가 가담한 거사는 분명 실패할 겁니다. 하느님이 인정하지 않았기 때문입니다. 환영은 제게 중단을 촉구했습니다."

"그럴 순 없소!" 가넷은 완강했다. "이미 서약했으니 말이오.""물론입니다. 저도 포기할 생각은 추호도 없습니다만, 거사는 성공하지 못할 겁니다."

"두려워서 그렇게 생각할지도 모릅니다. 성녀의 말씀을 정확히 일러주시오. 혹시 오해했을 수도 있으니 …."
"정확히는 모르겠습니다. 하지만 뜻을 오해했을 리는 없습니다. 버림받고 몰락한 교회를 깊이 동정하셨으나 유혈투쟁을 불사하고서라도 교회를 회복하려는 계획은 금하셨습니다. '계속 고난을 받으며 인내로 멍에를 메라. 때가 되면 하느님께서 불의를 심판하시고 압제에서 해방시켜주실 것이다. 신앙은 고통을 당한만큼 정결해지려니와 무력을 고집하는 자는 혼동을 초래하고 거룩한 대의에 보탬이 되기는커

녕 되레 이를 훼손할 것이라'고 말씀하셨습니다. 측은한 심정으로 조곤조곤 말씀하셔서 한마디 한마디가 심금을 울렸지요. 그래서 거사에 가담하겠다고 서약한 것을 회개하지 않을 수 없었습니다. 성녀께서 모반에 연루된 자가 다 죽을 거라고 말씀하셨다면 거사를 단념하실지도 모르겠습니다."

"그럴 리 없소! 거사에 가담한 자는 결코 물러서지 않을 것이오. '대大'가 살 수 있다면 '소小'가 죽는 게 무슨 문제가 되겠소? 하느님의 교회가 회복될 수 있다면 피를 헛되이 흘린 것은 아닐 터. 아니, 성녀 위니프레드 역시 사악한 카라닥에게 저항했으니 나도 거사를 와해시키려는 세력과 맞서 싸우겠소. 계획이야 얼마든 틀어질 수 있고, 사람은 누구나 죽게 마련이지요. 하지만 그렇게 죽으면 순교자로 죽을 테니 우리의 죽음은 가톨릭 교회에 유익이 될 거요."

"글쎄요." 가이 포크스가 대꾸했다.

"나는 선생을 구원사역의 주도적인 역할을 감당할 재목으로 생각해 왔소. 당신은 유디트(Judith, 아시리아의 장군 홀로페르네스를 죽여 유대를 구한 과부-옮긴이) 같이, 우리를 핍박하는 홀로페르네스를 죽이기 위해 선택된 자요. 거사에 합당한 종교적 열심과 결단력을 본 후로 나는 하느님이 당신을 점지해 두셨다고 확신했소. 하지만 조금이라도 의구심이 든다면 손을 떼시구려. 서약한 사실을 두고는 책임을 묻지 않겠으나, 일행이 우유부단한 모습을 눈치채지 않도록 당장 떠나주길 바라오."

"그건 염려하지 않으셔도 됩니다. 신부님, 전 우유부단하지도 않고, 마음이 혼들린다거나 두려움 때문에 사람을 동요시키지도 않을 테니까요. 보고 들은 환상을 일러달라고 하셔서 이실직고했을 뿐입니다. 앞으로는 거론할 일이 없을 겁니다."

"아주 함구하는 편이 나을 것 같소. 나도 그렇지만, 선생도 나약한 모습을 보이면 다른 사람이 크게 혼들릴 수도 있으니까요. 그나마 선생이 아직 인연을 끊지 않아 다행이오. 그건 그렇고, 성녀는 어떻게 사라지던가요?"

"서서히 일어나시더니 부드러우면서도 준엄하게 말씀하셨습니다. 아직도 귓가에 생생히 맴도는군요. 성녀는 '경고를 새겨들으시오!'라며 샘으로 돌아갔고, 물결이 차츰 잔잔해지는 가운데 자취를 감추었습니다."

"내가 왔을 땐 샘 바닥을 응시하고 있는 것 같던데, 뭘 보고 있었습니까?"

"한 시간 쯤 전에 잠을 깨자마자 샘 앞에 엎드리고 싶었습니다. 기적처럼 목전에 나타난 성녀의 중재를 간청하려 했지요. 그런데 막상 기도를 드리려하자 청명했던 물이 탁해지더니 핏빛으로 변하지 뭡니까."

"우릴 핍박한 자에게 무참히 살해당한 형제의 피겠지요."

"거사에 쏟을 우리 피입니다. 아무튼 저는 마지막 피 한 방울까지 쏟을 각오가 되어 있습니다."

"신앙을 위해 목숨을 바친 성인처럼 우리도 순교의 면류관을 얻을 거라 확신하오."

"아멘!" 포크스가 화답했다. "그런데 하느님은 우리가 바칠 희생제물을 받으실까요?"

"그러시리라 믿소. 피로 샘을 이룬 위니프레드 성녀를 생각할 때마다 기꺼이 대의에 헌신해야 마땅하고, 그것이 가톨릭 교회에도 유익이 될 거라 확신합니다."

마침 신묘한 현상이 두 사람에게—특히 가이 포크스에게—깊은 인상을 주었다. 돌풍이 갑자기 불어와서는 호리호리한 기둥 사이를 지나 수면을 쓸어버린 것이다. 이때 자그마한 물결이 발에 닿았다.

"성녀의 기분이 상하신 듯합니다."

"그런 듯합니다." 가넷이 잠시 멈칫하다 말을 이었다. "제단에 가서 함께 기도합시다. 이 문제는 차차 짚어보기로 하고 환상에 대해서는 비밀을 엄수하겠다고 맹세하시오."

"맹세하겠습니다."

더 세찬 바람이 또 한 차례 불어와 샘이 요동쳤다.

"여기에 마냥 머물러 있을 순 없소. 전조가 불길하니 …."

가넷은 예배당으로 안내했다. 마침 비비아나와 앤 복스 및 딕비 여사 등, 헌신을 다짐한 여인들이 와있었다. 그들은 아침기도를 드린 후 각양각색의 제물을 제단에 바쳤다. 딕비 여사가 헌납한 작은 금장서판의 두 면에는 각각 성녀 위니프레드의 순교와 성모 마리아에 대한 경배를 상징하는 그림이 담겨 있었다. 앤 복스는 에나멜을 입힌 작은 금십자가를, 비비아나는 펜던트가 달린 금띠를 바쳤다. 펜던트는 진주가 둘린 성 요한의 머리를 지탱하고 있었다.

"제 것은 보잘것없는 군인의 제물입니다." 가이 포크스가 제단 앞으로 다가갔다. 제단 주변에는 기적의 샘에서 치유된 자들이 쓰던 목발과 지팡이와 붕대가 걸려 있었다. "이 은조가비는 어느 순례자에게서 받은 것인데, 그는 에스파냐 콤포스텔라의 세인트 제임스 예배당 근방에서 내 품에 안긴 채 세상을 떠났지요. 값진 것은 이것뿐이라오."

"값비싼 선물만큼이나 좋아하실 겁니다." 가넷은 이를 제단에 두었다.

제단에 보관된 제물은 은조가비뿐이었다.

공모자들

기도를 바치고 돌아온 비비아나는 아연실색하는 부친을 보았다. 노령의 헤이독 집사가 오드설 성에서 말을 타고 와서는 그에게 암울한 근황을 전했기 때문이다. 이를테면, 문장관보와 일당의 죽음으로 온 동네가 술렁였고, 더욱 독기가 서린 관리들은 막강한 군대를 동원하여 윌리엄 래드클리프 경과 딸 비비아나를 추적하고 있는 데다, 가이 포크스와 올드콘 신부에게는 거액의 현상금이 붙었고, 자신은 어렵사리 탈출했지만 하인 대다수는 투옥되었으며, 무엇보다도 험프리 채텀이 체포되어 뉴플릿에 투옥되었다는 것이다. "아가씨, 윌리엄 나리께 말씀드린 대로 모든 게 끝났습니다. 이제 갈 곳은 무덤뿐입니다요."

"아버지, 이제 어떻게 하실 생각이세요?" 비비아나가 절박한 듯 부친에게 물었다.

"내가 투항하마. 털끝만치도 잘못이 없으니 누명은 조만간 벗게 될 거야."

"그렇지 않아요. 정의에 무지한 자들에게 정의를 바라다니요. 도망칠 수 있을 때 멀리 떠나세요."

"아니다, 비비아나." 윌리엄 래드클리프는 단호했다. "내 역할은 여기까지니, 관리가 올 때까지 기다릴 거란다. 너는 케이츠비에게 맡기고."

"그럴 순 없어요." 비비아나는 비통한 심정으로 절규했다. "설령 그러시더라도 저는 따를 수 없어요."

"케이츠비는 너를 마음에 두고 있으니 나만큼 잘 보살펴 줄 거야."

"물론 그럴 수도 있겠죠. 하지만 사심이 아주 없다고는 생각지 않아요. 게다가 전 케이츠비라면 질색을 한다고요. 그러니 용서하세요. 케이츠비에게 절 맡길 수는 없으니, 정말 이번에는 아버지를 거역할 수밖에 없네요."

"좀 알아듣게 설명 좀 해주겠니?"

"이유는 묻지 마시고 그럴만한 사정이 있으려니 생각해 주세요, 정말 투항하실 거면 저도 아버지 따라서 감옥에 들어가겠어요. 몸을 피하는 게 덜 무섭겠지만요."

"골치가 아파지는군. 네가 투옥된다니 생각만 해도 견딜 수가 없구나. 하지만 도망치면 죄를 인정하는 꼴이 되지 않겠니?"

"나리께서 비비아나 아가씨를 제게 맡기시면 분부하시는 곳으로 안내해 드리고, 아씨를 주야로 보살펴드릴 뿐 아니라 여의치 않으면 목숨도 내놓겠습니다."

"헤이독, 자네는 정말 듬직하군. 즐거우나 괴로우나 한결 같이 믿음 직스럽단 말이야."

"그렇지 않다면 어찌 얼굴을 들 수 있겠습니까, 나리." 헤이독이 경의 손가락에 입을 맞추자 눈물이 손가락을 적셨다. "은혜로우신 주인님 앞에서 죽음을 망설였다면 부끄럽기 짝이 없을 것입니다."

"그럼 헤이독과 같이 있을게요, 하지만 전 아버지와 떨어지기 싫다고요."

"그래봐야 소용이 없단다. 관리가 우릴 떼어놓을 테니. 그럼 방에 들어가 떠날 채비를 하거라. 난 최선의 방도를 모색할 테니."

"나리, 속히 결정을 내리셔야 합니다. 몇 시간 전에 출발했을 테니 조만간 들이닥칠 겁니다요."

"가방을 받게, 아주 날렵한 말 석 필을 준비하고 타운 외곽, 세인트 아사프로 가는 길목에서 대기하고 있게. 알았지?"

"여부가 있겠습니까." 헤이독이 윌리엄 경의 명령에 자리를 뜨자 비비아나는 방에 들어갔다.

홀로 남은 윌리엄 래드클리프 경은 난감한 표정으로 대책을 짜내는 데 부심했다. 이때 문득 케이츠비와 가넷 신부가 들어왔다.

"방금 집사를 만났는데 놀라운 소식을 들려주더군요." 케이츠비의 말이다.

"상황이 이리도 심각한데 어쩌면 좋겠습니까, 신부님?" 래드클리프가 가넷에게 호소했다.

"도망치세요, 가급적 빨리요."

"저는 투쟁하는 게 낫다고 봅니다. 우린 숫자도 많은 데다 무기도 있습니다. 관리가 올 때까지 기다렸다가 경을 체포하는지 두고 봅시다."

"병력이 충분하다면 우릴 모두 체포해 갈 겁니다. 아시다시피, 지금으로서는 골칫거리를 피하는 것이 상책입니다."

"그건 그렇습니다. 우리가 속히 홀트로 돌아가면 이 난리가 잠잠해질 때까지는 경을 보호할 수 있을 텐데요, 어쩌시겠습니까?"

윌리엄 경은 조언에 동감했다. 케이츠비는 일정을 알리기 위해 자리를 떴다. 채비를 마치고 말을 준비한 순례자 전원은 홀리웰을 나와 뒷산에 올랐다. 그들은 반시간 정도를 질주하여 몰드에 이르렀다가 얼마 전 묵었던 홀트 저택에도 무사히 도착했다. 집안사람은 모두 무기를 소지했고 적의 기습에 대비하여 저택으로 연결되는 길목 곳곳에 사람을 배치했다. 그러나 날이 새도록 아무 일도 벌어지지 않자 윌리엄 경과 지인들의 두려움은 차차 누그러지기 시작했다.

이튿날 정오 무렵, 세인트 위니프레드 웰에서 환상을 본 후 일행과의 교제를 삼갔던 가이 포크스는 가로수길을 홀로 걸었다. 등 뒤에서 가벼운 발걸음 소리가 들렸다. 고개를 돌리자 비비아나와 눈이 마주쳤다. 그는 진지한 표정으로 인사를 건네고는 마저 걸음을 옮겼고, 비비아나는 포크스 곁으로 달려왔다.

"부탁이 있어요."

"제가 딱히 거절할 부탁은 없습니다만 …" 포크스는 걸음을 멈추었다. "설령 들어주고 싶다 해도 그럴만한 권한이 없을 수도 있습니다."

"일단 들어나 보세요. 아버지 지인 중에서, 아니, 여기 모인 사람 중에서 제가 믿을 수 있는 사람은 선생님뿐이에요. 도움을 청할 수 있는 사람도 선생님뿐이고요."

"비비아나 아가씨, 그 말을 들으니 좀 우쭐해지는군요. 무슨 말씀을 하실지 감은 잡히지 않지만 그래도 말해보시오. 도와줄 수 없다면 조언이라도 해드리리다."

"올드콘 신부님이 그러는데 선생님과 케이츠비를 비롯한 몇 사람이 위험천만한 음모를 꾸미고 있다고 하더군요. 그것이 사실이라는 전제 하에 말씀드리는 거예요."

"비비아나 래드클리프 아가씨, 그 계획은 이미 알고 있다고 말하지 않았소? 구태여 속일 생각은 없습니다. 알다시피, 몰락한 가톨릭 교회를 구하기 위한 거사가 진행되고 있고, 이를 알고 있다면 반드시 비밀을 지키겠다고 맹세해야 하오. 그러지 않으면 목숨은 장담할 수 없습니다."

"맹세할게요, 그런데 한 가지 조건이 있어요."

"조건을 따질 게 아니오."

"잘 들으세요. 케이츠비와 가넷 신부님이 아버지를 공모에 끌어들이려는 데 혈안이 돼 있다는 거 알아요. 전 그걸 막아 주십사 부탁드리려 온 거예요."

"그럴 생각은 없지만, 설령 그러고 싶어도 제겐 권한이 없습니다. 괜히 끼어들었다가 윌리엄 경이 화를 내도 전 할 말이 없을 겁니다."

"그건 신경 쓰지 마세요. 선생님은 위험천만한 거사에 구속된 몸이겠지만 아버지는 아직 아니잖아요. 아버지를 구해주세요, 제발요!"

"경에게 가담을 촉구하는 건 제 소관이 아니니 그 이상은 장담할 수가 없습니다."

"그럼 제 입을 막으셔야 할 거예요. 혹시라도 아버지를 끌어들이기라도 하는 날엔 제가 알고 있는 걸 전부 폭로하겠어요."

"비비아나 아가씨! 그럼 목숨이 위태로울지도 모릅니다!" 가이 포크스의 말이 거칠어졌다.

"그건 상관없어요. 아버지를 지킬 수만 있다면 목숨을 스무 개라도 내놓을 각오가 되어 있으니까요."

"아가씨는 마음도 갸륵하군요. 힘 닿는 데까지 도와드리겠소. 하지만 어찌해야 할지는 잘 모르겠소." 포크스는 비비아나에게서 받은 감동을 억누를 수 없었다.

"마음만 먹으면 뭐든 할 수 있을 거예요."

"예, 그럼요. 최소한 노력은 해보겠습니다." 험상궂은 용모에 입꼬리가 살짝 올라갔다.

"감사합니다, 정말 감사합니다!" 그녀는 실신하며 포크스의 품에 안겼다. 격앙된 감정을 이기지 못했기 때문이다.

비비아나를 안채에 데려놓아야 할지 망설이고 있을 때 가넷과 케이츠비가 가로수길 맞은편 끝에서 나타났다. 현장을 목격한 그들은 어안이 벙벙했다. 눈을 뜬 그녀가 외마디 비명을 지르며 달아날 때도 충격은 가시지 않았다.

"해명이 필요할 것 같군요." 케이츠비가 가이 포크스를 쏘아보았다.

"아가씨에게 직접 들으시오." 포크스가 언짢은 투로 대꾸했다.

"누가 봐도 빤한 상황 아니오." 가넷 신부가 끼어들었다. "래드클리프 양이 잠시 쇠약해져 몸을 가누지 못하자 곁에 있던 그가 도와준 거잖소."

"어디 그뿐이겠습니까!" 케이츠비가 언성을 높였다.

"이 문제는 나중에 거론합시다." 가넷이 근엄히 촉구했다. "좀더 중요한 문제부터 생각하지요. 실은 당신에게 긴히 전할 소식이 있어 왔소." 사제는 포크스를 보며 말을 이었다. "거사에 가담한 동지들이 정원 별장에 모인답니다."

"여부가 있겠습니까. 그럼 윌리엄 래드클리프 경도 …?"

"아니오. 경은 아직 가담하지 않았소. 서약한 동지만 회의에 참석할 것이오."

셋은 정원으로 걸음을 옮겼다. 단정히 깎은 주목이 가장자리에 늘어선 길을 따라 걷다 별장에―담쟁이와 덩굴식물이 덮은, 작고 둥근 건물로 정면 주각에는 석조상 둘을 세워두었다―이르렀다. 에버라드 딕비 경을 비롯하여 앰브로스 룩우드와 프랜시스 트레샴, 토머스 · 로버트 윈터 및 존 · 크리스토퍼 라이트 형제가 그들을 기다리고 있었다.

가넷 신부는 문을 닫고 빗장을 질러둔 뒤 회중 한가운데 섰다. "본론에 앞서 여기 모인 동지들의 서약을 다시 확인할까 하오." 신부는 조끼에서 지침서를 꺼내며 에버라드 딕비 경에게 무릎을 꿇으라 주문하고는 엄숙하게 서약문을 낭독했다. "거룩하신 삼위일체와 성례전 앞에서 서약할지니 비밀을 다짐한 계획에 대해서는 직 · 간접적으로나 말

혹은 정황으로도 누설하지 않고 안식하기 전에는 실행을 중단하지 않을지니라."

"맹세합니다." 딕비는 서약문에 입을 맞추었다.

모두가 이렇게 서약했다. 케이츠비가 본론을 꺼낼 무렵, 트레샴이 석연치 않다는 듯 입구를 흘끗 쳐다보았다. "우릴 몰래 엿듣는 사람은 없겠지요?"

"신경이 쓰인다면 내가 밖을 살피리다." 포크스가 말했다.

"그러는 편이 낫겠소. 조심해서 나쁠 건 없으니까요. 하지만 회의에는 참여할 수가 없잖소."

"내 역할은 입이 아니라 몸으로 하는 것이오." 문을 닫고 나간 포크스는 밖에서 자리를 잡았다.

케이츠비는 장시간 열변을 토했다. 가톨릭당의 부정을 낱낱이 밝히며 교회의 현실에 탄식했다. 그는 "우리를 탄압하는 독재자를 제거하는 건 어렵지 않습니다."라며 이렇게 끝을 맺었다. "죽여 봐야 득도 별로 없을 것이오. 그러니 여기에 안주하지 말고 사악한 이교도도 처단해 버립시다. 원수는 그와 함께 죽어야 하며, 그래야만 하느님의 심판이 입증될 겁니다. 의사당 지하에 매설한 화약이 현장에 있는 이교도를 공중분해시킬 것이오. 엄청난 폭발에 살아남을 사람은 아무도 없을 것입니다. 모두 계획에 동의하십니까?"

에버라드 딕비 경을 제외한 모두가 동의했다.

"계획에 동의하기 전, 가톨릭 형제들이 수많은 이교도와 함께 죽임을 당하는 것이 과연 옳은 처사일지 가넷 신부님의 고견을 듣고 결정하겠소." 에버라드 딕비 경이 말했다.

"물론 그렇습니다. 우리가 한 도성을 포위했다 칩시다. 도성에 기거하는 아군과 적군의 생명이 모두 우리 손아귀에 있으니 가톨릭 교회의 대의에 유익하다면 무고한 자라도 죄인과 함께 죽임을 당할 수 있다고 봅니다."

"잘 알겠소."

"폭군이자 배교자인 제임스는 교계에서 파문을 당한 자로, 백성의 충성을 받을 자격이 없는 사람이오. 3년 전 교황 클레멘트 8세가 하나는 당시 성직자였던 제임스에게, 하나는 엘리자베스 여왕을 암시하는 귀족에게 보낸 두 편의 소고를 보면 '비열한 엘리자베스가 생을 마감한다면 아무리 근친이라도 가톨릭 신앙을 인정하고 물심양면으로 지원하지 않는 자는 누구든 왕좌에 올라선 안 될 것이라' 분명히 밝히고 있소. 그러니 제임스는 왕권에서 제외된 것이 분명하오. 그는 로마 가톨릭을 배반하고 외면했습니다. 교회와의 약속을 저버린 것도 모자라, 우리 형제를 무자비한 엘리자베스보다 더 모질게 탄압했소. 그러니 더는 왕좌에 앉아있을 자격이 없으니 속히 축출되어야 하오."

"옳습니다." 공모자들이 맞장구를 쳤다.

"의사당은 원수들이 우릴 도탄에 빠뜨리기 위해 온갖 모략을 꾸민 곳이니 거기서 심판을 받아야 마땅하다고 봅니다." 케이츠비가 역설했다.

"당연히 그래야죠." 앰브로스 룩우드도 거들었다.

"하지만 우리가 꾸민 계획이 수포로 돌아간다면 가톨릭 교회는 상당한 타격을 입을 수도 있습니다. 원수는 물론이거니와 교인까지도 우릴 비난할 테니까요." 토머스 윈터의 주장이다.

"배신만 하지 않으면 실패할 가능성은 없소이다." 케이츠비가 자신 있게 말했다. "혹시라도 의심스런 짓을 하다 적발되면 심장에 칼을 꽂아 주리다! 형제라도 말이오."

"의심만으로 살인을 저지르다니요." 옆에 서있던 트레샴이 대꾸했다.

"조금이라도 의심을 살만한 짓을 하면 죽어도 쌉니다! 내가 그를 처단하겠소." 케이츠비는 완강했다.

"흠!" 트레샴은 심기가 불편해졌다.

"그럼 계획은 어떻게 진행되고 있는지 케이츠비 님께서 말씀해 주시겠습니까?" 에버라드 딕비가 물었다.

"토머스 퍼시라는 동지가 의사당과 인접한 거처에 묵고 있소. 그곳

지하실에서 의사당 벽에 굴을 파고 그 안에 화약과 가연성 물질을 집어넣을 계획인데, 굴은 지원하는 사람이 없으니 우리가 직접 파야합니다. 고되고 위험한 작업이 되겠지만 나는 흔쾌히 가담하겠소."

라이트(형)와 일행이 선뜻 의사를 밝혔다.

"나도 동참하리다."

"나도요."

"굴을 파고 화약을 넣었다 칩시다. 그럼 불은 누가 붙입니까?" 앰브로스 룩우드가 물었다.

"내가 하겠소." 가이 포크스가 문을 열고 들어와 이렇게 말하고는 다시 밖으로 나갔다.

"약속은 꼭 지킬 사람입니다. 본디 의지가 굳은 사람인지라 거사가 성공할 수만 있다면 목숨도 아끼지 않을 사람이오. 가이 포크스에 비하면 카틸리나는 과감하다고 볼 수도 없지요." 가넷 신부는 포크스를 추켜세웠다.

"여러분, 지금이 7월 하순입니다. 의사당이 소집되는 11월까지는 모든 준비가 완료되어 있어야 합니다." 케이츠비의 말이다.

"제가 듣기로는 소집이 2월까지 지연된다 하더이다." 트레샴이 소문을 꺼냈다.

"늦을수록 좋소. 그만큼 준비할 시간도 늘 테니까요." 케이츠비가 말했다.

"그렇지 않습니다." 앰브로스 룩우드가 반박했다. "늦을수록 위험할 수도 있습니다. 이번 계획은 갑절로 위험해질 겁니다."

"계획에 차질이 생기기를 바라진 않습니다만, 극단적인 거사를 치르기 전에 마지막으로 왕을 우리 편으로 만들어야 하지 않을까요?" 에버라드 딕비 경이 이야기했다.

"부질없는 생각입니다. 관용을 베푼다면서 속으로는 더 잔혹하게 핍박할 궁리만 하지 않았습니까. 단언건대, 의회가 소집되면 아주 모진 법안이 통과될 겁니다. 그럼 영장에는 우리 이름이 들어차겠지요. 안됩니다. 제임스나 관리들에게 희망을 걸 순 없습니다." 케이츠비가 대꾸했다.

"프랑스나 에스파냐 역시 그렇습니다." 토머스 윈터가 말을 이었다. "베르겐에서 있었던 콘스타블 벨라스코와의 회담에서 필립은 화친을 약속했습니다만 뚜렷한 약속은 하지 않았고, 알베르트 대공 역시 마음은 있으나 지원은 해줄 수 없는 입장이었으니 말입니다. 당장 의지할 수 있는 사람은 우리뿐입니다."

"물론, 자신을 의지해야 합니다. 전 제3자의 도움 없이 독자적으로 거사를 계획한 게 다행이라고 생각합니다. 거사를 단행할 자금만 해결된다면 더는 바랄 것이 없겠지요."

"전 재산을 다 헌납하리다." 에버라드 딕비 경이 동조했다.

"일부는 이미 바쳤고 나머지도 곧 내놓겠소." 트리샴도 뜻을 같이 했다.

"목숨이 아니라면 무엇이든 아낌없이 바치겠습니다." 케이츠비도 거 들었다.

"지금까지 숱한 위험을 무릅쓰며 여기까지 왔으니, 거사의 실행은 모 두 당신에게 맡기리다." 가넷 신부가 말했다.

"다른 건 필요 없소, 거사가 성공할 수만 있다면 더는 여한이 없습 니다."

"윌리엄 래드클리프 경도 가담을 제안해야 하지 않을까요?" 룩우드 가 화제를 돌렸다. "경이라면 우리에겐 중요한 자산이 될 것 같습니다. 넉넉한 재산도 큰 유익이 될 것이고 ….."

"뜻은 이미 전달했습니다만 망설이는 눈치입디다." 케이츠비가 말했 다.

"첫술에 배부를 리는 없겠지요." 크리스토퍼 라이트가 재촉했다. "본 인이 위태로운 지경에 처해있으니 생각이 바뀔 겁니다."

"끼어들어 죄송합니다만 아직 시간은 충분하니 오늘 자정에 다시 만납시다. 윌리엄 래드클리프를 동지로서 여러분께 소개하고 싶소." 가넷 신부의 말이다.

일행이 흩어지자 가넷은 윌리엄 경을 찾았다.

가넷은 윌리엄 경이 방에 있을 거라는 생각에 그리로 갔다. 경은 혼자 있었다. 가넷은 방에 들어가 그를 잡고 자신의 대의명분을 호소했다. 사제가 열변을 토한 탓에 경은 마지못해 동의한다는 뜻을 밝혔다. 기쁨을 감추지 못해 몹시 흥분한 사제는 숙소에 마련된 비밀 예배당에서 서약하고 성찬식을 거행하자고 제안했다. 그러고 나면 공모자에게 그를 소개하고 구체적인 계획을 들려줄 심산이었다. 경은 썩 내키진 않았지만 그러겠다고 했다. 둘은 예배당으로 통하는 복도를 지나가다 비비아나와 마주쳤다. 래드클리프 경은 난생 처음으로 딸 앞에서 시선을 내렸다. 그녀가 가만히 있었다면 그냥 지나쳤을 것이다.

"아버지! 아버지! 지금 어디로 가시는지 알아요! 왜 가시는지도 알고요. 절대 가담하지 마세요!"

윌리엄 래드클리프 경은 함구한 채 슬며시 딸을 옆에 제쳐두려 했다.

경의 손을 물리친 비비아나는 부친 앞에 엎드려 무릎을 부여잡고는 가지 말라며 애원했다.

가넷 신부는 윌리엄 경에게 몸짓을 하며 자리를 떴다.

"비비아나, 난 이미 결심했으니 어서 방으로 돌아가거라." 경은 단호했다.

윌리엄 래드클리프 경의 가담을 막으려는 가이 포크스

경이 딸을 뿌리치고 가넷의 뒤를 따르자, 비비아나는 이마에 두 손을 얹으며 얼마동안 부친을 쏘아보았다. 그러고는 복도를 뛰쳐나갔다.

공모자들의 모임에 큰 혼란을 느끼던 윌리엄 경은 예배당에서 잠시나마 감정을 추스르고 있었다. 가넷이 다시 입을 열었다. 장황한 설득으로 경은 딸의 경고가 일깨워준 기사도의 양심을 억누르기 시작했다.

"이제 교회를 구하기로 맹세한 동지의 명부에 이름을 등재키로 결심했으니 내가 뜻을 같이 하겠다는 서약을 진행할 때 이 지침서를 들고 제단 앞에 무릎을 꿇으시오."

윌리엄 경이 제단 옆에 둔 방석에 무릎을 꿇을 찰나에 문이 덜컹 열렸다. 이때 가이 포크스가 성큼성큼 들어왔다.

"멈추시오!" 래드클리프의 오른팔을 붙잡으며 검은 눈동자로 그의 눈을 쳐다보았다. "서약을 하시면 안 됩니다."

"무슨 소리요?" 돌발상황에 말문이 막힌 가넷이 언성을 높였다. 윌리엄 경도 아연실색했다. "윌리엄 래드클리프 경도 거사에 가담하기로 했소."

"알고 있습니다만 그래서는 안 됩니다. 거사에 마음이 없어 별 도움이 안 될 겁니다. 경이 없는 편이 훨씬 낫습니다."

포크스는 지침서를 빼앗아 제단에 놓았다.

"정말 이해할 수가 없군요." 가넷이 분노했다. "나뿐 아니라 동지들에게도 해명해 보시오."

"모두 말씀드리지요. 윌리엄 래드클리프 경은 나와 하느님 앞에서 거사를 인정한다고 맹세해 보시오. 그럼 서약을 해도 말리지 않겠소."

"양심을 속일 수는 없소." 윌리엄 경은 감정의 충돌로 흥분한 듯했다.

"하지만 가담하겠다고 약조하지 않았소!" 가넷이 질책했다.

"엄숙한 서약보다는 파기가 더 낫겠군요." 가이 포크스가 엄중히 말을 이었다. "윌리엄 래드클리프 경, 당신이 거사에 가담해서는 안 될 이유가 있소. 마음을 깊이 헤아려 보시오. 그럼 진심을 들려줄 거요."

"무슨 뜻인지 알겠소."

"당장 나가시오! 그러지 않으면 교회에서 가장 잔혹한 저주를 퍼붓겠소!" 가넷은 분노를 억제할 수 없었다.

"저는 한 발짝도 물러나지 않을 겁니다, 신부님. 제가 옳다는 걸 아시게 될 테니까요." 가이 포크스는 정중하면서도 단호하게 소신을 밝혔다.

"당장 미혹을 뿌리치시오! 거룩하고 위대한 대의를 망치고 있다는 걸 깨닫게 될 테니."

"그렇지 않습니다. 저는 계획을 도탄에 빠뜨릴 분을 사전에 막아 거사의 완수를 도모하고 있는 겁니다."

"당신은 반역자요!" 가넷이 분통을 터뜨렸다.

"반역자요!" 가이 포크스의 태도와 어조는 그대로였지만 눈동자는 맹렬히 이글거렸다. "두 번은 망자에게서, 마지막 한 번은 하늘에서 온 환상으로부터, 모두 세 차례나 경고를 듣고도 뜻을 굽히지 않았고 가장 위험천만한 일을 자발적으로 감당해온 데다 기밀을 누설하느니 차라리 극단적인 고문도 불사하겠다는 내가 반역자라니요! 신부님, 난 반역자가 아닙니다. 그리 생각한다면 당장 이 칼을 들어 의구심을 끝내십시오."

가이 포크스의 뜻에 저항할 수 없다는 사실을 깨달은 가넷은 침묵했다.

"죽이든 살리든, 마음대로 해도 좋으나, 윌리엄 래드클리프 경에게 거사를 강요하진 말아 주십시오. 경이 가담하면 계획은 수포로 돌아갈 겁니다."

"강요한 사람은 없소." 윌리엄 경이 말했다.

"그 편이 나을 수도 있겠군요." 잠시 생각에 잠겼던 가넷이 입을 열었다. "더는 재촉하지 않으리다. 하지만 지금까지 듣고 본 사실은 절대 누설하지 않겠다고 맹세하고 떠나시오."

"그러겠소."

"맹세가 필요한 사람이 또 있습니다. 경처럼 그도 거사를 우연히 알게 되었지요." 가이 포크스가 이야기했다.

가이 포크스는 예배당을 나가서는 비비아나를 데리고 들어왔다.

"제가 윌리엄 경을 반대한 이유, 아시겠지요?" 포크스가 가넷에게 물었다.

"알겠소." 가넷 신부의 안색이 어두워졌다.

윌리엄 경과 그의 딸은 서약 후 가이 포크스와 함께 예배당을 나왔다. 비비아나는 감사의 뜻을 거듭 밝혔고 부친도 딸만큼이나 진솔하게 고마움을 표시했다.

몇 시간 후, 윌리엄 래드클리프 경이 에버라드 딕비 경에게 즉각 떠나겠다는 의사를 전하자 딕비 경은 위험하다는 이유로 그를 만류했다. 하지만 경은 뜻을 굽히지 않았다. 케이츠비와 가넷 신부도 이 소식에 놀라, 딕비 경과 아울러 설득해 보았지만 소용이 없었다. 케이츠비가 선뜻 동행해 주겠다고 하자 윌리엄 경은 두렵지 않다며 이를 거절했고, 목적지를 묻자 즉답을 피했다. 거사를 거절한 것도 그렇지만 돌연 현장을 떠나겠다는 결심에 일행은 혀를 내둘렀다. 경의 배신을 우려한 사람도 더러 있었으나, 에버라드 딕비 경은 그가 지조를 지키는 사람이니 기밀을 평생 지킬 것이라 역설했다.

"따님도 믿을 수 있을까요?" 트레샴이 물었다.

"나는 믿소." 포크스가 대꾸했다.

"제가 곧 몰래 뒤를 밟아 정말 그런지 밝히리다. 혹시라도 의심스런 곳에 머무는지 확인해 보겠소."

"그러시오." 가넷 신부가 동조했다.

"그럴 필요까진 없지만 정 그러시다면 ⋯." 에버라드 딕비도 마지못해 동의했다.

헤이독이 경의 말을 끌고 오자 윌리엄 래드클리프는 비비아나와 함께 서둘러 일행을 떠났다. 몇 분 후 말을 부른 케이츠비는 가넷과 한두 마디를 주고받은 후 말을 타고 그들을 좇았다. 난트위치로 이어지는 교차로를 따라 약 2마일을 진행하다가 일행이 그곳을 지나갔다는 말을 주민에게 들었다. 마침 뒤편에서 말발굽 소리가 들렸다. 돌아보니 가이 포크스였다. 케이츠비는 포크스가 따라올 때까지 말을 끌어당겨 멈추고는 무슨 일로 왔느냐며 화를 냈다.

"당신과 같소. 윌리엄 래드클리프 경의 뒤를 밟다가 혹시 모를 봉변이라도 당하면 호위할 생각으로 말이오."

케이츠비는 포크스와 엮여 몹시 심기가 불편했지만 이를 밝히면 왠지 옹졸해 보일 것 같아 군말 없이 그와 동행했다. 분명 내키진 않았다.

말파스에서 토텐홀에 이르는 산악지대 정상에 이르자 뒤를 좇던 윌리엄 경 일행이 시야에 들어왔다. 그들은 산기슭에 난 소로로 진입하고 있었다. 케이츠비는 윌리엄 경을 놓칠세라 박차를 가했고 가이 포크스도 소로에 이르기까지 속도를 늦추지 않았다.

400미터 가량을 달리자 돌연 총성이 울리고 날카로운 비명소리가 이어졌다. 이에 놀란 둘은 비비아나의 목소리가 틀림없다고 확신했다. 그들은 질주하며 길모퉁이를 돌았다. 군인 여섯에게 포위당한 일행이 나타났다. 윌리엄 래드클리프 경은 헤이독의 도움으로 군인에게 발포하며 과감히 자신을 방어했다. 이때 케이츠비와 가이 포크스는 교전이 벌어지는 현장으로 쏜살같이 달렸다. 하지만 때는 이미 늦었다. 총알이 윌리엄 경의 머리를 관통하고 만 것이다. 그가 쓰러지자 집사 헤이독은 칼을 내팽개치며 몸을 던져 경을 끌어안았다. 비통한 절규가 이어졌다.

한편 비비아나는 군인에게 잡혀 말에서 끌려 내려왔다. 부친의 주검을 본 그녀에게서 애를 긋는 비명소리가 울렸다. 군인마저 연민을 느낄 정도로 애절했다. 케이츠비는 군인을 베고, 맹공격에 겁을 집어먹은 군인에게서 비비아나를 채어 안장에 앉히고는, 박차를 가해 울타리 너머로 내달렸다.

케이츠비의 과감한 행동은 포크스의 지원이 없었다면 무리였을 것이다. 케이츠비와 비비아나를 향해 날아든 칼을 막아주었기 때문이다. 포크스도 교전을 벌이던 중 머리에 심한 부상을 입고 말았다. 그는 정신을 잃은 채 피를 흘리며 말 아래로 떨어졌다.

비밀봉투

    교전에서 부상을 입은 후 의식을 회복한 가이 포크스는 오두막에 구비된 작은 침상에 누워있었다. 비비아나와 케이츠비가 곁에서 그를 보살폈다. 머리에는 두툼한 붕대가 감겨있었다. 출혈이 심해 현기증이 나면서 시야가 잠시 흐려졌으나 대상은 겨우 식별할 수 있었다. 눈을 감은 채 다시 인사불성이 되었고, 약제를 발라주니 잠시나마 의식이 돌아왔다. 어떤 경위로 거기에 누워 있는지 묻자, 케이츠비는 군인들이 헤이독 집사를 잡아들인 데 만족하며 그를 죽게 내버려 둔 채 체스터로 이동했다고 말했다.

    "윌리엄 래드클리프 경은 어떻게 되었소?"

    케이츠비가 입술에 손가락을 댔다. 이때 비비아나가 울음을 터뜨리자 포크스는 몹시 견디기 힘든 말이었으리라 짐작했다. 래드클리프 양은 슬픔을 억누를 수 없어 밖으로 뛰쳐나갔다. 케이츠비에 따르면, 윌리엄 경의 주검은 교전현장에서 옮겨 인접한 오두막에 두었다고 한다. 케이츠비는 비비아나가 맨체스터 대성당의 가족 묘실에 유해를 안치하고 싶어 한다는 사실도 덧붙였다. 물론 너무 위험해서 그럴 수는 없다고 우려했다. 전령이 홀트에 급파된 덕에 에버라드 딕비 경과 가넷 및 올드콘 신부는 윌리엄 경의 유해를 수습할 방편을 정하고 나면 오두막에 들를 예정이었다.

"너무 가엾군요! 이젠 보호자가 없으니."

"그건 안심해도 되오. 내가 살아있는 한 보호자가 없진 않을 테니."

포크스는 충혈된 눈으로 흐리멍덩하게 그를 빤히 응시했지만 입은 다물고 있었다.

"무슨 생각을 하는지 알고 있소. 내가 아가씨와 혼인할 거라고 생각하죠. 맞습니다. 그럴 겁니다. 혼사와 거사는 떼려야 뗄 수가 없으니 걸림돌은 뭐든 제거할 것이오."

포크스는 대꾸하려 했지만 혀가 바싹 말라 말이 나오지 않았다. 케이츠비는 일어나 포크스의 머리를 찬찬히 들고는 물이 든 잔을 입에 댔다. 그는 허겁지겁 물을 들이켰다. 물을 더 마시고 싶었지만 거절할 것 같아 꾹 참았다.

"환부를 살펴보았소?" 가이 포크스가 멈칫하며 물었다.

케이츠비는 그렇다고 했다.

"아주 심각한가요? 죽음이 두려워서가 아니요. 죽음은 하도 자주 봐서 무섭지도 않소. 다만 이생의 순례를 끝내기 전에 꼭 해야 할 일이 떠올라서 그러오."

"그럼 지체하지 마시오. 당신은 용감한 군인이니 에두르지 않겠소. 당신은 얼마 살지 못할 거요."

"하느님의 뜻이라면!" 포크스는 체념했다. "가톨릭의 회복에 꼭 필요한 도구가 될 운명이라 생각했소만, 알고 보니 착각이었군요. 가넷 신부님이 오시면 꼭 만나게 해주시오. 그분이 더디 오신다면 래드클리프 아가씨와 잠시 이야기를 나누고 싶소."

"왜 내게는 털어놓지 않는 거요?" 케이츠비는 미심쩍은 표정으로 물었다. "지금은 왠지 군인보다는 사제가 되고 싶군요. 칼자루보다 십자가를 붙든 사제 말이오."

"아니오. 고해성사를 하려는 게 아닙니다. 내가 아니라 다른 사람들에 대한 일이오."

"그렇다면 더더욱 미루지 말아야 하오. 환부의 열로 보건대 십중팔구는 정신착란증이 올 것이오. 그러니 정신이 멀쩡할 때 털어놓는 게 낫소. 무슨 말이든 적극 힘써 보리다."

"맹세할 수 있소?" 포크스는 간곡히 물었다가 답변을 듣기도 전에 뜻을 돌이켰다. "아니오, 아니오, 그럴 리 없소."

"그렇게 노여워할 때가 아니오. 약속을 믿지 못하겠다는 거요?"

"내 말을 순순히 들을 것 같지가 않아 그렇소. 위급할 때 도움을 받고 싶다면 래드클리프 아가씨께 긴히 할 이야기가 있다고 전해주시오."

"굳이 전해줄 필요는 없을 것 같네요." 비비아나가 소리 없이 방에 들어왔다. "여기 있으니까요."

가이 포크스는 목소리가 들리는 쪽으로 시선을 돌렸다. 자신도 심각한 부상을 입었지만, 엄청난 충격으로 크게 달라진 비비아나의 용모에 수심이 가득했다. 얼굴은 시체만큼이나 창백했고 눈은 깊은 시름에 잠긴 양 흐리멍덩했으며, 윤기가 흐르던 머리는 산발이 되어 어깨위에 드리워졌고 옷은 얼룩덜룩 지저분한 데다 매무새도 흐트러져 있었다.

"할 말씀이 있으시다고요?" 비비아나는 포크스가 누운 침상으로 갔다.

"둘만 있게 해주오."

비비아나가 케이츠비를 보자 그가 마지못해 일어나 문을 닫고 나갔다. "이제 우리 둘뿐이에요."

"물을 주시오, 물을! 목이 말라 죽을 것 같소!" 비비아나가 물을 주자 그가 진지하게 말을 이었다. "비비아나, 당신은 가장 사랑하는 벗을 잃었소만 머지않아 다른 벗도 잃게 될 거요. 행여 죽음에서 구원을 받는다면 회복을 위해 안간힘을 쓰겠지만 말이오. 이건 고통을 키우려는 게 아니라 나의 진심을 입증하기 위해 하는 말이오. 얼마 남지 않은 목숨을 다해 당부하건대, 케이츠비와는 절대 혼인하지 마시오."

"그건 걱정하지 마세요. 차라리 죽음을 택하는 게 낫지요."

"그를 조심하시오. 목적을 위해서라면 양심의 가책 따위는 느끼지 않는 사람이니 …."

"저도 잘 알아요. 에버라드 딕비 경이 오면 그분이 절 보호해 주실 거예요."

"혹시라도 궁지에 몰리면 이걸 뜯어보시오. 대책을 일러줄 거요. 단, 모든 수단을 강구하기 전에 이를 개봉해서는 안 됩니다." 포크스는 더블릿 주머니에서 작은 봉투를 꺼냈다.

비비아나는 봉투를 받고는 그러겠다고 약속했다.

"주변 사람에겐 비밀로 하고 잘 간직해 두시오. 언제 필요할지 모르니까요. 이젠 양심에 거리낄 것이 없으니 죽어도 여한이 없습니다. 날 위해 기도해 주겠소?"

비비아나는 침상 옆에 무릎을 꿇고 진솔하게 기도했다.

"어찌 보면 이렇게 생각하는 게 위안이 될 수도 있겠네요. 죽음을 통해 중죄에서 구원을 받을지도 모르잖아요. 거사에 가담하면 천국의 즐거움은 영영 맛보지 못할 테니까요."

"그보다는 …" 포크스의 머릿속이 복잡해지기 시작했다. "그 역할을 내가 감당할 수도 있었다고 해야 하지 않을까요. 결국에는 죽을 쑤어 개를 준 격이 되었지만 말이오. 그들이 받을 영광과 분깃은 하나도 남아있지 않을 거요."

"저들이 받을 몫은 이생과 내세의 지옥일 거예요." 비비아나가 대립각을 세웠다. "재차 말하지만, 부상을 입은 건 심히 유감이지만 죄에서 구원을 받은 건 천만다행이라고 생각해요. 사형집행관의 손에 죽임을 당할 바에야 차라리 그렇게 생을 마감하는 편이 훨씬 나으니까요."

"지금 무엇이 보이는지 아시오?" 몸을 일으키려던 포크스의 머리가 다시 베개에 파묻혔다. "엘리자베스 오턴이 눈앞에서 올라오고 있소. 따라오라고 손짓하고 있으니 그리로 가리다!"

"하느님, 어쩌면 좋아요! 정신줄을 완전히 놓았으니!"

"오턴이 어두운 동굴로 인도하고 있구려." 포크스가 좀더 흥분했다. "하지만 내 눈은 늑대처럼 암흑 속도 꿰뚫어 볼 수 있소. 동굴에는 화약통이 가득 차있는데 층층이 배열되어 있어요. 아! 어딘지 알겠어요! 의사당 지하실이오. 왕과 귀족들이 위층 강당에 운집해 있소. 횃불을 주시오! 화약고에 불을 붙여야 하오. 그럼 모두 풍비박산이 나겠지요. 어서요! 서두르시오! 저들을 죽이기로 서약했으니 이를 지켜야 하오. 저들과 함께 죽는 들 뭐가 문제겠소? 어서 횃불을 주시오! 늦을지도 모르오. 화약에 습기가 차 불이 붙이 않으면 어쩌지? 오, 불꽃이 점점 줄어들다 완전히 꺼지고 말았소! 이런! 왜 그리 무정한 눈으로 날 노려보는 거요? 당신 옆에 있는 자들은 누구요? 악마인가! 아니, 무장군인이군. 나를 붙잡고 회중 앞으로 끌고 가는구려. 이 가증스런 장치는 다 무엇인고? 고문대로다! 나를 묶어 사지를 끊어도 자백을 받아내진 못하리라! 하하! 원 없이 비웃어 주마! 하하!"

"자비하신 성모님! 고통에서 해방시키소서!"

"그래! 유죄를 선고했으니 곧 사형대로 끌고 가겠군. 난 이미 각오가 되어 있소이다! 날 보러 인파가 몰려오다니! 일만 명이 모두 살기가 등등한 표정으로 나를 보고 있소! 드디어 교수대가 설치되었구려! 빨리 끝내주시게, 파렴치한 악당아! 밧줄이 뱀처럼 내 목을 휘감고는 조르고 있소! 아!"

"아악! 더는 못 듣겠어요, 케이츠비 도와주세요, 어서요!"

"칼이 심장을 뚫었소. 살갗을 파고들어 심장을 갈기갈기 찢는구려! 이제 숨이 끊어질 것 같소. 나는 이렇게 죽임을 당하오." 포크스의 신음은 몸서리가 날 정도로 끔찍했다.

"무슨 일이오?" 케이츠비가 방으로 달려왔다. "그가 죽었소?"

"그런 것 같아요. 임종이 정말 무서웠어요."

"아직은 아니요. 맥박이 아주 거칠게 뛰고 있소. 래드클리프 아가씨, 포크스는 내가 살필 테니 더는 여기 있지 마십시오. 곧 회복될 겁니다."

별 도움이 되지 않을 거라 여긴 비비아나는 동정하는 눈빛으로 그를 바라보며 자리를 떴다. 오두막에 사는 노파가 작은 방 하나를 제외한 나머지를 손님에게 내준 덕에 안정을 취할 수 있었다. 그간 벌어진 사건과 참극은 그녀가 감당하기에는 너무도 벅찬 것이었다. 비비아나는 정신적인 고통이 너무 심해 이성을 잃을까 겁을 내기 시작했다. 마치 눈에 보이지 않는 위험물이 사방을 에워싸기라도 한 듯 멀거니 서서 두려운 표정으로 주변을 두리번거렸다. 두 손으로 관자놀이를 누르자 가열한 쇳덩이처럼 뜨거웠다. 그녀는 심상치 않은 몸 상태에 놀라 무릎을 꿇고 기도하며 흐느꼈다. 그렇다! 부친이 소천한 후 처음으로 눈물을 흘린 것이다. 비비아나는 통렬한 눈물로 형언할 수 없는 위안을 얻었다.

오두막 입구에서 들리는 말발굽소리에 그녀는 우울한 감정을 추슬렀다. 잠시 후 가넷 신부가 들어왔다.

"인생사 새옹지마라더니!" 가넷이 슬픔을 통감하듯 인사를 나누었다. "어제 그렇게 헤어지고 나서 다시 만나리라고는 꿈에도 생각지 못했소. 이렇게나 참담한 상황에서 말이오."

"하느님의 뜻이겠지요, 신부님. 불평보다는 최대한 감내해야지요."

"아가씨가 평온을 되찾았으니 위안이 되는군요. 충격으로 마음에 상처를 입진 않을까 걱정했는데 잘 견뎌주어 정말 다행입니다."

"저도 이렇게 강인한지 몰랐어요. 불행을 감내하는 요령을 터득하다 보니 세상에서의 인연은 하나도 남아있질 않네요. 앞으로도 인연은 후회 없이 끊겠어요."

"그건 오산입니다. 아직도 많은 행복이 아가씨를 기다리고 있으니까요. 불행의 날이 무뎌지면 형편을 좀더 긍정적으로 보게 될 겁니다."

"그럴 리가요!" 비비아나가 울먹였다. "가슴 속 희망이 송두리째 날아가 버렸다고요! 말싸움은 이제 그만 하죠. 그런데 에버라드 딕비 경과 같이 오지 않으셨나요?"

"아닙니다. 자초지종은 이렇소. 어제 아가씨가 떠난 후, 우리가 머물렀던 홀트 저택에 무장군인이 침입했지 뭡니까. 잔인하다고 소문이 자자한 마일스 톱클리프의 지휘하에 말이오. 결국 그는 부하 몇을 잃고 퇴각했지만 필히 체포해야 할 이유가 있었는지 병력을 충원해서 다시 쳐들어오더군요. 에버라드 경은 후퇴하는 편이 낫겠다 싶어 일행 및 사역자와 함께 버킹엄셔로 떠났지요."

"올드콘 신부님은 어디 계시나요?"

"안타깝게도 투옥되고 말았소. 공격에 무모하게 맞서다 잡혀 톱클리프 일당이 끌고 갔지요."

"불행이 꼬리에 꼬리를 문다는 속담이 참말이었군요. 소중한 사람을 모두 잃은 것 같아요."

"에버라드 경이 충직한 하인 넷을 보냈소." 가넷이 말을 이었다. "모두 무기를 갖추고 있으니 어딜 가든 아가씨를 잘 보필할 겁니다. 경이 노잣돈도 전해 달라더군요."

"정말 친절하시고 인정이 많으시군요. 신부님, 한 가지 드릴 말씀이 있어요. 지금은 기회를 엿보고 있지만 마냥 미뤄둘 순 없는 문제예요." 비비아나는 말을 더듬었다.

"무슨 말씀인지 짐작이 갑니다. 윌리엄 래드클리프 경의 유해를 말씀 하는 거지요? 시신은 어디에 있소?"

"옆 오두막에요. 케이츠비 님께는 맨체스터로 이송해 가족묘실에 안 치하면 좋겠다고 말씀드렸어요."

"방편은 잘 모르겠지만 그와 다시 상의해 보리다. 케이츠비는 어디 에 있소?"

"옆방 침상에요. 가이 포크스 선생이 거기서 죽어가고 있어요."

"죽어간다고요! 심한 부상을 입었다고 듣긴 했소만 목숨을 잃을 만 큼 위중할 줄이야. 선의를 위해 또 한 명이 희생되고 마는군요."

이때 케이츠비가 문을 열었다.

"환자는 어떻소?"

"열이 조금 내려 호전되고 있는 듯합니다. 지금은 곤히 자고 있습 니다."

"그를 안전하게 옮길 수 있겠소? 계속 머물러 있다가는 방방곡곡을 들쑤시고 있는 톱클리프 일당에게 붙잡힐 텐데요." 가넷은 비비아나와 나눈 이야기의 요지를 들려주었다.

케이츠비는 잠시 생각에 잠겼다.

"어떤 길이 최선일지 몰라 참으로 난감하더군요. 어딜 가든 위험이 도사리고 있겠지만, 일단 아가씨의 청대로 맨체스터에 갈 생각입니다."

"그럼 훨씬 더 위험하지 않겠소?"

"오히려 안전할 수도 있습니다. 우리가 그렇게 위험한 짓을 벌이리라고는 생각지 못할 테니까요."

"일리가 있군요." 가넷은 잠시 멈칫했다. "아무튼 당신의 결정에 따르겠소."

"제 뜻과 정확히 맞아 반대를 할 수가 없군요." 비비아나도 동조했다.

"신부님, 저희와 동행하지 않으시렵니까? 혹시 고더스트로 가시겠습니까?"

"함께 감세. 비비아나 아가씨를 보호할 사람이 필요할 테니 안전한 곳에 이르기 전에는 아가씨를 떠나지 않겠네."

"일단 결정은 했으니 채비를 마치고, 가이 포크스가 몇 시간이나마 안정을 취하고 나면 떠나기로 하지요. 밤에 떠나는 편이 더 안전할 것이고, 모두가 분발하면 오드설 성에 무사히 도착할 수 있을 겁니다. 짐작건대, 비비아나 아가씨가 동트기 전에 먼저 도착할 것 같군요."

"나와 사역자의 말이 훌륭한 데다, 에버라드 딕비 경의 정성스런 관리 덕에 각자가 한 필씩은 더 몰고 갈 수 있을 거요."

"잘됐군요. 아가씨, 그럼 침상에 가서 환자를 보살펴 주시오. 몇 시간이면 채비를 마칠 거요."

케이츠비는 가넷과 함께 자리를 옮겼다. 비비아나가 옆방으로 가자, 곤히 자고 있던 가이 포크스가 눈에 들어왔다.

어스름이 짙어갈 무렵 그가 눈을 떴다. 기운을 차린 듯했다. 비비아나와 대화를 나누던 중 가넷과 케이츠비가 들어왔다. 포크스는 가넷 신부를 보고 표정이 밝아졌다. 여정을 이야기하자 그는 말이 끝나기가 무섭게 동행하겠다는 뜻을 밝혔다. 단, 그에 앞서 자신을 위해 종부성사를 거행하면 더는 바랄 것이 없다고 했다.

가넷은 바로 그 때문에 자신이 온 거라고 대답했다. 자리에 둘만 남았을 때 그는 사제의 본분을 다했다. 포크스의 고해를 듣고 면죄를 선언하고는 성체를 건네고 성유를 부었다. 그리고는 환부의 통증을 누그러뜨리기 위해 강력한 진정제를 주기로 했다.

종부성사를 마친 사제는 케이츠비를 불렀다. 그는 두 사역자와 함께 환자가 누운 침상을 들어 그를 들것에 옮겼다. 포크스는 일을 잘 마무리한 덕에 이동하는 과정에서 별다른 부상이나 불편을 겪지 않았다. 튼실한 수레 두 대가 확보되었다. 하나에는 들것을, 다른 하나에는 관이 실렸다. 관은 윌리엄 래드클리프 경의 시신을 보관하기 위해 급조한 것이었다. 비비아나가 안장에 앉자 케이츠비는 거처를 마련해준 오두막 주인에게 후히 사례했다. 그제야 단출한 행렬이 움직였다. 일행은 밤새 이동하여 타폴리와 노스위치 및 알트링엄을 거쳐 동틀 무렵 오드설 성 근방에 도착했다.

엘릭시르

옛 저택이 숲에서 어렴풋이 보였다. 비비아나는 생생히 기억하는 지붕과 박공을 보고 있으려니 기운이 축 쳐졌다. 얼마 전까지만 해도 세상의 복과 건강을 누리며 집을 떠난 부친이 조만간 주검으로 돌아가야 한다는 건 생각만 해도 참기 어려운 사실이었다. 그러나 마냥 실의에 빠져 있을 시국이 아닌지라 마음을 단단히 먹으라는 주문에 단호히 감정을 추슬렀다.

케이츠비는 성에 접근한 뒤 시선을 피할 수 있는 나무 아래서 일행을 세웠다. 그러고는 좀더 전진하며 주변이 안전한지 살폈다. 가까이 갈수록 약탈자의 자취가 도처에 나타났다. 도개교를 지나 안뜰에 입성하니 최근 자행된 참상의 흔적이 숱하게 남아 있었다. 가구는 망가졌거나 불에 그슬렸거나 혹은 부서진 채 사방에 널브러져 있었고 유리창은 조각이 났으며 문짝은 경첩이 떨어져 나간 데다, 벽 갓돌은 밀렸고 화단은 짓밟히고 말았다. 또한 해자는 쓰레기가 가득 차있거나 둥둥 떠다니는 나뭇조각이 이를 뒤덮었다.

호기심이 발동한 케이츠비는 마구간이 있던 곳으로 갔다. 거무스름한 잔해더미 외에 보이는 것은 없었다. 돌 하나도 돌 위에 남지 않고 거의 다 무너졌달까(눅 21:6). 너무도 황량하고 처참했기에 그는 즉각 돌아섰다. 말을 헛간에 묶어두고 안채에 들어서자 다시금 참혹한 현장과 마주하게 되었다. 떡갈나무 판자와 굽도리널은 벽에서 뜯겼고 천정은 무너져 내렸으며 바닥은 깊이 패여 부서진 석고와 먼지가 드러났다. 위층으로 올라가도 사정은 마찬가지였다. 계단 끝 작은 기둥과 침대 틀도 부러지고 지붕 타일 또한 듬성듬성 떨어져 나갔다. 값진 서적에서 찢긴 책장과 옷가지 등도 산재해 있었다. 수색조가 압수할 수 없는 물건은 죄다 손을 댄 것이다.

한동안 저들의 만행을 곱씹던 케이츠비는 분통을 느끼며 지하로 내려갔다. 집안사람들을 찾을 수 없어 떠나려고 몸을 돌리던 차에 옆방에서 자신을 주시하는 사내가 보였다. 즉시 그를 불러 보았지만 사내는 이를 무시하고 줄행랑을 치려 했다. 케이츠비는 칼을 빼들며 도망가면 죽이겠다고 쏘아붙였다. 그는—다름 아닌 헤이독 2세였다—모습을 드러내며 발아래 넙죽 엎드리고는 살려 달라고 애원했다.

"해치지 않는다고 하지 않았나." 케이츠비는 칼을 거두었다.

"오! 케이츠비 나리, 정말 나리십니까?" 마틴 헤이독이 탄성을 질렀다. 그는 두려움 탓에 침입자의 용모를 알아채지 못했다. "다 쓰러진 집엔 왜 오셨습니까?"

"우선 적이 하나라도 있는지부터 말하게"

"제가 알기론 없습니다. 보시다시피, 집안을 온통 들쑤시고는 그제 떠났는데 그 뒤론 한 명도 못 봤습니다. 물론 경계를 게을리 하진 않았습니다요. 방금 들어오신 나리 외에는 없었습죠."

"여기 혼자 있는 건가?"

"아닙니다, 나리. 하인 몇몇이 지하 비밀통로에 은신해 있습니다. 최근 일로 겁이 나서 야심한 밤이 아니면 나올 엄두도 내지 못하고 있습죠."

"물론 그렇겠지."

"혹시 윌리엄 래드클리프 나리와 비비아나 아씨가 어찌 지내시는지 아십니까? 모쪼록 아무 일이 없으셔야 할 텐데요. 제 부친인 제롬 헤이독은 며칠 전 홀리웰로 떠났습니다. 신변이 위태롭다는 사실을 알리려고 떠났는데 그 후로는 소식이 끊겼지요."

"윌리엄 래드클리프 경은 세상을 떠났네. 놈들이 경을 죽였고, 자네 부친은 투옥되었다네."

"오, 이럴수가!" 헤이독은 오열했다. "지금이 이렇게나 삭막한 때라니 …. 그럼 우린 어찌 되는 겁니까?"

"놈들과 맞서 싸워야지. 우릴 짓밟은 발꿈치를 물어서라도." 케이츠비는 단호했다.

"아무렴요! 부실한 팔이라도 소용이 있다면 단숨에 일격을 가해야 겠지요."

"사나이답게 결단하게!" 케이츠비는 틈만 있으면 가톨릭 신도를 한 명이라도 더 끌어들이려 했다. "자네의 소원을 이룰 수 있는 방도를 일러주겠네. 우선 적절한 때가 올 때까지 복수의 의지를 계속 불태우고 있게."

비비아나가 근방에 있고, 윌리엄 경의 시신이 대성당 납골묘에 안치하기 위해 실려 왔다는 케이츠비의 말에 헤이독은 기겁했다. 케이츠비는 비교적 피해가 적은 방이 있다는 이야기를 듣고 나서 일행이 있는 곳으로 돌아왔다. 비비아나가 유숙할 수 있는 곳이라 생각한 것이다.

오드설 성 입구에 이른 이때만큼이나 행렬이 우울한 적은 거의 없었다. 비비아나는 슬픔을 이기지 못해 눈물을 머금고 선두에 있었고 케이츠비는 그녀의 말을 이끌고 도보로 진행했다. 그 뒤로 가넷 신부가 피곤한 몸과 실의에 빠진 마음으로 맥없이 고개를 숙였다. 그 뒤로는 들것에 실린 가이 포크스와 윌리엄 래드클리프 경의 시신이 각각 열을 이었다. 비비아나가 입구에 이르자 두 하녀가 그를 영접했다. 마틴 헤이독이 은신처에 있던 자들을 불러낸 것이다. 비비아나는 말에서 내리자마자 부축을 받으며 묵을 방으로 갔다. 그러지 않으면 한 발짝도 걸을 수 없는 상태였다. 이때 케이츠비는 포크스를 옮기게 하려고 그쪽으로 걸음을 옮겼다. 몹시 걱정하는 눈치였다. 가이 포크스가 의식이 없었기 때문이다. 그동안 피를 많이 흘렸지만 실신하고 나서는 출혈이 멈추었다. 침실이 마련될 때까지만 아래층 방에 포크스의 자리를 잡아두었다.

마지막 소임은 비명횡사한 저택 주인의 시신을 안치하는 것이었다. 케이츠비는 한때 큰 홀에 있던 떡갈나무 테이블을 앞서 각별히 마련했다는 '별실'에 두라 주문했다. 더는 상하지 않도록 고이 받쳐두었다. 다른 가구와 마찬가지로 튼실한 재질로써 수색조의 만행에 저항해 보았지만 결국에는 크게 훼손되고 말았다. 그 위에 시신이 든 관을 모셔놓았다.

"차라리 여기에 누워계시는 게 더 나을 거야." 하인들이 우울한 기색으로 시신을 옮기자 케이츠비가 중얼댔다. 주변을 보니 이런저런 생각이 꼬리에 꼬리를 물었다. '참상을 두 눈으로 보며 사느니 …. 경이 목숨을 잃긴 했지만 공교롭게도 일은 잘 돌아가고 있어. 비비아나 래드클리프와의 혼인에 걸림돌이 될 수 있었던 유일한 사람이―부친―여기 누워있으니까. 며칠 전 바로 이 방에서 그녀가 내 청혼을 거절할 때만 해도―사악하고도 불가사의한 힘이 작용했을지도 모를 일―이런 일이 벌어질지 누가 상상이나 했겠나! 저택은 몰락하긴 했어도 폭삭 주저앉은 것은 아니니 내가 복원시켜야지. 젊은 아가씨도 내 것이 되고 그녀의 재산도―비비아나가 부친의 재산을 물려받을 유일한 상속녀―내 것이 되면 꿈은 이루어지겠군. 물론 아주 오랫동안 위험을 무릅쓰고 안간힘을 써왔던 한 가지 목표만 빼면 말이야.'

"무슨 생각을 그리 골똘히 하시는가?" 가넷 신부가 물었다. 그는 우울하던 낯빛이 바뀌는 케이츠비를 보고 있었다. "무슨 고민이라도 있소?" 신부가 등을 두드리며 재차 물었다.

"거사가 뇌리에서 떠나질 않습니다, 신부님. 그리고 거사를 위한 방편도 그렇지요. 암울한 현장이 보니 더 그런 것 같습니다."

"당연히 그렇겠지요."

"래드클리프 경의 피가 복수를 부르짖고 있지 않습니까? 경의 자녀라면 절규하는 소리를 듣지 못할까요? 천만에요, 신부님, 아씨는 부드러운 가슴을 강철로, 더할 나위 없이 약한 팔을 강하게 만드는 부정부패에 더는 굴복하지 않을 겁니다. 그러니 비비아나는 제 아내가 되어야 합니다." 케이츠비의 어조가 달라졌다. "아니, 우리와 함께 해야겠지요. 아가씨가 저와 혼인해야 부친의 죽음으로 그녀에게 상속될 재산을 거사에 헌납할 수 있기 때문입니다."

"지금은 거절하지 않을 거라고 생각합니다."

"신부님, 그래선 안 됩니다. 한가롭게 구애나 하고 있을 때가 아니니까요."

"내가 강요할 입장은 아니지요." 가넷 신부는 진지하게 받아쳤다. "설득이라면 내 힘껏 돕겠지만 그 이상은 무리요."

"설득만으로도 충분합니다, 신부님." 케이츠비는 너무 혼사에만 매달린 듯싶어 화제를 돌렸다. "그럼 가이 포크스는 어찌해야 할지 방도를 강구해 보십시다."

"목숨을 부지할 수 있겠소?" 가넷 신부는 깊은 한숨을 지었다. "그가 죽으면 가장 용맹한 전사를 잃은 것인데."

"동감입니다. 하지만 최근에는 기묘한 환상에 사로잡혀 있었지요."

"두려워 하긴 해도 정신줄까지 놓을 친구는 아니었소. 내가 의지할 수 있는 위인이라고는 그대와 포크스뿐이었는데. 그가 죽으면 당신 혼자 싸워야 할 거요."

케이츠비는 아무런 대꾸도 하지 않은 채 부상자가 누워있는 방으로 갔다. 의식은 돌아왔지만 입을 뗄 여력은 없었다. 케이츠비는 가까이에 둔 진정제를 투여한 후 포크스가 묵을 방을 마련해 달라고 주문했다. 이때 비비아나가 나타났다. 자신의 고통보다 환자가 더 걱정되었기 때문이다. 케이츠비의 의도를 읽은 그녀는 비교적 훼손이 적은 제 방으로 포크스를 들이라고 했다. 안 된다고 해봐야 소용이 없을 것 같아 허락하자 하인들이 환자를 침대로—큼지막한 고대식 가구에 빛바랜 연분홍 커튼이 걸려있었다—옮겼다. 그곳은 아주 오래된 방으로, 아치형 출입구에 안쪽 끝에는 작은 별실이 있고 무릎방석과 십자가도 있었지만 수색조가 거의 손을 대지 않아 좀 이상했다.

가이 포크스는 침대에 눕히자마자 공모에 대해 주절거리기 시작했다. 횡설수설 탓에 혹시라도 하인들이 의심을 품진 않을까 싶어 접근을 금하고 가넷 신부에게 교대로 불침번을 서자고 제안했다. 포크스는 점점 차분해졌고, 얼마간 잠을 청한 뒤에는 눈을 떠 주변을 두리번거리며 애타게 칼을 찾았다. 당시 그와 단둘이 있던 케이츠비는 다소 망설였지만 그가 정신적으로 크게 동요한 듯하여 침대 옆에 둔 모자와 수갑과 검을 보여주었다.

"이제야 안심이 되오." 가이 포크스의 입꼬리가 살짝 올라갔다. "지난 20년 동안 걷든 자든, 검이 곁을 떠난 적은 단 한 번도 없었소. 한 번 만져나 봅시다. 마지막이 될지도 모르니."

케이츠비는 칼을 쥐여 주었다. 그는 이를 잠시 바라보더니 입술로 날을 지그시 물었다.

"잘 있으시오!" 눈에 눈물이 고였다. "케이츠비, 안녕히 계시오!" 포크스는 재차 작별을 고하며 검을 돌려주었다. "한 가지 부탁 좀 합시다. 검을 내 옆에 묻어 주시오."

"그러리다." 감정이 격앙돼 목이 메었다. 성정이 완강한 케이츠비도 포크스의 당부에 마음이 녹은 것이다. "직접 당신 옆에 묻어 주리다."

"고맙소!" 포크스는 다시 잠들었다.

몇 시간이 흘렀지만 호흡은 점점 희미해졌고 나중에는 숨이 아주 멎은 듯 보였다. 안색도 급작스레 변한 탓에 케이츠비는 그가 곧 죽을 거라고 생각했다. 노심초사하며 포크스를 지켜보던 비비아나는 문가에서 그를 불러냈다. 케이츠비는 조용히 방을 나가 함께 복도를 걸었다. 한 방에 들어가 보니 가넷이 와있었다.

"마틴 헤이독이 치료제가 있다고 해서 불렀어요. 그가 일러준 방편대로 하면 포크스는 살아날 거예요."

"어떻게요?" 케이츠비는 몹시 궁금했다.

"아마 들어본 적이 있을 거예요. 맨체스터 학장인 '닥터 디'라고." 비비아나가 말을 이었다. "그분에게 특효약이 있다더라고요. 임종을 앞둔 사람도 몇 방울만 마셔도 살았다고 ⋯."

"아가씨, 이렇게 순진한 분인 줄은 정말 몰랐군요. 그렇진 않겠지만, 혹시라도 닥터 디가 그렇게 신묘한 약을 갖고 있다고 칩시다. 우리가 그걸 어떻게 얻는단 말이오?"

"칼리지에 가서 그분을 뵈면 혹시 줄지도 모르잖아요."

케이츠비는 미덥지 못한 듯 씩 웃었다.

"닥터 디를 두고는 제가 행사할 수 있는 권리가 하나 있으니 지금 청구할게요. 그분께 이 증표를 보여주세요." 비비아는 작은 장신구를 목에서 뗐다. "내가 보냈다고 하면 순순히 들으실 거예요."

"분부대로 거행합죠, 아가씨. 하지만 솔직히 효험은 믿음이 가질 않는구려."

"그래도 해볼 가치는 있네. 닥터 디는 총명한 사람인 데다, 다른 분야 못지않게 의학계에서도 많은 공을 세웠지. 잘은 몰라도 특효약이 사기는 아닐 걸세."

"정 그러시다면 당장 떠나겠습니다. 기왕 할 거면 지체해선 안 되니까요. 그 친구의 몸이 급속히 쇠약해지고 있어요."

"어서 가세요. 하늘이 도우실 거예요! 환자를 직접 보러 올 수 있다면 그편이 더 나을 거예요. 부탁이 하나 더 있지만 그건 나중으로 미룰게요. 얼른 떠나세요!"

"서둘러 가리다. 그가 도움의 손길을 떠나지 않기만을 바랄 뿐이오!"

그는 말을 둔 바깥채로 달려가 준마를 타고 맨체스터를 향해 박차를 가했다. 고대 칼리지 입구에 이르기까지 케이츠비는 속도를 늦추지 않았다. 벽에 박힌 갈고리에 마구를 걸어둔 그는 널따란 뜰을 가로질렀다. 입구는 열려 있었다. 식당으로 쓰는 높다란 방을 지나 돌계단을 올라 서재로 통하는 길쭉한 복도를 지났다. 그의 라이벌인 험프리 채텀의 넉넉한 인심덕에 수년간의 연구결과가 이곳에 빼곡히 들어차 있었다. 이때 진중하지만 교활해 보이는 사람이—헐렁한 갈색 옷에 폴란드식 모자를 썼다—케이츠비를 보자마자 짜증 섞인 어투로 용무를 물었다.

그가 양해를 구한 뒤 자초지종을 설명하려던 찰나에 살짝 열린 작은 떡갈나무 문 사이로 위엄 있는 목소리가 흘러나왔다. "켈리, 그냥 놔두게. 용건은 이미 알고 있으니 내가 직접 만날 걸세."

켈리는 묵묵히 손가락으로 문을 가리켰다. 케이츠비는 그가 닥터 디였다는 것을 알아챘다. 저가 올 거라는 사실을 일찌감치 알고 있었다는 데 다소 놀랐다. 방에 들어가자 마법용구로 둘러싸인 닥터가 눈에 들어왔다. 그는 앉아있던 의자 쪽으로 찬찬히 움직였다.

닥터는 자신이 불러들인 사람이 누구인지 확인도 하지 않은 채 말을 이었다. "수정구를 보니 자네가 왜 왔는지 알 것 같군. 비비아나 래드 클리프 아가씨가 어떤 증표를 보냈지, 아마."

"예, 그렇습니다." 케이츠비는 큰 충격을 받았다. "여기 있습니다."

"굳이 꺼내지 않아도 될 터인데." 닥터는 여전히 등을 돌리고 있었다. "증표는 이미 보았으니 …, 켈리, 오드설 성으로 떠날 테니 함께 가세."

"정말 놀랍군요! 제가 여길 왜 왔는지 알고 있단 말씀이십니까?"

"못 믿겠다면 내 일러줌세." 닥터는 그제야 얼굴을 돌렸다. "죽음을 앞둔 친구가 하나 있는데 마침 내가 특효약을 갖고 있다는 말을 들은 거야. 그래서 사실을 확인하러 온 게 아닌가?"

"예, 맞습니다." 케이츠비는 넋을 잃었다.

"그 친구 이름은 …" 닥터는 그에게 시선을 고정했다. "가이 포크스고, 자네는 로버트 케이츠비겠지."

"더는 말씀하지 않으셔도 됩니다, 선생님." 케이츠비는 사시나무처럼 떨며 무심코 입을 열었다. "제가 익히 들은 선생님의 마력이 사실에는 훨씬 못 미치는 것 같습니다."

"다행히 제때 와줬네." 닥터는 칭찬에 대한 보답으로 근엄하게 고개를 숙였다. "조금만 더 지체했더라면 아주 늦었을 게야."

"그렇다면 포크스가 살아날 거라는 말씀이십니까?!"

"물론이지. 다만 …"

"다만 뭡니까? 혹시 제가 도울 수 있는 일은 없을까요?"

"없네. 더 잔혹한 운명이 기다릴 터인데 지금 그를 살려내는 게 과연 가당키나 한 건지 혼자 고민하고 있었네."

"무슨 말씀이신지 …." 케이츠비의 낯빛이 어두워졌다.

"무슨 뜻인지 차차 알게 될 테니 더는 설명하지 않겠네. 오드설 성에 가서 래드클리프 아가씨께 한 시간 후면 내가 도착하니 두려워하지 말라고 전하게. 그리고 부탁할 것이 또 하나 있을 터인데 굳이 밝히지 않아도 된다 하게. 그럼 잠시 후에 만나세."

뜰로 나온 케이츠비는 사지를 떨며 가슴을 폈다. "아, 이제 좀 살겠다. 실험실이 무슨 지옥도 아니고 왠 유황냄새가 그리 지독하담! 질식해 죽는 줄 알았네. 그건 그렇고, 닥터 디가 악마와 거래를 하지 않았다면 …, 사람이 그럴 리가 있나! 아니야, 가이 포크스가 나은들 약의 출처는 내 알 바 아니지."

스미티뱅크를 내려와 어웰강 다리를 건너려는 차에 말을 탄 사내가 보였다. 케이츠비를 피해 황급히 달아나려는 눈치였다. 수상한 낌새를 챈 그는 박차를 가해 속도를 높였다. 케이츠비의 말이 더 빨랐기 때문에 상대는 금세 추월했다. 사내는 다름 아닌 마틴 헤이독이었다.

"여기서 대체 뭘 하고 있는 건가?"

"비비아나 아씨가 험프리 채텀님께 전갈을 보내라 해서 왔을 뿐입니다요, 나리." 헤이독은 놀란 기색이 역력했다.

"정말인가!" 케이츠비는 분통을 터뜨렸다. "어찌 내게는 일언반구도 없이 전갈을 보낸단 말인가?"

"나리도 제가 모셔야 하는 줄은 몰랐습니다." 마틴은 부루퉁해졌다. "제가 모셔야 할 분은 주인님이신 채텀 나리십니다. 물론 비비아나 아가씨께서 전갈을 보내라 하시니 마음에 들든 안 들든, 저는 명을 따르는 수밖에 없지요."

"농담일세, 이 사람아, 정색하기는 ⋯." 케이츠비는 헤이독을 자극하고 싶지 않았다. "여기 노잣돈 좀 쥐여 줄 테니 비밀이 아니라면 래드클리프 아가씨가 자네 주인더러 뭐라셨는지 말해보게."

"전갈 내용은 저도 모르지요. 하지만 주인님께서 자정에는 성에 이를 거라고 하셨습니다."

'그건 내가 이미 알아낸 거고.' "자네 부친이 투옥되었다 들었네만."

케이츠비가 큰소리로 말을 이었다.

"예, 그렇습니다. 부친은 위원회가 자유를 속박하고도 남을 분이죠."

"그렇겠지." 케이츠비는 말에 박차를 가하며 현장을 떠났다.

그는 약 25분을 달려 성에 이르자마자 포크스의 방으로 갔다. 비비아나와 가넷 신부도 함께 있었다.

"어떻게 됐나요?" 비비아나가 애타게 물었다. "직접 오시기로 했나요? 아니면 약을 보내주시던가요?"

"직접 가져온다고 했소."

비비아나는 기쁨에 겨워 탄성을 질렀다. 가이 포크스도 이를 들었는지 몸을 뒤척이며 나지막이 신음했다.

"닥터 디가 일러주라더군요." 케이츠비는 비비아나를 한쪽에 세워두고 조용히 귀띔했다. "다른 부탁도 들어주겠다고 말이오."

비비아나는 놀라면서도 말을 잘 이해하지 못한 듯했다.

"혹시 험프리 채텀을 두고 한 말이 아닌가요?" 케이츠비는 다소 심술을 부렸다.

"아! 제가 보낸 마틴 헤이독에게서 들으셨군요." 비비아나는 얼굴이 붉어졌다. "닥터 디에게 부탁한 건 채텀과는 무관하답니다. 아버님 시신을 성당에 있는 납골묘에 은밀히 안치할 수 있도록 허락해 달라고 한 건데, 제 부탁은 어떻게 아셨을까요?"

"그건 나도 이해불가요. 유령에게서 듣지 않았다면 말이오."

얼마 후 닥터 디와 켈리가 성에 도착했다. 케이츠비는 입구에서 그들을 만나 포크스의 방으로 안내했다. 닥터는 의심스런 눈빛으로 가넷 신부를 응시하며 그에게 냉랭히 인사를 건넨 뒤 비비아나에게는 정중히 고개를 숙였다. 그는 천천히 침대로 갔다. 포크스를 잠시 바라보고는 팔짱을 끼고 뭔가를 곰곰이 생각했다. 환자는 눈을 감은 채 입술을 약간 떨어뜨렸지만 호흡은 없는 듯했다. 구릿빛 용모는 섬뜩하리만치 주검처럼 보였고 뚜렷한 이목구비는 뻣뻣이 경직되어 있었다. 검은 머리칼은 피기 엉겨 붙은 채, 머리에 감은 붕대를 빠져나와 베개에 걸려있었다. 애처롭기 짝이 없는 모습이었다. 닥터 디도 마음이 쓰이는 듯 보였다.

"고비는 넘겼군. 가련한 육신에 혼령을 불러내는 게 어떻겠소?" 닥터가 중얼거렸다.

"목숨을 구할 수만 있다면 상관없습니다." 비비아나가 간청했다.

"그러려고 오긴 했습니다만, 아가씨와 켈리 외의 다른 분들은 자리를 비켜 주셔야 합니다."

"저도 여기 있고 싶진 않아요. 별실에 들어가서 효험이 있기를 기도할게요."

"나 역시 옆방에서 기도하리다." 가넷은 호기심에 사로잡힌 듯한 케이츠비의 팔을 잡고 나갔다.

문이 닫혔다. 비비아나는 별실에 들어가 십자가 앞에 무릎을 꿇었다. 닥터 디는 침대 옆에 앉아 옷에서 호리병을 꺼냈다. 투명한 액체에 기포가 부글부글 올라왔다. 왼손으로는 병을 눈높이까지 올리고 오른손은 포크스의 손목에 두었다. 같은 자세가 몇 초간 이어졌다. 이때 켈리는 팔짱을 긴 채 약물에 시선을 고정했다. 환자의 맥박을 재고 있던 닥터는 때가 됐다 싶어 호리병 마개를 뽑았다. 약물 냄새가 코를 찔렀다. 천 조각에 이를 조금 적셔 포크스의 관자놀이에 바르고 켈리에게는 머리를 들게 한 뒤 입속에도 몇 방울 떨어뜨렸다. 그는 몇 분을 기다리며 약물을 반복해서 발랐다.

"이것 보게!" 닥터가 켈리에게 소리쳤다. "약발이 슬슬 나타나는군. 숨도 쉬고, 사지도 떨고 말이야. 뺨에는 혈색이 돌고 이마에는 땀이 맺혔네. 체온이 회복된 거야. 한 모금만 더 마시면 완전히 낫겠군."

켈리는 손을 가슴에 댔다. "심장도 힘차게 뛰는걸요."

"오, 감사합니다, 하느님!" 기도를 멈추고 둘의 대화에 귀를 기울이던 비비아나가 소리쳤다.

"마지막으로 투약할 테니 꼭 잡고 있게. 몸부림을 쳐 다칠 수도 있으니."

켈리는 환자의 몸을 두 팔로 힘껏 감았다. 미리 주의를 해두어 다행이었다. 약물이 목구멍으로 넘어가는 순간 포크스의 가슴은 요동치기 시작했다. 눈을 뜨고 몸을 똑바로 일으키려 하는 등, 그는 속박에서 벗어나기 위해 안간힘을 썼다. 닥터가 거들지 않았다면 그를 감당할 수 없었을 것이다.

"오, 이럴수가!" 별실을 나와, 경이롭다는 표정으로 이를 지켜보던 비비아나가 탄성을 질렀다. "뭐라고 감사의 말씀을 드려야 할지 …."

"하느님께 감사드리세요. 주님만이 영광을 받으실 분이니. 일행을 부르십시오. 이제 일을 다시 시작해야죠. 제 소임은 여기까지입니다."

케이츠비와 가넷이 기별을 듣고 방에 들어왔다. 몸부림을 그치고 켈리의 어깨에 기댄 가이 포크스를 보면서도 당최 믿기지 않는다는 표정이었다. 포크스는 매서운 눈초리와 창백한 얼굴만 빼면 여느 때와 같았다.

가이 포크스를 소생시키는 닥터 디

대성당

닥터 디는 켈리에게 가이 포크스와 함께 있으라 하고는 길을 떠나기 전 할 말이 있다며 비비아나에게 따로 만나자고 넌지시 일렀다. 그녀를 데리고 옆방에 온 닥터는 부친의 시신을 대성당에 안치하고 싶다는 마음은 이미 알고 있고 그에 대해 반대할 생각은 추호도 없다고 했다. 다만 장례식은 가급적이면 비밀을 지킬 수 있도록 밤에 거행하는 편이 낫겠다며 신중한 조치를 권했다. 비비아나는 닥터의 배려에 격앙된 목소리로 감사를 표시했다. 신중하라는 그의 제안은 조용히 수긍했다. 문득 그녀는 닥터가 자신의 속내를 훤히 알고 있다는 사실에 놀라지 않을 수 없었다. "박사님의 위력을 직접 보고 나니 못 하는 게 없으신 분 같아요!"

"제 앞에서 감출 수 있는 건 거의 없지요." 박사는 우쭐해 하며 씩웃었다. "아주 사소한 문제라 제가 관심을 두지 않을 성싶은 것도 제눈을 피할 순 없습니다. 비비아나 아가씨, 험프리 채텀과는 서로 연정을 느끼고 있는 것 같은데 걱정이 되어 드리는 말씀이니 괘념치 말아주십시오."

비비아나는 너무 놀라 외마디 비명을 질렀다. 창백한 볼이 빨개졌다.

"아가씨, 노인이자 옛 친구로서—돌아가신 어머니의 죽마고우로서—한 마디 더 보태자면, 기억하시다시피 수년 전 제가 어머니께 건넨 증표를 오늘 케이츠비 편으로 보내면서 험프리 채텀을 이 자리에 불러낸 건 지혜롭지 못한 처사였습니다."

"왜 그렇지요?" 비비아나는 더듬거렸다.

"그가 약속대로 이리 온다면 치명적인 결과를 초래할 테니까요. 아씨의 메시지가 비밀로 했어야 할 사람의 귀에까지 들어가고 말았습니다."

"케이츠비 님이 들었다는 건 저도 알아요. 하지만 그분이 위험하다고 생각진 않으시잖아요?"

"케이츠비는 채텀의 숙적이니 기회를 봐서 그를 죽일 겁니다."

"설마요! 케이츠비 님에게 언질을 주어야겠군요. 가공의 라이벌을 죽여선 안 된다고 말이에요."

"가공의 라이벌이라고요?!" 닥터가 눈살을 찌푸리며 되물었다. "혹시 험프리 채텀과는 연인사이가 아니라고 말씀하시려는 겁니까?"

"물론 아니지요. 연정을 부정하진 않을게요. 하지만 케이츠비 님은 채텀 님에 대한 연정만큼이나 혐오스런 사람인걸요. 라이벌인 채텀 님의 청혼이 무의미하다는 건 케이츠비 님도 잘 알고 있을 거예요."

"그건 무슨 말씀인가요?"

"수녀가 되는 게 제 운명이거든요. 그도 사실을 잘 알고 있고요. 속세의 계획이 정리 되는대로 브뤼셀에 있는 영국수녀원에 가서 수녀가 될 거예요."

"지금은 그럴지 몰라도 조국을 떠나진 못할 거요."

"왜 그렇죠?" 비비아나는 초조해졌다.

"한둘이 아니지요. 연인과의 만남도 그렇고 ….."
"그렇게 부르지 말아주세요, 선생님. 험프리 채텀 님과는 그냥 친구 사이일 뿐이라고요."

"그럴 수도 있지만 아씨의 운명은 수녀원이 아닙니다."

"그럼 저는 어떻게 되나요?" 비비아나는 떨리는 목소리로 물었다.

"감히 말하건대, 아씨는 앞으로 가이 포크스의 사역과 얽힌다는 것만 알면 됩니다. 그렇다고 미래를 두려워해선 안 됩니다. 작금의 사역에 집중하세요."

"동감이에요. 원래는 하인을 보내 채텀 님이 오지 못하게 하려고 했지요."

"자승자박은 그만두십시오. 채텀에게는 전갈을 보내겠습니다. 그리고 장례식은 지체 없이 진행해야 합니다. 열쇠를 들고 갈 테니 자정에 성당 남쪽 입구에서 만납시다. 듬직한 문지기인 로버트 버넬과 인부 한 명을 대동하겠습니다. 로마가톨릭 사제가 장례식을 집례하는 건 종교적 소견으로나 사견으로도 공감하긴 어렵지만 가넷 신부를 방해하진 않으리다. 어머님께 진 큰 빚을 부군과 따님에게 갚게 되었구려."

"정말 고맙습니다, 어머니를 대신해서 감사드려요!" 감정이 격앙되어 목이 메였다.

"그럼 한 가지만 더 묻겠습니다. 마법을 써보니 어떤 가톨릭 교파가 왕과 정부를 상대로 음모를 꾸미고 있던데, 거사는 찬성하는 겁니까?"

"아닙니다." 비비아나는 단호히 부인했다. "거사를 저보다 더 무서워하진 않으실 거예요."

"물론 그렇겠죠. 확답으로 생각을 굳히게 해주어 고맙소."

닥터 디가 문을 나서려 하자 비비아나는 그를 만류했다.

"잠시만요, 선생님." 비비아나는 초조해 했다. "끔찍한 음모를 이미 알고 계신다면 제 일행의 목숨도 선생님 손에 달려 있겠군요. 그들을 폭로하지 말아주세요. 혹시라도 당국에 사실을 알려야 한다고 생각하신다면 반란을 꾸민 자들에게도 적절한 때 언질을 주세요."

"걱정 마시오. 설령 그럴 마음이 있다손 치더라도 운명이 결정한 거사를 내가 어찌하겠소. 신접한 자(엘리자베스 오턴)가 일러준 사실은 절대 발설하지 않겠소. 고해성사 때 사제에게 밝히는 사실보다 더 신성한 것이니까요. 하지만 공모자들이 몰두하고 있는 유혈투쟁은 성공하지 못할 거외다. 포크스에게도 경고했지요. 주검의 입술을 빌리는 등, 온갖 섬뜩한 수단도 동원해 봤지만 아무런 소용이 없었소. 케이츠비와 가넷에게도 일러둘 참이나 그들도 듣지 않을 겁니다, 비비아나 래드클리프 아가씨." 닥터는 나직한 소리로 말을 이어갔다. "아가씨는 미래를 물었지요. 소천하신 아버님께도 그리 여쭐 수 있겠소? 그럼 시신의 입을 열어 드리리다."

"오! 아니에요!" 비비아나는 기겁했다. "불경한 수단까지 동원하고 싶은 생각은 추호도 없어요. 어떤 운명이 저를 기다리고 있을지 알면 좋겠지만 그렇게나 무시무시한 대가를 치러야 한다면 사양하겠어요."

"그럼 여기서 인사를 드려야겠군요. 자정에 남측 현관에서 기다리겠소."

닥터는 자리를 떴다. 복도에 들어서는 순간 서둘러 도망치는 케이츠비가 눈에 띄었다.

"옳거니! 첩자가 있었군. 뭐 별일이야 있겠나. 몰래 들은 이야기가 되레 도움이 될지도 모르지."

닥터는 가이 포크스의 방으로 돌아갔다. 포크스는 조용히 깊은 잠에 빠져 있었다. 닥터는 환자 곁에서 팔짱을 끼고 그를 지켜보던 켈리에게 나오라고 손짓했다. 가넷에게는 정중히 인사하고 나서 홀을 나왔다.

뜰을 건너 도개교로 가던 차에 케이츠비가 불현듯 길을 막고는 칼을 뽑아들며 위협했다. "디 선생! 거사를 누설하지 않겠다고 맹세하기 전에는 성을 빠져나갈 수 없소! 출처는 확실치 않지만 어쨌든 정보는 알고 있을 테니 말이오."

"동료를 사망의 문턱에서 구해준 대가가 고작 이것인가?" 닥터가 정색을 하며 물었다.

"중차대한 사건이라도 변명은 해야겠지요. 나와 동지의 안전을 위한 일이오. 가이 포크스를 소생시킨 건 감사할 일이지만 그런 큰 빚을 지지 않았다 해도 생명을 걸고 비밀을 지키라 일러두었을 거요. 물론 맹세만으로도 족하오."

"어리석은 것 같으니! 길을 비키시게, 그러지 않으면 강제로 비키게 해주겠네."

"그런 알량한 협박에 내가 겁낼 줄 아시오? 기교가 탁월하다는 건 내 인정하겠소. 의학이라면 그럴싸하지만 마법을 부린다는 건 전혀 미덥지가 않소이다. 처음에는 나도 혹했지만 그걸 어떻게 알게 되었는지는 조금만 생각해도 대번 알 수 있지요. 당신은 마틴 헤이독에게서 정보를 입수했을 거요. 나보다 먼저 칼리지에 도착한 마틴 말이오. 내가 온 목적뿐 아니라, 윌리엄 경을 대성당에 안치하고 싶다는 비비아나 아가씨의 속내도 그렇고, 험프리 채텀에게 전해줄 내용도 그가 귀띔해 주었겠지요. 그래서 사전에 날 만날 준비를 했을 테고 …. 그땐 나도 어안이 벙벙하리만치 감탄했지만, 비비아나 아가씨와의 밀담을 듣지 않았더라면 지금까지도 눈치채지 못했을 거요. 마침 채텀이 올 거라는 대목에서 의구심이 들어 자초지종을 곱씹어보니 속임수가 훤히 드러나지 뭐겠소."

"할 말이 더 남았는가?" 눈살을 찌푸린 닥터의 두 눈은 분노로 이글거렸다.

"물론이오. 난 당신의 비밀을, 당신은 내 비밀을 알고 있소. 하지만 동지의 목숨이 달렸으니 내 비밀이 더 중요하지 않겠소. 마법사의 알량한 이름값이야 경쟁자의 명성에 좌우되겠지만 난 둘 다 지킬 참이오. 거사를 누설하지 않겠다고 맹세하시오. 그럼 나도 당신의 속임수를 모른 척하리라 약속하리다."

"당신과는 타협하지 않겠소. 내가 그 망할 놈의 거사를 폭로하지 않는다면 그건 당신이나 동지를 배려해서가 아니라, 아직 폭로할 때가 아니라서 그런 줄만 아시오. 죄를 입증할 증거가 입수되면 가만히 내버려두어도 공모는 세상에 알려질 거요. 내가 나서지 않더라도 말이오. 동지는 한 사람도 빠져나가지 못할 거요, 단 한 사람도 …."

케이츠비는 다시 칼에 손을 댔다. 표정으로 보아 닥터와 조수를 죽이려는 심산 같았지만 둘은 그 눈길을 대수롭지 않게 여겼다.

"마틴 헤이독에 대한 추리는 잘못 짚은 거요. 비열한 유혈투쟁도 그렇고. 마틴과는 만난 적도 없고 말을 섞은 적도 없소."

"에드워드 켈리는 만났으니 당신이 만난 것이나 진배없지."

"이번이 세 번째요. 마지막 기회를 주겠소. 비키시오." 닥터는 분을 내며 언성을 높였다.

케이츠비는 큰소리로 웃었다.

"거절한다면 어쩔 거요?"

닥터 디는 입을 다문 채 옷에서 작은 약병을 꺼내고는 재빨리 상대의 면상에 약물을 뿌렸다. 케이츠비는 돌연 맹인이 되어 손으로 눈을 비벼 댔다. 이때 닥터는 뒤에서 두툼한 피륙을 머리에 씌고 질긴 밧줄로 포박한 뒤 그를 나무에 맸다. 아무리 몸부림을 쳐도 소용없었다.

케이츠비는 닥터와 켈리에게 도와달라고 고래고래 소리를 지르는가 하면, 하릴없이 분노를 쏟아내며 협박키도 했다. 반시간이 흘렀다. 갑작스런 인기척에 풀어달라고 재차 애원하자 마틴 헤이독의 목소리가 들렸다.

"오, 이런! 나리 아니십니까! 오, 맙소사! 아니, 어떻게 이런 일이! 혹시 수색조가 다녀갔습니까?" 애써 동정하는 말투였다.

"그만 떠들고 빨리 풀어주기나 하게!" 케이츠비는 분통을 터뜨렸다. "내 직감으로는 말이야 …" 마틴은 팔을 동여맨 밧줄을 풀고 천을 벗겨냈다. "내 직감으로는 …" 케이츠비가 하인을 쏘아보자 점잖은 얼굴에 웃음기가 싹 사라졌다. "자네도 한통속인 것 같군."

"예? 제가 무슨 …. 그럴 리가요. 전 그저 우연히 길을 지나가고 있었습죠. 헌데 나무에 뭔가가 매달려있는 것 같아 줄행랑을 치려 했다가 나리의 잘 빠진 다리를 보고 온 겁니다요."

"짐작이 맞는다면 자네는 나보다 부츠를 더 잘 알고 있군 그래, 이런 몹쓸 놈 같으니, 그럼 이 밧줄과 피륙도 모른다고 할 텐가?"

"물론 압니다, 나리. 제가 이실직고하지 않는다면 그 밧줄은 제 목을 매달고 피륙은 수의로 써주십시오! 다시 살펴보니 …" 마틴은 둘을 유심히 살펴보는 척하며 말을 보탰다. "마구간에 있는 말옷과 고삐가 틀림없습니다요. 제가 익히 본 겁니다."

"지금도 그걸 가지고 있고, 써본 적도 있다는 이야기인가? 우리집 뜰에 있는 나무에 자네를 매달고 싶은 마음이 아주 없는 건 아닐세. 그건 그렇고, 자네 주인은 어디 있나? 닥터 디 말이야."

"그분은 제 주인이 아닙니다. 모시지도 않고요. 전에 말씀드렸듯이 험프리 채텀 님이 주인이십니다. 닥터 디 님은 아까 홀을 떠나셨는데, 가넷 신부님은 나리가 그분과 동행하고 있다고 알고 있습다. 그후 닥터 디 님은 본 적이 없습니다. 사실입니다."

케이츠비는 잠시 생각에 잠겼다가 홀 쪽으로 성큼성큼 걸어가고, 마틴은 묘한 미소를 띠며 고삐와 피륙을 들고 마구간으로 갔다.

포크스의 방으로 돌아온 케이츠비는 의자에 앉아있는 가넷 신부에게 자초지종을 털어놓았다. 신부는 말을 귀담아듣고 나서 이렇게 소견을 밝혔다.

"닥터 디의 심기를 불편하게 했다니 유감이군요. 그가 좋은 친구라는 걸 입증할 수도 있었을 텐데, 그를 위험한 적으로 만들고 말았구려."

"신부님, 닥터 디를 믿어선 안 됩니다. 닥터나 켈리가 두려우시다면 제가 속히 처리하겠습니다."

"폭력은 금물이오, 선생. 이미 벌인 잘못을 더 가중시킬 뿐이오. 닥터가 우릴 배신하리라고는 생각지 않습니다. 물론 좀더 지켜봐야겠지만 말이오. 비비아나 아가씨와도 상의해볼 테니 여기서 기다리시게. 아가씨가 닥터를 쥐락펴락하는 것 같으니 기왕이면 거사에 보탬이 되는 방향으로 설득해봄직도 하오."

가넷 신부는 한참 후에 돌아왔다. 표정을 보아하니 만족스런 답은 듣지 못한 것 같았다.

"선생의 경솔한 언동으로 입장이 곤란하게 되었구려. 아가씨는 닥터 디에게 이 문제를 꺼낼 수 없다고 합디다. 선생의 처사를 질책하면서 말이오."

케이츠비는 눈살을 찌푸렸다.

"방법은 하나뿐이군." 그는 몸을 일으키며 중얼거렸다. "우리 아니면 그가 죽어야겠지. 당장 결딴을 내야겠어."

"멈추시오!" 가넷이 진중히 소리쳤다. "내일까지 기다리시게. 그래도 의구심이 든다면 소신대로 행하시오. 말리지 않을 테니."

"더 지체했다간 여기도 안전하지 못할 겁니다."

"그건 감수하겠소. 케이츠비 당신도 그리하시오. 비비아나 아가씨를 궁지에 몰아넣고 당신만 떠날 수 있겠소."

"아니지요. 제가 가면 아가씨도 떠날 겁니다."

"부친의 주검을 안치하기도 전에 자네와 떠나라고 설득하는 건 의미가 없을 거요."

"당연히 그렇겠지요. 그건 일찌감치 잊었습니다. 성당에서 백발사기꾼을 만나면 처단할 틈새가 보일 겁니다. 배신하지 않겠노라고 제단에 맹세하지 않는다면 제 손에 죽어야겠지요."

"그런 경우라면 맹세라도 안전을 보장할 순 없소. 게다가 닥터와 켈리가 잡은 제물도 무효할 테니 거사에도 크게 해로울 거요. 닥터가 배신할 작정이었다면 벌써 그랬겠지요. 난 두렵지 않소. 그가 정부에 가깝다고는 생각지 않거든요. 지나치게 심기를 건드리지만 않았다면 거사에 동조했을 거요. 거사를 알고 이를 반대한다면 굳이 의술을 동원해가면서까지 포크스를 살려낼 필요가 있겠소? 닥터가 없었다면 포크스는 지금쯤 흙덩어리가 되어있겠지요. 그렇소, 당신은 너무 경솔했어요. 나도 적잖이 놀랐지만, 대수롭지 않은 계획이 틀어졌다는 이유로 '대어'를 보지 못한 당신은 은혜를 베푼 자의 목을 베어 복수를 할 사람이오."

"책망하실 만도 합니다, 신부님. 경솔했지만 조만간 실수를 만회하겠습니다."

"그만 됐소, 오늘밤에는 어떤 돌발사태가 벌어질지 모르니 단단히 무장하시게. 나도 그럴 테니."

"여부가 있겠습니까."

대화가 이어지는 가운데 비비아나가 들어왔다. 장례식에 대해 의논하려고 온 것이다. 경의 시신을 마지막 거처로 옮길 이동수단이 마련되었다(그보다 더 좋은 것은 찾을 수 없었다). 설득에 설득을 거듭해도 비비아나는 장례식에 참석하겠다는 뜻을 굽히지 않았다. 케이츠비는 그녀가 마음을 돌이키진 않을까 내심 기대를 걸었을 법도 했지만, 왠지 비비아나의 결단에 흡족해 하는 눈치였다.

날이 저물었다. 일행은 모든 준비를 마쳤다. 비비아나는 험프리 채텀이 장례식 시간에 맞춰 올 거라는 희망을 끝까지 부여잡고 있었으나, 여태 오지 않자 그가 닥터 디의 경고를 들었을 거라 짐작했다. 한편 마틴 헤이독은 깊이 잠든 가이 포크스를 돌보기로 했다. 일행은 지정된 시간까지 약 30분을 남겨두고 저택을 떠났다.

그들은 모두 준마를 타고 어웰강 서안 가장자릿길을 따라 천천히 진행했다. 야심한 밤, 햇불을 들고 갈 상황이 아닌지라 엉뚱한 길로 빠지지 않도록 신중을 기해야 했다. 케이츠비가 선두에 서고 가넷과 비비아나, 그리고 조그만 객차에 실린 주검이 각각 그의 뒤를 이었다. 말미에는 에버라드 딕비 경이 보낸 하인 셋이 붙었다. 넷째는 이쉬운 대로 급조한 관을 끌었다. 일행 중 입을 여는 사람은 없었다. 한때 부와 권력을 누렸던 윌리엄 래드클리프 경은 행렬이 밟고 있는 땅을 모두 차지했었지만 지금은 조상의 묘지로 묵묵히 이송되고 있다!

침울한 분위기에서 거행된 행렬은 당초 예정된 시간보다 일찍 샐퍼드 브릿지에 도착, 속보로 이를 건넜다. 케이츠비가 일찌감치 예상했던 바와 같이 일행은 남의 눈에 띄지도, 방해를 받지도 않고(그 시각, 타운에서 말을 탄 사람은 없었기 때문이다) 대성당 남쪽 입구에 이르렀다. 기억을 더듬어 보면 이곳은 가이 포크스가 처형된 두 사제를 목격한 곳이기도 하다. 지금은 잘린 머리와 사지가 창에 고정돼 있었다. 문득 한 노인이 나타나 문빗장을 열어젖혔다. 로버트 버넬 집사라 소개한 그는 관을 끄집어내 하인의 어깨에 얹히고는 교회로 안내했다. 가넷이 버넬의 뒤를 따랐다. 케이츠비는 주검을 끌던 하인에게 고삐를 넘기고는 비비아나에게 손을 건넸다. 부축해주지 않았다면 성당에는 발을 들이지 못했을 것이다.

닥터 디가 현관에서 그들을 맞이했다. 사전에 정한대로 일행이 현관을 통과하자 문이 잠겼다. 닥터는 비비아나에게 작은 소리로 몇 마디 건넸지만 다른 사람은 일체 신경 쓰지 않았다. 주검을 메고 가던 하인들에게 따라오라 주문한 그는 성가대석으로 이동했다.

거룩하고 아름다운 예배당 내부는 짙은 어둠에 묻혀있었다. 집사가 든 등불에서 발산되는 흐릿한 빛으로 어둠은 더욱 뚜렷해졌다. 널찍하고 웅대한 신도석에 들어서니, 민무늬 방패를 에워싼 사엽·오엽 장식 기둥이라든가, 그것이 떠받치는 정교한 아치는 보이지 않았다. 코니스(cornice, 서양 고전건축의 오더에서 엔타블라처 최상부의 부재部材를 말한다. 처마 끝을 형성하며, 빗물이 벽면에 뿌려지지 않게 하기 위해서 돌출시킨 부분—옮긴이) 조각도, 명층(건조물에서 채광의 목적으로 지붕 위에 돌출시켜 나란히 설치한 높은 창(窓)을 말함—옮긴이)과, 악기를 연주하는 반천사를 지지하는 상부기둥, 가로보(조각장식이 틈새에 박혀있다)가 지나는 쇠시리 천정도 눈에 띄지 않았다. 건축구조상의 미관이 대개 감추어진 까닭에 이를 둘러싼 어둠이 도리어 깊은 잔상을 남겼다. 그들이 지날 때마다 어슴푸레한 빛이 기둥과 기둥을 비추니 측랑과 측랑을 관통하는 쇠시리가 몇 미터씩 드러났다. 그로테스크한 머리와 흉장, 궁형 트레이서리에 빛이 닿자 형언할 수 없는 인상이 뇌리에 박혔다.

침울한 분위기에 어울리지 않는 인물은 없었다. 헐겁게 처진 옷자락과 긴 흰 수염으로 성스러운 분위기를 자아내는 닥터 디를 비롯하여, 근엄한 용모에 사제복을 입은 가넷과, 군인 같은 케이츠비. 무기를 장착한 뒤꿈치와 칼끝이 땅에 닿을 때마다 "철컥" 소리가 났다. 수심이 가득한 비비아나는 스카프에 얼굴이 가려졌고 울음소리는 또렷했다. 범상치 않게 생긴 관과 이를 어깨에 걸친 하인들, 모두가 인상 깊은 한 폭의 그림을 연상시켰다.

일행은 성당 네이브(교회 입구에서 안쪽까지 통하는 주요 부분—옮긴이)에 경계를 이루는 큼지막한 휘장에서 아치형 입구를 지나 성가대석으로 진입했다. 현장 서쪽 귀퉁이는 옛 귀족의 묘실로 배정되었다. 이번에는 가장이 안치될 참이었으니 부득이 "래드클리프 성가대석"이 된 셈이다. 길쭉한 잿빛 대리석판 안쪽으로 래드클리프 문장이 눈에 띄는 놋쇠명패가 있었으나 지금은 사라지고 없었다. 하인들은 대리석판 아래쪽 구덩이 밖으로 흙을 파냈다. 켈리도 등불을 발치에 두고 옆에 서서 삽질을 하며 거들었다. 행렬이 다가오자 그는 자리를 비켜 주었다. 관은 묘짓가에 두었다.

네이브는 화폭의 그림과 같았고 인상도 강렬했지만 지금 처소에 비하자니 조족지혈에 불과했다. 맨체스터 대성당의 성가대석은 여느 건물과의 비교를 불허할지도 모르겠다. 호화로운 닫집 차양으로 덮인 서른 석은 장식이 정교했고, 닫집 위로 벽감과 쇠시리, 뾰족탑 및 천공 트레이서리를, 꼭대기에는 우아하게 조각한 코니스를 얹었다. 기둥과 아치형 구조를 곁들인 측랑과, 트레이서리를 가득 채운 쇠시리 천정, 문양 새긴 떡갈나무 제단 막, 그리고 스테인드글라스가 들어찬 웅대한 동창은 필적할 상대가 거의 없을 정도로 우아한 장관을 연출했다. 물론 지금은 거의 볼 수 없는 광경이지만, 뾰족탑과 성가대석 차양, 측랑 외관 및 뇌문무늬 지붕 일부는 빛을 받으면 감탄할만한 인상을 준다.

"이제 준비가 다 되었습니다." 닥터 디가 비비아나에게 말했다. "장례식이 거행되는 동안 저는 물러나 있겠습니다." 그는 근엄히 고개를 숙이고는 남쪽 통로에 난 아치형 출입구를 지나 회의장으로 들어갔다.

로마 가톨릭 교회가 지정한 대로 가넷이 집례할 무렵 비비아나는 울음을 터뜨리고 말았다. 케이츠비가 서둘러 부축하지 않았더라면 벌써 쓰러졌을 것이다. 그가 성가대석에 비비아나를 앉히자 얼마 후 감정을 추스른 그녀는 케이츠비에게 잠시 물러나 달라고 했다. 장례식이 거행되는 동안 그녀는 무릎을 꿇고 망자의 영혼을 위해 간절히 기도했다.

가넷은 주검 발치에서 성수를 뿌렸다. 성수는 거룩히 구별된 은용기에 담아온 것이었다. '데 프로푼디스(시편 130편)'와 '미세레레(시편 51편),' 화답시 및 기도문을 낭독한 후 향로에 향을 꽂고(향로도 미리 준비한 것이었다) 불을 붙였다. 신부는 제단을 향해 경건히 고개를 숙였다. 아울러 시신 옆구리와 머리와 발에 성수를 세 차례씩 뿌리고 나서는 향로를 들고 주검 주위를 걸었다. 향기가 진동했다. 가넷이 다른 기도문을 낭독하며 묘실에 축복을 선포하자 관이 내려갔다.

비비아나는 기도하는 중, 관이 땅에 닿는 소리에 정신이 번쩍 들었다. 무덤을 바라보았지만 망연자실해 하는 일행 외에는 아무것도 보이지 않았다. 키가 큰 케이츠비가 특히 눈에 띄었다. 감당할 수 없을 만큼 처참한 광경인지라 그녀는 슬픔을 이기지 못해 실신하고 말았다. 한편 무덤은 일행 모두가 손을 걷어붙인 덕에 신속히 메워졌다. 석판만 원위치에 두면 작업은 끝이다. 케이츠비와 켈리와 성당지기가 힘을 모아 작업은 일찍 마무리되었다. 비비아나의 상태를 모르고 있던 케이츠비는 장례를 마쳤다는 사실을 일러주기 위해 그녀에게 갔다. 이때 누군가가 문을 두드리며 고함을 질러댔다. 케이츠비는 아연실색했다.

"장례식이 들통 나고 말았소! 내 이럴 줄 알았다니까! 신부님, 비비아나 아가씨를 보살펴 주십시오." 케이츠비가 다급히 외쳤다. "저는 백발 사기꾼을 좇아가 머리를 박살내겠습니다. 불을 끄세요, 어서요! 어서!"

가넷이 속히 불을 끄자 현장은 칠흑 같은 어둠에 휩싸였다. 그가 성가대석으로 달려갔지만 비비아나는 어디에도 없었다. 이름을 불러 봐도 묵묵부답이었다. 계속 찾아도 허사인 때 발자국 소리가 점점 커졌다. 케이츠비였다.

"말을 끌고 따라오세요, 신부님."

"오, 이런! 아가씨가 보이질 않아요. 여길 아주 샅샅이 찾아봤건만, 누군가가 채어 갔을지도 모르겠소."

"그럴 리가요!" 케이츠비는 좌석을 손으로 죽 훑었지만 비비아나를 찾진 못했다. 정신이 혼미해졌다. "정말 없어졌군요! 내가 여기에 모셔 놨는데, 아니, 불을 끌 때 여기에 있는 걸 봤어요. 비비아나 아가씨! 비비아나 아가씨!"

주변은 조용했다.

"그 빌어먹을 마법사 짓이 틀림없습니다!" 좌절한 케이츠비는 이마를 치며 탄식했다.

"그를 찾았소?" 가넷이 물었다.

"아니요. 회의장 문은 잠겨있었습니다. 사기꾼 놈이 방어막 하나는 잘 쳤더군요."

"당신이 그를 자극한 것이겠지요. 하지만 지금은 누구를 탓할 때가 아니오. 뭔가 조치를 취해야 하지 않겠소. 근데 켈리는 어디에?"

케이츠비는 켈리가 있던 자리로 재빨리 달려갔다. 현장에 그는 없었다. 공포감에 이를 떨던 하인에게 물었지만 그들 또한 켈리가 현장을 떠나는 기척을 느끼지 못했다고 했다. 그를 두고는 이렇다 할 정보도 없었다. 동요하는 모습을 보아하니, 하인들이라면 닥터 일행과 손을 잡지 않았다손 치더라도 굳이 그들을 도와줄 이유는 없다고 생각했다. 케이츠비는 자신의 소견을 가넷에게 털어놓았다.

문을 두드리고 고함을 치는 소리가 점차 거세지자 둔탁한 굉음이 교회 지붕과 복도에 울려 퍼졌다.

두려움이 엄습할만한 사태였다. 그러나 케이츠비는 위기를 숱하게 겪어 담력이 커진 덕에 마음이 동요하진 않았다. 다만 가넷 신부가 잡히진 않을까 하는 우려와, 기이하리만치 돌연 사라진 비비아나 때문에 정신줄을 놓을 뻔했다. 정황을 되짚어 보았다. 그녀가 실신해 쓰러졌을 수도 있고, 자신이 정확한 자리를 못보고 지나쳤을 수도 있겠다 싶어 재차 살펴보았지만 아까보다 나은 건 없었다. 혹시 닥터가 마법을 부려 비비아나가 사라진 건 아닌가 하는 억측이 들기 시작했다. 혹은 켈리가 그녀를 채어 달아났으리라 짐작키도 했다.

"이걸 미처 생각지 못했다니, 나도 참 한심하군! 불을 끄는 바람에 본의 아니게 놈들 계략을 도와준 꼴이 됐잖아! 하지만 아가씨가 없어 다행이야. 앞으로는 가넷 신부를 보좌하는 데 총력을 기울일 수 있겠군. 생각만큼 쉽게 잡진 못할 거야."

그는 신부에게 다가가 손을 잡고 조용히 이동했다. 아치형 출입구를 지나 네이브에 발을 딛는 순간, 바깥이 잠잠해졌다. 그러다 우레 같은 굉음이 울렸다. 문을 부순 것이다. 다수의 무장괴한들은 횃불과 검을 들고 함성을 지르며 성당 안으로 들이닥쳤다.

"투항해야 할 것 같소. 싸워 봐야 소용없을 거요."

"도망치면 됩니다." 주변을 재빨리 훑어보니 오른쪽 벽에 난 작은 문이 눈에 띄었다. 케이츠비는 가넷 신부에게 이를 가리키며 신속히 피신했다.

입구에 들어서자 분명 지붕과 연결된 계단이 나왔다.

"아, 겨우 살았습니다. 살았어요! 신부님 먼저 올라가세요, 제가 엄호해 드릴 테니 ….'

도망자의 행로를 파악한 추격자들은 고성을 지르며 같은 방향으로 최대한 신속히 이동했다. 케이츠비가 입구로 들어갈 때 그와의 상거는 몇 미터에 불과했다. 가넷은 쏜살같이 계단을 올랐지만 케이츠비는 문을 고정시키려고 잠시 멈칫했다. 적에게 걸림돌을 놓을 심산이었지만 뜻대로 되진 않았다. 가만 보니 뒷벽에 걸려 꼼짝도 하지 않았던 것이다. 어쩔 수 없이 닫힌 문에 즉각 빗장을 채웠다. 승리감에 도취된 그는 추적자를 따돌리며 서둘러 가넷을 뒤쫓았다. 이때 추적자들은 입구에서 맹렬히 분통을 터뜨렸다. 케이츠비가 가넷 신부를 부르자 오른편에 있는 작고 어두운 방에서 소리가 들렸다.

"고문 시간만 늘어나게 생겼소." 가넷이 볼멘소리를 냈다. "출구는 찾을 수가 없구려. 문을 부수고 들어오면 속절없이 끌려가게 될 거요."

"신부님, 지붕으로 통하는 문이 있을 겁니다. 가급적 높이 올라가서 찾아보십시오. 계단은 제가 지키겠습니다. 자리를 잡고 떼거리와 싸우겠습니다."

케이츠비의 촉구에 가넷은 계단을 올랐다. 아래 입구에서는 굉음이 점차 커지고 묵직한 무언가가 부딪치는 소리도 2~3분간 울렸다.

"입구를 찾았소, 하지만 빗장이 녹슬어 움직이질 않는구려."

"최대한 당기세요, 신부님." 자리를 잡고 유리한 지점에 칼을 겨누고 있던 케이츠비는 침투하려는 적 때문에 노심초사하며 신부에게 귀를 기울였다. "한동안은 힘을 집중시켜 보세요."

"소용이 없소." 가넷이 실의에 빠진 목소리로 대꾸했다. "손이 까져 피가 나지만 빗장은 꿈쩍도 하지 않는구려."

"미치겠군!" 케이츠비는 분통이 터져 이를 갈았다. "제가 해보죠."

그가 서둘러 사제를 도울 무렵, 밑에서는 문을 부수는 소리가 크게 들리면서 적들이 계단을 뛰어 올라왔다. 통로가 협소해 한명씩 올라왔기 때문에 자리를 잡고 떼거리와 상대하겠다는 케이츠비의 말은 호언장담이 아니었다. 그는 가넷에게 좀더 힘을 써보라고 당부하고는 공격을 준비했다. 총은 나중으로 제쳐두고 검에 승부를 걸기로 했다. 계단이 연결된 중앙기둥에 기댄 그는 전력을 다해 공격을 방어해냈다. 상대는 케이츠비의 공격에 속수무책으로 당해야 했다. 주변이 어두운 점도 보탬이 되었으나, 적들은 횃불을 들고 있어 되레 표적이 되고 말았다. 선두가 근접해 오면 케이츠비는 가슴을 찌른 후 온힘을 다해 일행 쪽으로 밀쳐냈다. 뒤로 자빠진 적은 뒤에 선 사람과 뒤엉켜 무리는 곧 아수라장이 되었다. 화기를 발포하기도 했지만 기둥이 막아주어 케이츠비는 안전했다. 마침 가넷이 빗장을 열었다는 소리에 기세는 더욱 등등해졌다. 본인의 체력이 아니라 똥줄이 타 힘이 솟구쳤다고 한다. 또 한차례의 반격에 다시금 오합지졸이 되자, 케이츠비는 신속히 계단을 더듬으며 사제가 빠져나간 문에 이르렀다. 출구까지 몇 발짝 남겨두고 신선한 바람이 그를 맞이했다. 출구가 교회 지붕위로 트인 듯했다. 그도 여유를 부리진 않았다. 출구에서 몇 걸음 만에 가넷 신부를 찾았다.

"케이츠비 선생이군요!" 그를 본 사제가 입을 열었다. "괴성이 들려 체포된 줄만 알았소."

"그럴 리가요. 다행스럽게도 전 아직 건재합니다. 제가 지켜드린다는 약속을 믿으십시오. 그럼 난간으로 갑시다!"

"난간이라고 하셨소?! 이 높이에서 뛰어내리면 죽을 텐데요!"

"그럴 수도 있지요. 하지만 저를 믿으세요. 무사히 착지하실 테니."
케이츠비가 가넷의 팔을 끌며 말했다.

케이츠비는 난간에 상체를 숙여 밑을 확인했다. 너무 어두워 가까운
건물 외에는 식별이 거의 불가능했다. 시야가 닿는 끝자락, 즉 아래로
4~5미터 쯤 되는 거리에 건물이 눈에 띄었다. 평소 자주 보던 성당의 구
조를 되짚어보니 영정미사성당이 떠올랐다. 자신이 본 건물 중 하나는
분명 영정미사성당의 지붕일 것이다. 거기에 이를 수만 있다면 내려가
는 일은 식은 죽 먹기일 터, 그는 혼비백산한 가넷에게 이를 즉시 알렸
다. 물론 생각하고 자시고할 여유는 없었다. 추격자들이 계단을 올라
와 하나 둘씩 출구를 나왔기 때문이다. 그들은 동료를 죽인 케이츠비
에게 온갖 욕설로 위협했다. 급히 망토를 벗어젖힌 그가 난간 위를 오
르자 아연실색한 가넷도 예복을 벗어던지고 그를 따랐다. 케이츠비는
난간 밑으로 기괴하게 생긴 돌기둥에 매달린 채 고측창 아치장식에 발
끝을 대고는 중간 세로틀과 가롯살로 발을 옮기며 무사히 착지했다.
옆에 바짝 따라붙었던 사제도 안전하게 내려올 수 있도록 거들었다.

가장 까다롭고도 위험천만한 일은 아직 끝나지 않았다. 지상까지 아
직 10미터는 더 남았다. 상부 건물에는 벽에 옹이가 있어 내려오기가 수
월했지만 하부에는 없었다. 적이 머리 위까지 온 터라 둘의 위치는 훤히
보였다. 총기를 쏠 심산이었으나 너무 위험해 집총 자체가 어려웠다. 가
넷은 아래 난간으로 내려가라고 재촉하진 말아달라며 신신당부했다.

체력과 활력이 왕성한 케이츠비는 건물 모퉁이를 지지하는 버팀벽을 거의 내려오자마자 땅에 발을 디뎠다. 반면 가넷에게는 불운이 따랐다. 발을 헛디뎌 고층에서 떨어진 것이다. 신음소리로 보아 중상을 입은 게 분명했다. 케이츠비는 부랴부랴 신부에게 달려가 크게 다쳤는지 물었다. 걱정이 이만저만이 아니었다.

"오른팔이 부러졌소." 신부는 숨을 헉헉거리며 어렵사리 몸을 일으키려 했다. "어디가 망가졌는지 정확히는 모르겠지만 온 관절이 성치 않은 것 같구려. 얼굴에도 피가 흥건하오. 하느님, 도와주소서!"

이때 상대는 "꼴좋다"며 훤화했다. 가넷이 실족으로 추락해 신음하는 소리를 들었기 때문이다. 무리는 신부가 추락한 원인을 지레 짐작하며 그를 생포할 수 있으리라 자신했다. 현장이 돌연 조용해졌다. 이는 적이 지붕을 떠나 먹잇감을 확보하기 위해 몰려오고 있다는 방증이었다.

나선형 계단을 타고 성당의 긴 복도를 가로지를 때까지는 시간이 좀 필요할 테니 적은 충분히 따돌릴 수 있을 것 같았다. 그러나 가넷을 버려두고 갈 순 없었다. 그는 사지가 골절된 통증에 인사불성이 된 신부를 두 팔로 조심스레 일으켜 세우고 어깨에 그를 걸치고는 경내 끝으로 뛰기 시작했다.

현지의 사적을 짚어보자면, 대성당 서쪽 경계는 깎아지를 듯한 사암으로 이루어져 있고 기저는 어웰 강물에 침수된 반면, 정상은 낮은 돌벽이 울타리를 둘렀다. 수년 뒤 조그마한 촌락이 조성되었다가 최근에는 사라졌고 서쪽 경계는 낮아졌다. 지금은 촌락 자리에 도로가 나있다. 케이츠비는 절망에 휩싸였다. 현지는 훤히 꿰고 있어 어떤 진로로 내려가야 할지 알고는 있었다. 물론 평소였다면 가히 엄두도 내지 못했을 것이다. 성당 현관을 나온 무리는 몇 초 간격으로 케이츠비를 추격했다. 벼랑 가장자리를 두른 낮은 돌벽 쪽으로 뛰는 그가 시야에 들어왔다. 신부와 함께 도망치려니 난감해 하긴 했지만 어찌어찌 담은 넘었다. 그들은 케이츠비와 신부가 절벽에서 뛰어내릴 거라고는 생각지 않고 계속 추격했다. 이때 반전이 일어났다. 일행이 목전에서 사라지자 무리는 아연실색했다. 횃불을 비추어보니 둘은 거의 수직을 이룬 암벽을 따라 하강하고 있었다. 잠시 후 물에 빠지는 소리가 둔탁히 들렸다. 그들은 놀란 나머지 서로를 쳐다볼 뿐 말을 잇지 못했다.

"녀석을 계속 좇을 텐가, 딕 호턴?" 입이 떨어지자마자 어떤 사내가 물었다.

"아닐세." 동료가 대꾸했다. "누구 목 부러지는 꼴 보고 싶어 그러는가? 머리가 단단한지 시험하고 싶다면 자네가 뛰어내리게. 장담컨대, 바위라면 시험하기 딱 좋을 거야!"

"하지만 녀석은 뛰어내리지 않았는가. 더군다나 부상한 동료를 부축하면서까지 말이야."

"악마가 아니고서야 어찌 …. 닥터 디도 그와는 상대가 안 될 것 같군." 호턴은 혀를 내둘렀다.

"운이 좋은 것만은 사실이야." 다른 군인도 맞장구를 쳤다. "아참! 녀석이 강을 건너고 있으니, 맞은편 둑에서 놈을 잡을 수 있겠군, 빨리 가자."

그들은 서둘러 경내를 벗어나 다리를 건너 강둑으로 달려갔다. 사방 팔방으로 흩어져 샅샅이 수색해 봤지만 부상한 신부와 케이츠비는 흔적을 찾을 수 없었다.

격돌

케이츠비는 아슬아슬 탈출했다는 데 긴가민가했다. 목숨은 부지했으니 자초지종이야 어떻든 일단 바위를 내려왔다. 몇 번 옹이가 걸렸다. 불어난 강물로 낙하하는 힘이 누그러졌다. 수면에 올라 몇 미터를 헤엄쳐 갔으나 다시 하류에 밀리기도 했다. 물론 가넷을 붙잡고 있던 손은 한순간도 놓지 않았다. 헤엄 실력이 대단한지라 한 팔로는 신부를 붙잡고 한 팔로는 방향을 잡았다. 케이츠비는 무사히 뭍에 이르렀다. 다리 밑으로 약 100미터 정도 되는 거리인지라 앞서 둘을 좇던 수색조는 일단 따돌렸으리라 봄직했다.

어디로 가야할지 잠시 고민하던 차에 가넷을 저택에 데려가기로 마음먹었다. 원기도 회복시키고 뒤치다꺼리도 해줄 테니까. 물론 위험천만한 계획이라는 점은 누구보다 잘 알고 있었다. 날이 밝기 전 수색조가 이미 들쑤시고 갔으리라는 데는 의심의 여지가 없지만 가이 포크스에게 미리 언질을 주어야 한다는 것이 더 중요했다. 때문에 신부를 다시 어깨에 걸치고는 어렵사리 발을 뗐다. 신부는 의식이 있었지만 사지는 도통 움직일 수가 없었다. 케이츠비는 이따금씩 멈칫 숨을 고르며 한 시간 남짓을 걷고서야 저택에 이르렀다.

도개교를 지나자 빛이 밝아졌다. 말 한 필이 나무에 묶여 있었다. 마침 대문이 열렸다. 적이 미리 와있는 것은 아닌가 싶어 가슴이 철렁 내려앉았다. 그는 불안감이 아직 가시기도 전에 가넷 신부를 별채 짚더미에 눕히고는 안채로 들어갔다. 방을 대충 훑어보니 아래쪽에는 아무도 없었다. 가이 포크스를 찾기 위해 조용히 계단을 올랐다.

복도를 지나갈 때 방에서 목소리가 들려왔다. 문이 약간 열려 있어 잠시 귀를 기울여보니 비비아나의 목소리가 틀림없었다. 온몸이 전율했다. 어긴 어떻게 왔는지 물어보려던 순간 일행 목소리에 멈칫했다. 험프리 채텀이었다. 질투심에 열이 올랐다. 아가씨가 보든 말든 당장에라도 쳐들어가 그에게 칼을 꽂고 싶은 심정이었다. 하지만 충동을 억제하기 위해 안간힘을 썼다.

대화를 주의 깊게 들어보니 채텀이 나갈 채비를 하고 있었다. 슬그머니 아래층으로 내려갔다. 그가 지나갈 수밖에 없는 복도에 자리를 잡자, 곧 채텀이 나타났다. 풀이 죽은 기색에 어깨도 축 처져 있었다. 케이츠비가 어깨에 손을 대지 않았다면 그를 못보고 지나쳤을 것이다.

"케이츠비!" 채텀은 매서운 눈초리로 자신을 응시하는 그를 보고 놀랐다. "나는 ……."

"내가 철창신세가 되었다고 생각했겠지!" 케이츠비는 다짜고짜 말을 막았다. "당신이 잘못 짚은 거야. 난 거짓을 일삼는 배신자 일당을 응징하기 위해 왔다!"

케이츠비에게서 험프리 채텀을 보호하는 가이 포크스

"그게 무슨 소리요?"

"곧 알게 해주지. 정원으로 따라와!"

"케이츠비, 이제 좀 알 것 같구려. 하지만 패거리나 일삼는 폭력에 목숨을 내줄 순 없소. 알자스 깡패에게나 어울릴법한 짓을 그만둔다면 시원하게 해명하리다. 나를 의심하다니, 그건 사실무근이오."

"겁쟁이 같으니!" 케이츠비는 그를 가격했다. "변명 따윈 필요 없다! 한번 막아보라고! 진짜 무례한 짓이 뭔지 보여주지!"

"그럼 덤벼보시오! 웬만하면 싸움은 안 하려고 했는데 이렇게 나온다면 나도 그냥 넘길 수가 없소."

그들이 자리를 뜨려하자 비비아니기 복도에 나타났다. 그녀는 케이츠비를 보고 놀랐으나 격분한 기색으로 보아 여기를 찾은 이유를 알 것 같았다. 비비아나는 멈추라고 애원했지만, 둘은 들은 척도 하지 않았다.

케이츠비는 나뭇그늘 아래 자리를 잡자마자 채텀을 공격했다. 그는 기수가 걸치는 무거운 장비를 벗을 여유도 없었고 칼을 완전히 뽑지도 못했다. 둘은 난투극을 벌였다. 채텀은 케이츠비의 상대가 되진 못했다. 한동안은 밀리지 않았지만 맹공을 당하자 그는 이를 피하기 위해 뒷걸음질을 하다 긴 수풀에 걸려 넘어지고 말았다. 이때 누군가의 검이 채텀의 피신을 도왔다. 그러지 않았다면 케이츠비의 칼은 이미 그의 몸을 관통했으리라. 마틴 헤이독을 따라 나온 가이 포크스의 검이 그를 살린 것이다. 포크스는 채텀의 목숨을 구하기 위해 비틀거리는 몸을 이끌고 현장에 이르렀다.

"정말 다행이오! 내가 아주 늦진 않았구려! 케이츠비, 검을 드시오. 나와 겨루어 봅시다!"

해명

케이츠비는 분노를 참지 못해 발악을 하며 포크스에게 칼을 겨누었다. 그때까지만 해도 결투를 이어가자는 그의 제안을 받아들일 심산이었다. 하지만 초췌한 몰골을 보니 최근 죽음과 사투를 벌인 흔적이 역력했다. 그를 겨눈 칼, 당최 휘두를 엄두가 나지 않았다. 그렇게 분노가 동정으로 바뀌자 그는 칼을 거두었다. 이때 험프리 채텀은 벌떡 일어나 떨어진 칼을 집어 들고 방어를 이었다. 그러나 케이츠비가 더는 적개심을 보이지 않는다는 것을 알고 그도 칼을 집어넣었다.

"선생 덕에 살았구려." 채텀은 가이 포크스에게 감사했다.

"내가 아니라 비비아나 래드클리프 아가씨 덕택입니다." 그는 나직한 목소리로 응수하며 몸을 지탱하기 위해 칼을 부여잡았다. "아가씨가 소리를 지르지 않았더라면 결투가 벌어진 걸 모르고 있었을 테니까요. 근데 누가 자초지종을 이야기해주면 좋겠소이다."

"나도 마찬가집니다. 케이츠비의 심기를 건드리게 된 경위는 선생처럼 나도 모르니까요."

"그럼 내가 이야기해 드리지요." 케이츠비는 딱 잘라 말했다. "여러분은 우릴 죽이기 위해 닥터 디와 짜고 함정을 팠소. 나는 목숨을 걸고 거길 탈출했고, 가넷 신부님은 사지가 부러졌소. …"

"가넷 신부님이 다치셨소?" 포크스는 애가 탔다.

"심하게 다치셨소. 하지만 적의 손아귀에서는 벗어났지요." 그는 채텀을 가리키며 말을 이었다. "악독한 배신자 중 하나가 여러분 앞에 버젓이 서있소."

"난 전혀 모르고 있던 일이오." 포크스가 입을 열었다. "비비아나 아가씨의 비명소리에 잠이 깬 건 불과 몇 분이 채 되지 않소. 아가씨가 나를 찾아와 둘을 떼어 놓아달라고 사정을 하더이다. 하지만 선생 말마따나, 험프리 채텀이 그렇게 악랄한 사람이라니 믿어지지가 않는구려."

"내가 가넷 신부에게 악감정이 있다는 건 말이 되지 않소." 채텀이 받아쳤다. "신부님을 보호하고픈 마음에 닥터를 찾아간 거요. 하지만 복도에서 케이츠비를 만났을 때는 무례하기 짝이 없는 데다 폭행까지 일삼아 어쩔 수 없이 이곳에 나왔지요."

"그게 사실이오? 케이츠비?" 포크스가 물었다.

"거의 맞는 이야기외다. 그렇다면 아가씨가 누구의 하수인을 통해 성당에서 이곳까지 오게 되었는지도 밝힐 거라 생각하오만."

"그 질문은 아가씨께 직접 들어야 할 것 같소." 채텀은 차갑게 쏘아붙였다. "하지만 비비아나 아가씨도 내 답변에는 이의가 없을 것 같으니 뜸들이진 않겠소. 아가씨는 켈리와 사역자가 일을 마치자마자 이리로 데려온 거요."

"물론 그랬겠지!" 케이츠비는 이를 갈며 언성을 높였다. "그런데 선생도 때맞춰 여기에 왔으니 공교롭기가 짝이 없구려!"

"무례한 질문은 굳이 대답하지 않는 편이 낫겠소만, 오해는 풀어야하니 말하리다. 난 비비아나 아가씨가 자정쯤 오라 해서 온 거요. 아가씨가 장례를 치르고 있다는 건 가이 포크스를 간호하던 마틴 헤이독에게서 들었소. 그래서 아가씨가 오기만을 기다렸고 아까 말한 대로 한시간 쯤 지나니 아가씨가 오더이다."

"비비아나 아가씨가 오셨을 때 저는 뜰에 있었습죠." 예의상 무리와거리를 두고 서있던 헤이독이 말을 이었다. "켈리 님은 제게 아가씨를보살피라 하고 일행에게 말합디다. '최대한 빨리 가서 저들이 포로에게무슨 짓을 했는지 봄세'라고요."
"잡히기도 전에 애당초 먹잇감을 만들 심산이었군. 하지만 실망했을 거요. 지금쯤이면 닥터와 켈리가 배신한 걸 후회하지 않을까 싶소."

"저들의 마력이 통하는 곳에는 얼씬하지 않는 게 상책이오." 험프리채텀이 말했다. "허나 방책을 일러줄 테니 그리 하면 당신과 포크스는안전하게 도망칠 수 있을 거요."

"아가씨와 야반도주라도 하려고?" 케이츠비가 비아냥거렸다.

"아직은 아가씨를 해코지할 사람이 없으니 …, 하지만 그게 옳다거나 바람직하다 싶으면 내가 아가씨를 지키겠소."

"어련하시겠나? 착각하지 마시오. 그건 옳지도, 바람직하지도 않으니. 이보시오, 젊은 양반, 혹시라도 비비아나 아가씨와의 인연을 기대한다면 하루 빨리 착각에서 벗어나는 게 좋을 거요. 계급으로 보나 종교로 보나 백년가약은 어림도 없는 소릴 테니."

"그건 아가씨께 직접 들은 말이외다." 채텀은 화가 났다. "수녀가 되겠다고 서원하지 않는다면 …, 그렇게 희망을 꺾지 않는다면야 그럴 권리도, 자격도 없는 당신이 그렇게 악담을 한들 내가 청혼을 그만두겠소?"

"청혼을 그만두지 않을 거라면 결투로 끝장을 보던가!"

"그만들 두시오! 안채로 들어가 이견을 조율해 봅시다." 가이 포크스가 둘을 말렸다.

"이젠 내 알 바 아니오. 비비아나를 떠난 후로 다시는 보고 싶지 않으니." 채텀의 감정이 격앙되었다.

"듣던 중 반가운 소리요. 잠깐! 그럼 우릴 배신하지 않았다는 말이오?"

"아직도 날 의심한다면 여기에 남겠소."

"아니오! 채텀은 내 목을 걸고라도 보증하리다." 가이 포크스가 편을 들었다.

"내 덕에 올드콘 신부님이 오드설 동굴로 무사히 피신했으니 날 잘못 짚었다는 걸 시인해야 할 거요."

"그렇다면 내가 크게 오해했군요. 인정하외다." 케이츠비가 악수를 청했으나 채텀은 팔짱을 낀 채 냉랭히 고개만 끄덕이고는 현장을 떠났다. 마틴 헤이독이 뒤를 따르자, 얼마 후 도개교를 건너는 말발굽 소리가 이어졌다.

반전

　케이츠비는 포크스에게 팔을 내밀며 그를 저택으로 찬찬히 인도했다. 스스로 걷기에는 아직 무리였기 때문이다. 둘은 저택에서 비비아나와 마주쳤다. 그녀는 마음이 심란했지만 채텀이 무사히 떠났다는 말에 안도했고, 헤이독이 비비아나에게 건넬 전갈을 갖고 오자, 그제야 마음이 아주 가벼워졌다. 이때 케이츠비는 일언반구도 없이 비비아나를 피하다시피하며 신부를 두고 온 별채로 걸음을 옮겼다. 극심한 통증에 신음하던 가넷은 이 고통에서 벗어나게 해달라며 간절히 기도했다.

　"절망하기엔 아직 이릅니다, 신부님." 최대한 유쾌하게 독려했다. "고비는 넘겼으니까요. 비비아나 아가씨도 무사하고, 올드콘 신부님도 탈출해서 멀지 않은 곳에 있다더군요. 가이 포크스도 이제는 완전히 회복되어 어디로든 떠날 수 있게 되었습니다. 그러니 신부님만 회복되면 됩니다. 어쭙잖은 의술이지만 괜찮으시다면 제가 한번 손을 써 보겠습니다. 그러면 거동이 그리 불편하진 않으실 겁니다.

　"뜻대로 하시오." 가넷이 신음했다. "하지만 내 생각처럼 위중하다면 부디 치료는 그만 두시구려. 나 때문에 위험에 빠지지 않기를 바라오.

놈들이 우릴 추격해 오고 있소. 나야 잡힌들 무엇이 문제겠소? 아무 쓸모없는 시체에 복수를 한들 …. 나야 조만간 그렇게 되겠지만, 선생과 포크스가 붙잡힌다면 고통이 지금보다 갑절은 더 커질 거요. 그러니 가시오. 나는 신경 쓰지 말고. 거사가 성취될 거라는 확신만 있어도 더는 여한이 없소이다. 오로지 거사 하나만 보고 살아왔으니 말이오.”

“신부님을 굳이 떠날 필요는 없습니다. 아무리 생각해도 그건 아닌 것 같습니다. 형편이 되는대로 손을 써보기 전에는 말입니다.”

“선생이 무사하다는 확신이 내게는 가장 좋은 진통제요. 비비아나 아가씨가 여기 있다고 했으니 포크스와 함께 떠나시게. 나는 아가씨께 맡기고.”

“아가씨도 같이 떠나야 합니다.” 케이츠비의 심기가 불편해졌다.

“아니오. 아가씨기 있으면 선생만 곤란해질 뿐이오. 아가씨는 빼시오. 혼인은 아주 포기하시구려.”

“차라리 거사를 포기하는 편이 낫습니다.” 케이츠비는 언짢다는 투로 대꾸했다.

“계속 고집을 부린다면 거사를 망칠 것이오. 비비아나는 잊으시오. 거사에만 집중해서 피택된 대로 교회의 수호자와 구원자가 되시구려.”

“신부님의 충고는 기꺼이 감당하겠습니다만, 아가씨는 쉽사리 잊을 수가 없습니다.”

"그건 사치요, 선생. 아가씨를 떠나야만 예전처럼 자신을 다스릴 수 있을 것이오."

"아니오, 신부님, 적어도 노력은 해봐야 하지 않겠습니까. 그녀가 상속받은 막대한 재산은 거사에 유용하게 쓰일 겁니다. 제가 아가씨와 혼인한다면 재산은 모두 거사에 투입될 테니 득실을 잘 따져 보십시오, 신부님."

"그것도 염두에 두고 있었소만, 그래도 생각은 달라지지 않더군요. 내가 상관이었다면 이를 엄정히 금했을 것이오. 비비아나 아가씨는 선생과 혼인하지 않을 거요."

"결국에는 혼인하게 될 겁니다." 케이츠비는 중얼거렸다. "많은 세월이 흐르기 전에, 본인의 의지가 아니라면 강제로라도 ……." 이때 목소리를 살짝 키웠다. "지금껏 신부님 명이라면 순종해왔으니 앞으로도 그러겠습니다."

"그 마음 변치 마시길 바라오!" 가넷은 수상쩍다는 표정으로 말을 이었다. "유혹은 가급적 속히 뿌리치는 것이 좋소."

케이츠비는 그러겠다고 중얼대고는 팔로 가넷을 끌어안은 채 조심스레 방으로 데려왔다. 신부를 침대에 앉힌 그는 환부를 자세히 살펴보았다. 둘이 생각한 것만큼 심각한 상태는 아닌지라 군대에서 체득한 지식을 동원하여 부러진 팔에 붕대를 감고 타박상은 찜질했다. 대단한 의술은 아니었다.

통증이 한결 누그러지자, 가넷은 비비아나를 불러오라고 했다. 아울러 자신이 떠날 수 있도록 채비해줄 것도 당부했다. 케이츠비는 아무 말 없이 방을 나왔으나 그럴 생각은 추호도 없었다. 사악한 계략을 실행하려면 한시라도 허투루 보낼 수는 없었기 때문이다. 적당한 방편을 계속 되뇌다 문득 계책이 떠올랐다. 올드콘 신부가 은신해 있다는 동굴로 비비아나를 유인하는 것. 신부의 유순한 성품은 누구보다 잘 알고 있었다. 그라면 계략을 도와줄 것이 불 보듯 뻔했다. 케이츠비는 계책이 떠오르자마자 동굴로 달려가 신부를 찾았다. 채텀이 말한 대로 그는 동굴에 있었다. 예상했다시피, 올드콘 신부는 혼인을 강행하자는 제안에 순순히 동조했다. 설득이랄 것도 없었다. 단지 비비아나의 반대 의사가 두려울 따름이었다.

"그건 걱정하지 않으셔도 됩니다, 신부님. 이렇게 외딴 곳이라면 아가씨 목소리는 누구도 듣지 못할 테니까요. 저항이 심하더라도 혼인식을 거행해 주십시오. 책임은 제가 지겠습니다."

"계획도 절실하겠지만, 자금도 그러하외다. 비비아나 아가씨가 고집을 꺾지 않는다면 달리 방도가 없을 거요. 어쨌든 혼사가 이루어지면 모든 재산을 거사에 헌납하겠다고 맹세하시오."

케이츠비는 흥분했다. "모두 걸겠습니다, 신부님. 맹세하지요."

"됐소. 빠르면 빠를수록 좋을 거요."

괜한 의심을 사지 않기 위해 둘은 올드콘 신부가 저택에 들어가 비비아나에게 동굴까지 동행해 달라고 부탁한다는 계획으로 입을 맞췄다. 함께 동굴을 떠난 그들은 타인의 시선을 피하기 위해 나뭇그늘로 이동했다. 신부가 저택으로 가는 동안 케이츠비는 마구간에 가서 남은 말 한 필에 안장을 얹고 다시 동굴로 돌아왔다. 말은 잔가지들 뒤에 숨기고 동굴 안으로 들어갔다. 얼마 후 일행이 현장에 도착했다. 마음이 흥분된 탓에 순간순간이 몇 시간처럼 길게 느껴지고 가슴은 심히 고동쳤다. 비비아나의 음성이 분명히 들렸다. 올드콘 신부는 동굴이 하도 컴컴해서 등 안에 든 심지에 불을 붙였으나, 희미한 빛만으로 후미진 곳까지 밝힐 수는 없었다. 동굴 끝자락에 서있던 케이츠비는 완전히 은폐되었다.

"신부님 …" 비비아나는 케이츠비를 등지고 앉았다. 불행히 목숨을 잃은 예언자가 한때 쓰던 돌걸상에 자리를 잡은 것이다. "무슨 일인지 말씀해 주세요. 집에서는 함구하신 걸 보면 중요한 이야기 같은데요."

"그건 …" 올드콘 신부는 당혹스러웠지만 내색하지 않으려 안간힘을 썼다. "마음에 담아두고 있던 문제를 상의하려고 불렀지. 여긴 방해할 사람이 없을 테니까. 네 부친께서 소천하실 때 경의 영적 고문이던 나는 당신이 숨겨왔던 계획을 이미 알고 있었단다. 그래서 경을 대신할 자격이 있다고 생각해서 …"

"신부님의 조언을 아버님 말씀이라 여기고 철저히 따를게요."

올드콘은 비비아나의 태도에 마음이 놓였다. "비비아나는 말을 잘 들으니 여기 데려온 이유를 기탄없이 얘기해주마. 얼마 전, 수녀가 되겠다는 결정에 내가 완강히 반대한 것 기억할거다."

"예, 신부님, 하지만 …"

"끝까지 듣거라. 요즘 돌아가는 형편을 보면 더더욱 반대하길 잘했다는 생각이 들더구나. 넌 사역자로 부르심을 받았으니 동지들처럼 희생과 고난을 감수하며 네 몫을 감당해야 한단다. 하느님이 맡기신 일을 회피해서야 되겠니."

"회피한 게 아니에요, 신부님. 제가 그런 사역을 감당할 역량이 된다면 흔쾌히 받아들이겠지만, 그럴 깜냥이 안 되는 걸요."

"힘없는 여인을 도와줄 수 있는 사람이 곁에 있다면 못할 것도 없지."

"그게 무슨 말씀이세요, 신부님?" 비비아나는 검은 눈동자로 신부를 응시하며 물었다.

"네가 혼인해야 할 사람 말이다. 사역을 도와줄 수 있는, 유력한 사내와 결혼하거라."

"그 일 때문에 저를 여기까지 데려오신 거예요?" 그녀는 살짝 기분이 나쁘다는 투로 볼멘소리를 냈다.

"그렇긴 하다만 그게 끝은 아니란다. 혼인도 중요하나, 윌리엄 경을 대신할 뿐 아니라 네가 잘 되기를 진심으로 바라는 내가 인정할 수 있는 것만 선택하거라."

"당연히 남편감은 찾아주실 수 있으시겠지요?"

"점찍어 둔 사람이 있지. 지위로 보나, 종교나 나이로 보나, 네게 어울릴만한 사내 말이야. 남편은 모름지기 아내보다 연상이 낫지."

"괜히 모르는 척하진 않을게요. 케이츠비 님이 맞죠?"

"그렇단다."

"이 문제는 전에 알아들으실 만큼 말씀드린 걸로 기억하는데요."

"그랬었지. 하지만 네 입장이 예전 같지가 않아 이렇게 설득하는 거란다."

"더는 착오가 없기를 바라는 뜻에서 다시 말씀 드릴게요. 저는 어떤 입장이나 형편에 처하든 케이츠비 님과는 절대 혼인하지 않아요."

"무슨 연고로 그리 반대하는 것이냐?"

"한둘이 아니지요. 그걸 일일이 말씀드려봐야 무슨 소용이 있겠어요. 혼인 이야기는 이쯤에서 그만하세요, 그러지 않으시면 돌아가겠어요."

"안 된다. 그렇게 귀를 막고 고집을 부린다면 다른 방편을 써야겠군.

부친의 권위를 가진 내게 복종을 강요하는 수밖에 ….”

“그럴 수 없어요, 신부님.” 비비아나는 울먹이기 시작했다. “정말, 싫다고요! 제 마음은 이미 다른 분께 있다고 말씀드렸잖아요.”

“마음을 빼앗았다는 그 이교도 말이냐. 그와의 혼인은 어림 반 푼어치도 없는 소리니, 케이츠비 님과 혼인하겠다고 약조하거라. 그러지 않으면 돌아가신 윌리엄 경의 이름으로 네게 저주를 내리겠다.”

“안 돼요!” 비비아나가 일어났다. “아버님이라면 강요 같은 건 절대하지 않으셨을 거예요. 불경스런 저주는 말아주세요. 신부님은 사제의 도를 넘고 계시는군요. 안녕히 계세요.”

그녀가 자리를 뜨려하자 강한 손이 그녀의 팔을 움켜쥐었다. 뒤를돌아보니 게이츠비였다.

“여긴 어떻게?” 비비아나는 깜짝 놀랐다.

“아, 이제야 내 손아귀에 들어왔구려, 비비아나 아가씨.”

“외람된 말씀이지만, 표정이 너무 무섭군요. 설마 폭행을 하진 않으시겠지요?”

“올드콘 신부님께서 혼인을 성사시키시겠다잖소. 지체 없이 당장 말이오.”

"악마 같으니! 역겨운 짓은 이제 그만두시지! 올드콘 신부님이 널 도와줄 성싶으냐! 신부님, 그 제스처는 뭐죠? 제가 모를 줄 알아요? 이 사악한 자와 공모를 하시다니요! 살려주세요, 신부님!"

신부는 들은 척도 하지 않고, 상의에서 미사전서를 꺼내고는 급히 책장을 넘겼다. 비비아나는 애원해 봐야 소용이 없다는 것을 알았다.

"가만두지 못해!" 비비아나는 악을 쓰며 케이츠비와 씨름했다. "내가 허락하든 하지 않든, 강제로 혼인은 어림도 없지. 혼인을 서약하느니 차라리 죽음을 택하겠다. 도와주세요! 거기 아무도 없어요!" 고성으로 동굴이 쩌렁쩌렁 울렸다.

"신경 쓰지 마세요, 신부님!" 그는 비비아나를 꽉 붙든 채 말을 이었다. "혼인예식에만 집중해 주십시오."

그러나 올드콘 신부는 망설이는 눈치였다. 이를 감지한 비비아나는 언성을 더욱 높였다.

"신부님, 이런 결혼이 어딨어요! 예식을 강행한다면 결혼이 무효라는 사실을 세상에 알리겠어요! 그럼 신부님은 비열한 거래에 연루되었다는 혐의로 교회에서 파문을 당하실 거고요."

"그런 생각은 곧 달라질 거야." 올드콘 신부는 미사전서를 들고 둘에게 다가갔다.

"행여 혼인이 성사되지 않는다 해도 언젠가는 예식을 거듭할 날이 올 겁니다."

"케이츠비 님, 모두가 비참해질 게 빤한 짓을 저지르기 전에 한 마디만 하겠어요!" 무슨 결심이라도 한 듯 비비아나의 태도가 사뭇 달라졌다. "당신이 나와 맺어질 수 없는 이유가 있어요."

"뭐라고!" 케이츠비는 새삼 놀랐다.

"정말 그렇소?" 올드콘 신부도 초조해졌다.

"쳇! 괜히 저러는 겁니다. 계속 하십시오, 신부님."

"깜짝 놀랄만한 증거가 여기 있는데도요?" 비비아나는 손을 뿌리치고는 등진 쪽으로 재빨리 달려갔다. 가슴속에서 가이 포크스가 준 비밀봉투를 꺼내 뜯어보니 서신과 초상화가 들어 있었다.

서신을 펴 내용을 대충 읽어본 그녀는 고개를 들며 외쳤다. 흥분하며 마냥 기뻐했다. "아, 이제 살았다! 올드콘 신부님, 저 자가 글쎄, 유부남이라는군요!"

아연실색한 채 비비아나의 언동을 지켜보던 케이츠비는 그녀에게로 터벅터벅 걸어갔다. 벼락을 맞은 사람처럼 기가 죽어 있었다.

"그게 사실이니?" 신부는 경악을 금치 못했다.

비비아나가 편지를 건넸다. "두 눈으로 똑똑히 확인해 보세요!"

"보면 알겠지." 올드콘은 서신을 훑어보았다. "우리 둘 다 크나큰 죄를 지을 뻔했구려, 케이츠비 님, 편지를 보니 아내가 에스파냐에 살고 있다고요?"

"아니라고 잡아뗘 봐야 소용없겠군요. 신부님은 사실을 몰랐으니 (죄가 있다면) 전적으로 제가 감당해야겠지요. 그래도 목적을 달성할 여력이 있었다면 전 회개하지 않았을 겁니다."

"오 하느님, 감사합니다. 여기서 끝이라 다행입니다!" 올드콘 신부는 탄성을 질렀다. "그런데 네게는 어떻게 용서를 구해야 할지 모르겠구나."

"헌데 그 봉투는 어떻게 입수한 거요?" 케이츠비가 추궁했다.

"가이 포크스 님이 준 거예요."

"가이 포크스라! 그놈이 친구를 배반했다는 거요?"

"사전에 죄를 방지했으니, 가장 훌륭한 친구라는 사실을 몸소 입증한 거지요. 하마터면 당신이나 내가 불행해질 뻔했으니까요." 비비아나 받아쳤다.

"포크스도 그렇고, 당신들 모두와도 이제 끝이요." 케이츠비는 올드콘 신부를 쏘아보며 언성을 높였다. "거사는 혼자 하시오. 더는 도와주지 않을 테니. 에스파냐인을 도와야지, 잉글랜드인은 도무지 믿을 수가 없군요."

동굴을 나온 그는 말에 올라 박차를 가했다.

"이렇게나 괘씸한 죄를 지었으니 무슨 면목으로 용서를 구해야 할지 모르겠구나." 신부는 애처로운 낯으로 비비아나를 보았다.

"저를 구해주신 성모님께 감사기도를 드리면 되지요." 그녀는 돌십자가 앞에 엎드렸다.

올드콘 신부도 옆에 무릎을 꿇었다. 둘은 한동안 간곡히 기도하고는 동굴을 나와 저택으로 갔다.

작별

가이 포크스는 케이츠비가 갑작스레 떠났다는 소식을 듣고 충격에 빠졌다. 거사는 어찌될까 싶어 걱정도 했지만 곧 돌아오리라 믿었다. 그리 생각하니 케이츠비가 실망스러웠다. 하지만 날이 저물기까지 돌아온 사람은 없었다. 저택이 위험할 수도 있지만 포크스는 앞길이 막막한 탓에 더더욱 가넷을 남겨둘 수가 없었다. 비비아나가 재촉하고 나서야 그는 앞으로의 일정을 진지하게 고민하기 시작했다. 어스름이 짙어왔다. 가넷은 제자리에 앉을 수 있을 만큼 기운을 회복했고, 몇 시간 동안 올드콘 신부와 이야기를 주고받았다.

"상태가 더 나빠지지만 않는다면 내일 가이 포크스와 여길 떠나겠소. 런던까지는 쉬엄쉬엄 가면 될 테니."

"그럴 순 없소." 올드콘이 만류했다. "물론 장기간의 여정으로 몸이 불편한 데다 회복도 더디겠지만 여기에 마냥 머물러 있을 수만은 없습니다. 내가 동행하겠소. 우리 둘이라면 런던에 가도 안전할 거요. 비비아나도 케이츠비의 손에서 벗어났으니 동역자가 될 것이고."

"걱정을 해서는 안 되지만, 케이츠비가 거사를 포기하진 않았을까 심히 염려되는군요. 그런 생각은 가당치도 않겠지요. 혼인을 강행해서는 안 된다고 그렇게 말렸건만. ⋯ 물론 그래봐야 별 소용이 없다는 건 알고 있었지요. 그처럼 경솔한 자라면 혼인을 강요할 게 빤하지요. 신부님께 도움을 구하던가요."

"그 일은 더 이상 거론하지 맙시다. 신부님. 혼인 계략은 수포로 돌아가도 싸지요. 케이츠비의 교활한 연극에 속아 지은 죄는 진심으로 회개했습니다. 리더는 잃었지만, 우리에게는 아직 가이 포크스가 있지 않습니까. 일기당천의 용사인 데다, 허리춤에 찬 쇠붙이만큼이나 듬직한 사람이니까요."

"케이츠비를 아주 버릴 수는 없습니다. 잘못은 많이 저질렀지만 그에게는 이를 능가하는 용기가 있으니 말입니다. 계략이 좌절된 점은 당연하다고 생각합니다만 다시 돌아온다면, 단연 그럴 거라고 생각하는데, 그도 한 가지에 마음을 집중할 겁니다. 거사가 우선이니까요. 나 좀 일으켜주시오. 힘들긴 해도 이렇게 걸을 수 있다니 참 다행입니다. 정말 다행이에요." 복도에 들어서자 가넷이 말을 이었다. "비비아나 방에는 혼자서도 갈 수 있으니, 신부님은 내려가서서 마틴 헤이독이 잘 지키고 있는지 보시구려."

올드콘은 선임 사제의 권고에 따라 마틴 헤이독을 찾아 나섰다. 마틴은 괴한이 접근할 때 이를 알리기 위해 일찍이 뜰에 자리를 잡고 있었다. 하지만 뜰에는 보이지 않아 도개교로 이동했다. 한편 가넷은 비비아나의 방에 이르렀다. 문이 살짝 열려있었다. 이제 막 들어가려는 순간, 그녀가 가이 포크스 앞에 무릎을 꿇고 있는 모습이 보였다. 비비아나는 왠지 격앙돼 보였고, 가이 포크스는 테이블에 턱을 괴고 앉아 무언가를 곰곰이 생각하는 듯했다. 이에 놀란 가넷은 비비아나가 무슨 말을 하는지 궁금해 살짝 물러나 귀를 기울였다.

"이 집을 떠나면 다시는 만나지 못할 거예요." 신부의 귀에 들린 첫 마디는 이랬다. "지금까지 제게 애정을 베푸시고 지켜주신 보답으로 선생님을 구해드릴 수 있어 다행이었어요. 케이츠비 님은 무슨 이유인지는 모르겠지만 거사에서 손을 뗐어요. 선생님도 그래주시면 이 무시무시한 계획은 영영 없던 일이 될 거예요."

"케이츠비는 거사를 포기할 리 없소. 사람이 끊을 수 없는 의무에 구속되어 있으니 말이오. 지금이야 몸이 떨어져 있긴 해도 행동을 개시해야 할 때가 오면 분명 돌아올 거요."

"그럴지도 모르죠. 하지만 그분과 선생님의 서약에 구속력이 있다고는 보지 않아요. 계획이 악하니까요. 아무리 엄숙히 맹세했다손 치더라도 범죄를 강요할 서약이 있을 리는 없잖아요. 더는 죄를 짓지 마세요. 파멸을 부추기는 동지들과도 인연을 끊으시라고요. 씻을 수 없는 죄로 영혼을 더럽히진 마세요."

"뜻을 꺾고 싶겠지만 소용없을 거요." 가이 포크스는 단호했다. "내 목표는 달라지지 않소. 거사는 사회악을 말끔히 제거하는 데 필요하지만 무고한 희생자도 생기게 마련이지요. 그러니 거사가 아주 무익하다고 볼 수는 없소. 불행한 이 조국은 이교도의 악습으로 몸살을 앓고 있소. 어떤 희생을 치르든 누가 십자가를 지든, 하루빨리 여기서 벗어나야 하오. 영국 가톨릭은 과오를 범해 갱생이 필요하지만 교회가 이를 거부한다면 우리가 직접 갱생을 도모해야 마땅하지 않겠소. 핍박이 더는 활개를 쳐서도 안 되지만 계속 버티는 것도 무리요. 거사가 실패한다면 종교는 발을 붙일 곳이 없게 될 거요. 비비아나, 독실한 가톨릭 신자인 그대는 부친이 저들에게 죽임을 당했는데도 어찌 내 뜻을 돌이키게 하려는 거요?"

"그게 죄라는 걸 아니까요. 돌아가신 아버지의 죽음을 복수할 생각도 없고, 위험천만한 방편으로 가톨릭이 연명하는 꼴도 보고 싶지 않아요. 기한이 되면 주님이 과오를 바로잡아 주실 거예요."

"하느님은 나를 복수의 사역자 중 하나로 선택하셨소!" 포크스는 열변을 토했다.

"착각하지 마세요! 하느님이 아니라 어둠의 세력이 선생님을 꼬드긴 거라고요. 무모한 일을 더는 강행하지 마세요." 비비아나는 두 손을 꼭 모으며 애원하는 눈으로 그의 얼굴을 응시했다. "제발, 그만두세요!"

가이 포크스는 일관된 태도로 천정을 바라보며 생각에 잠긴 듯했다.

"뜻을 돌이킬 힘이 제게는 없는 건가요?" 비비아나의 눈이 글썽거렸다.

가이 포크스에게 거사를 포기하라며 애원하는 비비아나 래드클리프

"누구든 그럴 거요." 가이 포크스는 매몰차게 대꾸했다.

"그럼 선생님이 죽는다고요."

"하느님의 뜻이라면 그렇게 되겠지요. 설령 그러신다 해도 나는 옳은 일을 하고 있다고 믿소."

"정말 그렇다면 안심이오." 가넷이 문을 열어젖히며 방에 들어왔다. "우연히 들었는데, 선생의 결의가 가상하외다."

"신부님, 두려워하지 않으셔도 됩니다. 경솔한 생각으로 거사에 가담한 것이 아니니까요. 기왕 발을 들였으니 누구도 뜻을 돌이키진 못할 겁니다."

"정말 현명한 결정이오. 비비아나 아가씨와 이 문제를 이야기할 기회가 있다면 선생이 옳다는 것을 피력할 수 있을 텐데."

"기회가 되면 언제든 이야기할게요. 하지만 신부님의 계획을 하느님이 인정했다는 논리는 받아들일 수 없어요!"

"이야기는 충분히 한 것 같으니 오늘은 그만 합시다, 아가씨. 저는 가이 포크스 선생에게 긴히 할 말이 있어 왔습니다. 원수가 들이닥치지 않아 오늘 저녁을 무사히 보낼 수 있다면(하느님께서 허락하시길!) 내일은 기력이 회복되어 선생과 동행할 수 있을 것 같소. 함께 런던으로 떠납시다."

"여부가 있겠습니까."

"올드콘 신부님도 같이 갈 거요."

"그럼 저도 갈게요. 허락해 주신다면요. 여기에 마냥 있을 수만은 없어요. 케이츠비 님도 더는 두렵지 않은 데다, 닥터도 운명이 가이 포크스와 기묘하게 얽혀있다고 했거든요. 지금은 이해가 가지 않지만 어쨌든 희망이 한 가닥이라도 있다면 선생님을 포기하지 않을 거예요."

"비비아나 래드클리프 아가씨," 가이 포크스는 여전히 냉담했다. "내게 관심이 있다는 건 알겠지만 어떤 수로도 제 의지를 꺾진 못할 거요. 목숨이 붙어있는 한 거사는 기필코 완수할 테니 …."

"나도 목숨이 붙어있는 한 선생을 독려할 거요." 가넷이 맞장구를 쳤다.

"저도 목숨이 붙어있는 한 선생님을 설득할 거예요. 누가 이길지 한번 보죠."

"그러지요." 가넷은 자신 있게 웃으며 말했다.

"잠시만요, 선생님의 열심에 사심이 없다는 건 알겠지만, 사람이 인생을 살면서 고난을 겪다 보면 결심은 얼마든 달라질 수 있는 거라고요. 설령 그러지 않더라도 선생님께 제 운명을 맡기겠어요. 딱히 바라는 건 없어요. 다만 신세를 갚아야 할 분을, 제가 가장 아끼는 분을 죽음에서 구해내고 싶을 뿐이라고요."

"비비아나 아가씨, 아량에 감사하오." 포크스의 음성에 감동이 묻어났다. "하지만 어떤 형편에 처해 있든 그건 거절해야겠소. 지금이야 더는 말할 것도 없겠지요. 호의는 알겠지만 내가 가난하면 소신 같은 건 저버려도 그만이라는 투로 들리는군요. 내가 배설물로 여기는 금전이 날 꺾을 순 없지요. 설령 돈을 쉽게 벌 수 있다 해도 난 기회를 잡지 않을 거요. 천금을 준다 해도 내 양심이 허락하지 않는 짓은 하지 않을 테니까요. 제가 의무로 여기는 목표를 단념시킬 사람은 아무도 없습니다."

"됐어요." 비비아나의 표정이 시무룩해졌다. "목표를 두고는 더 이상 왈가왈부하지 않을게요. 계획을 반대하지도 않을 거고요. 그저 진리에 눈을 뜨기만을 기도할 수밖에요."

"아씨의 행실은 어느 모로 보나 훌륭하군요." 가넷이 칭찬했다.

"하나는 거절하셨지만 다른 부탁은 그러지 않으실 거라 믿어요."

"그게 무슨 …?" 포크스가 의아해 했다.

"선생님을 아버지로 삼고 싶어요." 비비아나는 살짝 망설이다 말을 이었다. "아버지를 여읜지라 후견인이 필요할 것 같아서요. 선생님이라면 제격일 거예요. 물론 허락하신다면요."

"당연히 허락하지요. 듣고 보니 기분은 좋군요. 전 부랑자인 데다 친구도 없습니다. 아가씨 같은 사람의 애정이라면 제 공허한 마음이 가득 찰 것 같군요. 하지만 거사로 다른 일에는 신경을 쓸 수 없으니 후견인 그 이상은 들어드릴 수가 없습니다."

"아무렴요, 더는 바라지 않을게요." 비비아나의 볼이 불그스름해졌다.

"출발 일정은 정했으니 이제 채비만 하면 되겠군요. 내일 아침 일찍 떠납시다."

"전 새벽에 준비할게요."

"전 이미 채비를 마쳤습니다." 가이 포크스가 덧붙였다. "여기서 하룻밤을 더 보내면 좀 위험할 수도 있겠지만 분부대로 하겠습니다."

이때 올드콘 신부가 불안한 기색으로 들어왔다. 마틴 헤이독이 보이질 않는다는 것이었다.

"혹시 평소에 수상한 기미가 보이진 않았소?" 가넷이 비비아나에게 물었다.

"늘 믿음직했지요. 부친도 저희 아버님을 가장 오랫동안 섬겼던 하인이었고요. 배신했을 리는 없을 거예요. 하지만 이 와중에 사라졌다니 좀 의심스럽긴 하네요."

"체력이 된다면 제가 밤새 감시하겠지만, 그러고 나면 내일 함께 떠날 수 없을 겁니다. 그러니 재차 말하지만 지금 당장 떠납시다."

가넷과 비비아나는 반대했다. 그리 심각한 사태는 아니라고 판단했기 때문이다. 둘은 마틴 헤이독이 대수롭지 않은 이유로 잠시 자리를 비웠으리라 넘겨짚었다. 가이 포크스도 더는 우기지 않았다. 그들은 원래 계획대로 이튿날 새벽에 떠나기로 했다.

일행이 각 방으로 흩어지자, 비비아나는 옛 저택을 홀로 거닐었다. 이제 마지막이라는 생각에 친숙한 모든 대상에 작별인사를 건넸다. 예전에 알고 있던 모습은 거의 사라진 데다 비록 쓸쓸해 보여도 비비아나에게는 소중했다. 무거운 걸음으로 들어간 방은 허물어져 사뭇 달라 보였지만 그녀가 소싯적 거하던 곳이었다.

가슴속에 추억이 깃든 곳, 하지만 다시는 돌아오지 못할 성싶은 곳을 떠나는 것보다 민감한 본성을 자극히는 고통은 없으리라. 비비아나는 뼈가 저릴 만큼 이를 체감했기에 현장을 떠날 여력이 없는 사람처럼 방을 서성거렸다. 그녀는 감정을 주체할 수가 없어 조금이나마 이를 누그러뜨리기 위해 정원으로 걸음을 옮겼다. 정원에 와 보니, 또 다른 대상이 시선을 사로잡으면서 행복했던 시절이 고통스러우리만치 또렷하게 연상되었다. 해가 뉘엿뉘엿하여 속히 어두워질 무렵 희미한 빛에 보이는 만상이 모두 낡아빠진 것 같아 가슴이 미어졌다. 눈물이 하염없이 흘러내렸다.

꽃은 그윽한 향기를 뿜어냈다. 현장은 슬픔이라고는 전혀 몰랐던, 아주 오래 전에 자주 보던 것과 같았다. 향수는 기억을 끄집어내는 힘이 있다고들 알고 있다. 처음 맡았을 때 접했던 상황이나 사건이 꼬리에 꼬리를 물기 때문이다. 비비아나는 언제 향기가 올라왔는지도 모른 채 숱하게 밀려오는 추억을 감지했다. 예전 같으면 이를 억눌렀겠지만 지금은 그럴 엄두가 나지 않았다. 눈물을 쏟아내고 나서야 마음의 짐이 좀 가벼워졌다. 비비아나는 주저앉았던 의자에서 일어나 꽃길을 따라 거닐며 몇 송이를 꺾었다. 기념물인 셈이었다.

그러다 정원 끝자락까지 왔다. 향기가 진동하는 관목의 잔가지를 뽑으려고 몸을 숙이려니 나무 뒤에 있는 한 사내가 눈에 띄었다. 군복을 입고 있어 그가 적이라는 사실을 금세 알아챘다. 아연실색하긴 했지만 용기를 내 비명은 지르지 않았다. 다만 잔가지가 부러지는 바람에 무심코 감탄사를 내뱉고 말았다. 그녀는 왔던 길을 슬그머니 되밟았다. 군인이 저를 좇고 있는 소리가 들리는 것 같아 줄행랑을 칠 각오도 단단히 해두었다. 군인은 비비아나의 거동에 속아 꼼짝하지 않았다. 저택에 거의 다다랐을 무렵, 뒤를 돌아보고 싶은 마음이 굴뚝같은지라 어깨너머로 주변을 슬쩍 훑어보았다. 자신을 주시하고 있는 사내가 시야에 들어왔다. 하지만 비비아나가 이동하자 그는 재빨리 머리를 뒤로 젖혔다.

그녀는 집에 이르자마자 문을 걸어 잠그고는 가이 포크스의 방으로 달려갔다. 그는 가넷과 올드콘 신부와 함께 있었다. 셋은 모두 자초지종을 듣고는 큰 충격에 빠졌다. 예감도 같았다. 조만간 공격을 감행할 것이고, 규모가 큰 병력이 저들을 생포하기 위해 정원에서 밤이 오기만을 기다리고 있을 거라는 짐작 말이다. 헤이독이 갑자기 사라진 이유도 알 것 같았다. 입을 막기 위해 적이 그를 데려간 것이다. 일촉즉

발의 위기사태인지라, 가이 포크스를 제외한 일행은 지레 겁을 먹었다.

"공격을 당하리라 예상은 했었습니다. 그래서 채비는 미리 해두었지요. 지금은 몰래 빠져나가는 것이 상책입니다. 괜히 저항했다가는 개죽음을 당할 겁니다. 적은 숫자도 많겠지만 저는 지원을 받을 수 없는 입장인 데다, 가넷 신부님도 팔이 부러져 함께 싸우지는 못하실 테니까요. 기도실에서 해자까지 연결된 통로는 문장관보 일당이 이미 봉쇄해 두었으니 도개교를 건너는 수밖에는 없습니다. 날이 어두워지면 그때 떠나야 합니다. 말이 한 필도 없으니 몸뚱이 하나만 믿는 수밖에요. 케이츠비가 없어 참으로 아쉽군요. 궁지에 몰린 친구를 버릴 사람은 아니니 하는 말입니다."

"위험한 건 맞지만, 케이츠비 님의 신세를 지고 싶진 않아요. 그가 없는 편이 더 나아요. 전 두려울 게 없으니까요."

"난 아가씨가 가장 두렵소."

포크스 일행은 걱정만 하다 30분을 보냈다. 가넷은 초조한 기색을 감추지 못했고, 올드콘 신부 또한 두려운 심정을 토로하며 창가로 달려가 바깥을 수시로 살폈다. 가이 포크스는 소용없는 일이라며 그를 만류했다. 비비아나도 불안했지만 내색하진 않았다. 포크스의 의연한 태도를 따라하려고 안간힘을 썼던 것이다. 마음이 동요할 법한 난관에도 그는 늘 냉정을 잃지 않았다.

30분이 지나자 어둠이 짙게 깔렸다. 가이 포크스는 칼을 뽑아들며 일행에게 따라오라 하고는, 비비아나의 손을 꼭 붙잡고 계단을 내려갔다. 문을 열고 귀를 기울여 보니 아무런 소리도 들리지 않았다. 그들은 조심스레 이동하여 가까스로 복도 중앙에 이르렀다. 마침 일행을 향해 총탄이 발사되었다. 사상자는 없었지만 적에게 위치가 노출되고 말았다. 그때까지 비비아나의 손을 놓지 않고 있던 가이 포크스는 전력을 다해 돌진했고 두 사제도 뒤를 따랐다. 이때 도개교에서 한바탕 함성이 들렸다. 적이 포진해 있었던 것이다.

가이 포크스는 어찌할 줄 몰라 멈칫하고는 다시 저택으로 돌아가려던 찰나에 뒤편에서도 횃화가 들렸다. 그들은 진퇴양난에 빠졌다. 도개교를 돌파하든 무조건 항복하든, 둘 중 하나를 택해야 했다. 어느 때 같으면 기탄없이 정면돌파를 선택했겠지만 지금은 체력이 예전 같지가 않았다.

제 목숨뿐 아니라 곁에 꼭 붙어있는 비비아나를 포기하지 말자 마음을 다잡을 때, 말발굽 소리가 가로숯길을 따라 점점 가까이 들렸다. 얼마 후 두 기수가 도개교를 향해 전속력으로 달려오고 있었다. 적들은 시선을 돌리며, 혹시라도 불청객이 가이 포크스 일행을 구출할세라 접근을 막기 위해 안간힘을 썼다. 하지만 속도가 너무 빨라 이들을 저지하기에는 역부족이었다. 공격과 총성이 몇 차례 이어진 후 그들은 무사히 도개교를 건넜다.

"거기 누구요?" 기수가 접근해 오자 가이 포크스가 외쳤다.

"가이 포크스군." 케이츠비의 목소리였다. "포크스 일행이 여기 있소!" 그가 고삐를 당기며 알렸다.

"비비아나 아가씨는요?" 일행이 흥분하며 물었다. 다름 아닌 험프리 채텀이었다.

"여기 있소, 여기요."

채텀은 재빨리 위치를 파악하여 비비아나를 안장 앞자리에 태우고는 속히 도개교를 지나갔다.

"내가 엄호할 테니 따라오시오! 도개교를 지나면 안전하오. 가로숫길을 따라 100미터 정도 가면 오른편에 말 두 필이 나무에 묶여 있을 거요. 어서 서두르시오! 어서요!"

이때 총탄이 "쉭" 소리를 내며 머리 옆을 지나가자 뒤편에서 떠들썩한 소리가 이어졌다. 추격자들이 따라온 것이다. 케이츠비는 박차를 가해 달리며 좌우로 공격을 피부었다. 그렇게 도개교를 정리하는 동안 다수는 케이츠비의 공격을 피하려 해자로 뛰어들었다. 일행은 뒤를 바짝 좇으며 무사히 다리에 올랐다.

"말을 묶어둔 곳으로 가시오, 어서요! 여긴 내가 맡을 테니!"

적이 가로숫길로 밀려왔다. 케이츠비가 적을 향해 돌진하자 그들은 뒤로 물러났다. 총성이 몇 차례 울리며 사방에서 공격을 퍼부었으나, 그는 부상을 입지 않고 도개교를 지키며 일행이 다리를 건널 수 있도록 시간을 벌어 주었다.

케이츠비는 전력을 다해 박차를 가했다. 일행은 가로숫길 끝에서 그를 기다리고 있었다. 올드콘 신부는 가넷과 같은 말을 타고 있었다. 1킬로미터 남짓 달리고 난 후, 말에서 내린 채텀은 비비아나에게 고삐를 쥐여 주고 작별인사를 건넸다. 그러고는 현장을 떠났다.

"이제 런던으로 갑시다!" 케이츠비가 오른쪽 길로 진입하며 속도를 높였다.

"런던으로 갑시다! 의사당으로!" 포크스도 일행과 함께 뒤를 따르며 외쳤다.

1부 끝

가이 포크스: 플롯

발행인　유지훈

글쓴이　윌리엄 H. 아인스워드

삽　화　조지 크뤽솅크

교정교열 편집팀

초 판 1쇄 발행　2019년 01월 15일

펴 낸 곳　투나미스

주　　소　수원시 팔달구 정조로 735 베레슈트 3층

출판등록　2016년 6월 20일

주문전화　(031-244-8480)

팩　스　(031- 244-8480)

홈　피　http://www.tunamis.co.kr

이 메 일　ouilove2@hanmail.net

I S B N　979-11-87632-54-2 (03840)

가　격　13,500원